向——

西南联大博物馆

联大蒙自分校纪念馆

糜志强老师、王浩禹老师

胡康健老师、李钢音老师

参与过评审的北京大学、云南师范大学专家

给予关注和帮助的各位朋友

辽宁人民出版社

致谢！

百年默契

跨越时空的西南联大

● 赵明和 著

辽宁人民出版社

© 赵明和　　2022

图书在版编目（CIP）数据

　　百年默契：跨越时空的西南联大 / 赵明和著 . —沈阳：
辽宁人民出版社，2022.8
　　ISBN 978-7-205-10461-0

　　Ⅰ . ①百… Ⅱ . ①赵… Ⅲ . ①长篇小说—中国—当代
Ⅳ . ① I247.5

　　中国版本图书馆 CIP 数据核字（2022）第 074113 号

出版发行：辽宁人民出版社
　　　　　地址：沈阳市和平区十一纬路 25 号　邮编：110003
　　　　　电话：024-23284191（发行部）　024-23284304（办公室）
　　　　　http：//www.lnpph.com.cn
印　　　刷：北京长宁印刷有限公司天津分公司
幅面尺寸：165mm×235mm
印　　张：19
字　　数：280 千字
出版时间：2022 年 8 月第 1 版
印刷时间：2022 年 8 月第 1 次印刷
责任编辑：赵维宁　段　琼
封面设计：乐　翁
版式设计：一诺设计
责任校对：吴艳杰
书　　号：ISBN 978-7-205-10461-0

定　　价：49.80 元

献给

我的母亲和她的母校

西 南 联 大

目录

　　成都，武侯区。几株高大的老柏树旁坐落着美国领事馆，门里门外都站着武警，气氛有几分森严。

　　这里每天有人排着长队等待签证，但赴美国的签证却不大好办。因为，每个人都必须面签，也就是须来与签证官会晤和面谈，而被拒又是经常的事。所以，能否过签，只能凭运气。

　　一大早，刘开梅和丈夫安志离开酒店，赶往领事馆。

　　他们要去美国看望女儿、女婿、外孙，花费很多时间准备签证资料，曲折辗转才备齐了各种证件证明，又从所在城市专程坐火车赶到成都，为的就是来与签证官面对面。

　　"老安你说，我们能不能过？"刘开梅伸出一只胳膊挽住安志，边急步走着边转头问，她感觉有点如临大敌。

　　"唔……"安志沉吟一下，没有说什么。

　　来到老柏树下，他们站进指定位置排队。

　　据说，如果申请得到签证官同意，他会当面说："恭喜你，你过了。"反之，资料会被从窗口下轻轻推出，那就表明："你没过。"

　　于是"过"与"没过"，成为此时排在队列里的人们内心的焦点，成为他们的宿命，当然，也成为刘开梅心中放不下的焦虑。

　　两支并行的队伍移动都很慢，每一个人都只得耐着性子。

　　十一月的朔风掀起安志的领带尖，他穿着深灰色的呢料西服，几分花白的头发整洁地梳往脑后，脸上还能看出青年时代的俊朗。70 岁刚出头的人，神情泰然地站在那里，看去只像 60 岁出头。

"你里面应该加个毛线背心。"刘开梅说着，帮他扣上了西服扣。

她着一身暗红色厚绒秋裙，外罩一件黑色风衣。年纪 50 岁上下，看去身材姣好，蛋形脸上的五官也比较精致。

"你们是学校教师吧？"并排紧挨着的那个队列里有人和安志搭讪。

"我俩都在成州大学工作，我先生是教授。"

安志还没开口，刘开梅抢先回答了人家。对方还想聊点什么，队列里一个穿黄毛衣的女子突然指着左前方说：

"你们看！我猜那几个人没过。"

众人看过去，两男一女从出口走来，明显都满脸不悦，其中一个在愤愤不平地说话。队列外不远，有个替他们拿着包，站着等待的人，此时迫不及待地大声问："怎么样？过了吗？"果然，那边答，"没有！""会议通知都给他了，人家看都不看，推出来了！"

黄毛衣目送那几个人走远，转头对身边男人说："听说有俩夫妇来，男的过了，女的没让过。"男人听了没吭气。黄毛衣摇着男人的胳膊："哎，咱俩要是都过，那好说；都不过，那也好说。要是一人过了一人没过，那怎么办？"

男人想都不想地立即回答："那就俩人都不去了嘛！"

"老安，"刘开梅内心忐忑，扯了扯排在她前面的安志的衣袖，安志知道她在想什么，没吭声，安抚地轻拍了那只扯着他衣袖的手。

慢慢地他们排到了进口的门边。

安志前面的几个人被放进去了，他和刘开梅也就自然往里迈步。不料被门里一个胖胖的女警恶声制止，只得退回来仍站在门外。

过了约半分钟，穿警服挂警棍的胖女人放他们进了那扇门，进门后就让站住。胖女人拿过安志的护照，看看上面的相片，然后盯着他厉声问：

"你叫什么名字？"口气像审问。

安志真想一个巴掌打在那张虚张声势的胖脸上，不就是来签个证，至于吗？！但他只能沉住气，凛然提高了音调回答："安，志！"说到志时声调比说安时还高，还强硬。

胖女人本想威风一番，不料讨了一脸灰。其余警官脸上则露出了可以觉察到的微笑。负责安检的警官和颜悦色地接过安志的文件袋，进行了既定程序的检查。

进门以后还是排队。要排到小厅里面那个窗口，才能与签证官"面谈"。每一个申请去美国的人，无论探亲或是旅游，无论公事或是私事，能否成行，那是最后决定的一步。

终于轮到他俩站在窗口面前了。

签证官长着弯曲的棕色头发，深凹的蓝眼睛。他问了他们几个问题，然后要求出示各种证件，最后要求出示邀请书，还有邀请人的出生证明。谈话过程中那双蓝眼睛不断注视面前的电脑屏幕。

几分钟后，他操着生硬的中国话对刘开梅说：

"女士，你过了。"

他留下了刘开梅的护照，把安志的护照从窗下缝隙中推了出来。

感觉意外几秒钟后，安志明白了眼前的局势。早就听说这签证被拒就被拒，没有任何理由；但其实，总该是有个理由的。今天既是遇上了，问一下又何妨？于是他用英语向玻璃窗内问道：

"签证官先生，能请问一下吗？我，因为什么原因不能过？"

听到安志纯正流利的美式英语，再看到他的坦然微笑，棕色头发的态度随和了很多。他用行云流水似的英语回答："邀请人，只能邀请她的亲生父母。出生证明上写着，生母是她，"他指了指刘开梅，"而生父是另一个人，不是您。所以……"他耸了耸肩，表示抱歉，拿着笔的两手也跟着往外摊了一下。

安志听着"哦"了一声，说："我明白了。谢谢您。"

他彬彬有礼地向窗内举了举手，然后和刘开梅转身离开窗台。他们侧着身子走过排着的队伍，这时，一个高大的欧洲人轻轻拍了拍安志的肩膀，用英语说："我在这里排了有40分钟了，一直在看着窗口。您是这些签证官唯一一个微笑面对的人，也是第一个说了这么多话的人。"

走出大厅回到那几棵老柏树下，他们找了张长椅并排坐下来。

从进去到出来，几个小时后，得到这样一个结果。变化大，信息多，得理清一下思绪，或者说，得想想怎样接受这个刚刚成为现实的现实。虽然在此时，他们还没法清楚地意识到，夫妇两人中一人"过"，一人"没过"，会给他们今后的人生带来怎样意料不到的大变化、大影响。

"怎么办？"沉默了一阵后，刘开梅问安志。

现在她心里不再七上八下，而是亢奋，但不知为何又有点乱糟糟。

她与安志虽说是半路结合，但正式结婚在一起生活也十几年了，她了解安志，但这可不是小事情，如果此时他也像黄毛衣的男人那样说，"那就两人都不去了"，可如何是好？

她转过脸去对着安志，期盼又心慌地等他开口。

安志没有转过头来，说话仍如日常一样平和：

"这很简单——让你过了，你就去啊。"

刘开梅吃了颗定心丸，稍停一下却又说：

"要不，你去不成，我也不去了。"她说时眨着眼睛。

"你不是日思夜想地要去嘛，现在签证也过了，怎么可能就不去了呢？"

刘开梅用手捋了捋头发，站起身理了理长裙又坐了下去，脸上是按捺不住的欢悦神情。

"那，我起码得去一个月？或者是三个月？你一个人在家做些什么呢？"

"我正好回一趟老家。一直想回昆明再去蒙自，但总是没有去成。"

"跑那么远，就为了西南联大？"

"当然。是为了西南联大。"

刘开梅立即盯住安志:"那你还不如等我回来一起去。上次去蒙自,我的表舅和表舅妈满大街去找那个什么……什么稀饭……"

"雷稀饭。"安志提示。

"没找到这个……雷稀饭,他们都很遗憾。等我回来,我们一起,再去找找?"

"雷稀饭"是当年西南联大在蒙自时,街头一个卖稀饭的店铺,店主姓雷。那时处在抗日战争的烽火中,联大师生的生活都很清苦,小小稀饭铺成为教师和学生经常光顾之地。店主常和师生谈论国家大事,谈论历史掌故,打交道久了,师生们给他取了个外号"雷稀饭"。

"你回去,不会就只是为了看看吧?"刘开梅警觉地观察着安志。

安志避开这个话题,说:"现在是你一个人去了,英文一点不会。我得给你准备一些中英文对照的卡片。"

这本是一句温馨关切的话,却让刘开梅脑子里如同炸响了一声惊雷,"啊?!对!我是一个人去,那,他,会不会也是一个人?!"这里的他,是她的前夫郑家山。

突然之间意识到的这个问题让她全身发紧,她赶紧转脸对着安志:

"你刚才用英语跟那个签证官谈话,你问他什么了?他怎么和你说的?"

安志回头很专注地看了看她,眼神十分深沉。

"我问他我不能'过'的原因。他回答我说,邀请人,只能邀请她的亲生父母。"

"只能,邀请,亲生父母?"刘开梅心慌意乱地望着安志一字一字重复,她脸上的肌肉有点儿抽搐。

"是的。他是这样说的。"安志的语气非常肯定。

像有海上的闪电在刘开梅眼前亮了一下,那是什么她不了然,但内心里就开始如同海潮翻腾。

她的婚姻在20余年前就发生裂变，一个家庭变成了两个家庭。她恨前夫郑家山，这种恨如钉子似的钉在心里。离婚20多年俩人从不打交道，更不见面。

唯一的、仅有的一次间接交道，发生在前不久，原因是为了一张证明。美国人对申请人的婚姻状况关注度很高，何时结婚，有否离婚，有否再婚，配偶是何情况等，都要求在申请表上填写清楚，出具相关证明，而且必须是原件。

这对安志比较容易，他的前夫人多年前因病去世，他保存有与前夫人的结婚证，也有后来与刘开梅的结婚证。而刘开梅却碰到了十分棘手的麻烦：她当年与郑家山的结婚证早已没有踪影，连找都没地方找了。她只隐隐记得，那是张粉红色的纸。

没奈何，只得通过远在美国的女儿转话，请郑家山找找，是否还能在他那里寻觅出来。

几天后女儿回话："爸爸这些天也在翻箱倒柜找证明，好不容易跑回水县在老房子里翻腾出来。他同意给你寄一张。但是如果寄美国再由我转中国，那就太麻烦了。我把你的地址给了爸，让他直接寄给你。"

那天傍晚时分，快件到了，她拆开信封，结婚证露了出来。一张发旧的纸，颜色与记忆一样，粉红色，这是那个时代对"结婚"这一喜事唯一可以表现的浪漫。最上面印着"为人民服务"，下面写着"刘开梅，女，21岁，郑家山，男，22岁"。她心里一时像堵车一样有点儿拥塞，不想多看，只把它和签证时要带走的资料放在一起。不管它曾经是什么，当前它的功能就是拿去签证，如此而已。

现在的问题是，郑家山不久也要和现任妻子来成都签证，照这么说……这边只有生母能过签，那，那那那，那边就只有……能过签了？

刘开梅心情极其复杂地坐在长椅上，好一阵发怔发呆。

她想再问问，"那个签证官，他是这样说的吗"？看看安志的侧面，他的眼睛望着前方，正在沉思。她犹豫了一下，决定不再问。

一阵风刮过，领事馆前面那几棵高高大大的老柏树，有点儿神秘地在头顶轻轻摇动枝丫。她心里又如海潮翻腾，海上又似有一束光闪过。

两人无言地在长椅上坐着。过了一阵，刘开梅的神情像是换了一个人，望着身边的安志，以深不可测的语调叮嘱道：

"来成都签证的事，包括这个我能去、你不能去的结果，回成州以后，不要对任何人谈起。包括对杨进这样的好朋友。"

安志略有不满地转过头来看着她："我们是前两天在路上碰见杨进的吧？你自己当着我的面对她讲，'我们要去成都办签证了'，你向部门请假，也是说来签证，现在怎么好又变过来？"

刘开梅断然回答："杨进从来不打听别人私事，不会深问的。她实在问起来随便一挡就行了。至于部门，就说资料没有备齐全，白跑了，还得继续准备。"

说话时，刘开梅的手机响了，她拿起看看，把食指放在嘴边对安志说：

"嘘——是杨进，说着说着就来了。"

"开梅，在办公室吗？"电话里一个女声。

"没，……哎，你说，啥事？"

"又要到你们成州大学请人了，请大师呢！"

"哦，是做讲座吗？"

"是到长班任教，四个多月。需要尽快落实。你知道，我这里办长班牵动大，主讲老师请你帮忙尽早定下来。这次请主讲管理学的。你听得清吗？是讲管理的。全区管理干部联合组班，要求比较高，一定要请资深的、真正讲得好的。"

刘开梅在人事处师资科供职，来电话的杨进是成州市安吉区区政府培训中心负责人。校外到成州大学请师资，有熟悉的老师可以直接联系，但大多数时候是通过刘开梅。要在往常，俩人在电话里就开始具体讨论，基本就可以确定人选，然后联系本人，继而敲定。此时，刘开梅回答对方：

"稍缓……我给你电话，好吗？"

电话里沉默了一会儿，说："好吧。那先这样。你心里要先帮我考虑着！记住，要真正讲得好的！我等你电话！挂了。"

刘开梅关上电话有点儿得意地对安志说："你看，虽然是好朋友，但她从来谈事就是谈事，别的根本就不多问的。"

第二章

区政府培训中心办公室，已经过了下班时间，杨进还在伏案写着"管理干部培训班——办班方案"。

她在这里承担着一大摊子的工作，总是很忙。培训中心设短班和长班，短班一年四季都在办，职业技能培训、下岗职工再就业培训、经济知识讲座等都在此列。长班两年办一次，是比较有系统的培训，学员每周脱产半天学习，时长四至五个月，全部请成州大学或其他大学的专业老师授课。

她现在写的这个方案等着上交，审批下来后才能开展一系列操作。在主讲人那里，只能空着，刘开梅一直没来电话，现在还没有着落。

她站起身来下班回家，途中要去超市挑选女儿爱吃的东西。她的女儿汤楠，是一个面临高考的高三学生。"家有高三娃子，全家供为老子"，此话虽有些夸张，却也道出了当一个家庭里有高三学生时，孩子一心一意紧张备考，家人尽心尽力小心侍候的普遍现象。

食品区，她挑出一包草莓果脯，这是汤楠最喜欢的，正看着时，背后被人拍了一把，侧头看，刘开梅立在眼前。

"嘿，正要找你！"杨进立即放下了果脯。

"啧啧，都是给楠楠买的。"刘开梅伸手在购物车里翻动，然后抬起头直逼杨进眼睛，欲言又止。

"有话就说，正等着你呢！"杨进满心满意以为要谈请老师的事了。

"楠楠，她是不是有了男朋友？她好像在谈恋爱？"刘开梅说时神色偏佹。

杨进倒抽一口冷气，脸上的表情僵住了。

“我好几次看见她和一个男孩在一起，刚才也是。我在南宁路上5路车，他们两个人坐在车上，看我从前门上来，他们马上从后门下车了，就为了躲开我。我现在刚在超市门口下的5路车。”

刘开梅停了停，正色说下去：

“我说了，你可要承受住。看得出来，两个人已经很亲近了……”

杨进听得一脸惊愕和紧张。在这之前，也曾有同事旁敲侧击地对她提过看见汤楠和男生在一起，但她想那是男女同学间的正常交往，尤其快要高考了，聪明的女儿不可能在关键时候做糊涂事。眼下，刘开梅讲得这样直白，这样有现场感，看来问题严重了！

片刻，她语气虚弱地问：

“你说，看到好几次了？看到的是同一个人吗？”

“是同一个，就是这个人。我看她就是在谈恋爱。闪不得火哦！我们老安一直看好楠楠，说楠楠肯定是北大清华的苗子。”

杨进眼睛望着地面，好一阵后抬起头来，拍着刘开梅：

“谢谢你告诉我……区里，催上报方案，请人的事，你考虑得怎么样了？”

“这两天我都在考虑的，管理学方面有两三个符合你的要求，我现在只是在想谁去更合适一些。”

“能不能尽快定下一个来，然后联系本人确定？”

“……可以。”刘开梅心里明白，杨进工作上的事从来不能拖，但她才从成都回来，这两天只感觉头脑发胀，请人的事已经完全忘在脑后了，刚才看到杨进的背影才想起，同时也想好了应付她的话。

杨进有点放心了。望着刘开梅，想起前些天她炫耀地说马上赴成都办签证了，便问：

“你签证的事办得怎样了？”

"……还在，办的过程中。"

杨进知道对方口头善变，加之刚刚听到的女儿动向心里沉重，便不想再说话。不料刘开梅比她还心事重，伸手在她肩头上，手指无意识地抠着衣服上的某个地方，也一直不说话。

"你把我抠得好痛了。"

刘开梅这才停下手，吞吞吐吐地说："有个情况，我心里哽了好久。你知道吗？我女儿邀请去那边探亲的，除了我和老安，还同时邀请了她爸，和那一个。"

杨进很感意外，望着对方。

"你说，这，这是不是有点儿，有点儿……"刘开梅眉头紧皱，眼神无奈。

"也没所谓了。"在感到诧异之后，杨进忍着内心的烦闷安慰对方，"都这么多年了，双方各有家庭，各人过各人的日子。对于你女儿来说，毕竟两边的爸妈都是亲人。她也不好只邀请你和安老师，不邀请那一方。对吧？"

刘开梅似乎没有听进去，只顾着往下说：

"你不知道。去那边探亲，比如说，假设说……"她停住了。听的人在等着下文，但她下半句说出来已完全不搭界，"我们老安这个人哪都好，就是西南联大情结太重。这几年来一心想着要去……"这话也只说到半截便住了口。

"我现在去买一点儿蔬菜。"她说着往另一边走去。

正是下班高峰，超市中人越来越多。

一会儿，刘开梅拿着几盒净菜，隔得老远地喊：

"杨进，我先走了！那个，请老师的事，我想，就给你们联系田——田振邦，去年才引进的人才，是目前全省最年轻的管理学教授。人有点儿傲气，不过，其他方面都很不错。我和他熟，我帮你搞定，就是他了！"

正在购物的人们纷纷循声寻望，是谁在卖场里这么高谈阔论？

杨进在这边，先是引颈注意听，然后使劲点了下头，表示听明白了，声音压得很低地说："好。行，行的。"

继而她做着一个你走吧、你走吧的手势，望着刘开梅离去，轻轻摇了摇头。

女儿的动向，让杨进越想越觉得问题严重。"看来，俩人已很亲近，"这话尤其让她忧虑不安。

踏进家门，汤楠已先到了家，一声声地咳嗽，听去让人揪心。厨房里，用了一天的大小脏碗堆得面目狰狞，今天丈夫汤达声应该是休息的，就这样不管不顾地又出去了，看着让人冒火。情绪的聚集使人想宣泄，望一望已经长得和自己差不多高的女儿，她真想猛喝一声：楠楠！你过来！5路车上的男孩是谁？你是不是在早恋？但，这仅仅是不可能做的一刹那冲动，她真正在做的是动手收拾厨房残局，同时在思考如何与女儿进行交谈。

比起好友刘开梅家庭关系的复杂，杨进的婚姻和家庭单纯很多。但单纯不等于没有烦恼。婚姻如同一双鞋，不管外观如何光鲜好看，脚一旦穿进去，究竟好不好，只有脚最清楚。

与汤达声从相恋到结婚，到在没有感觉中长期相守，两人之间感情的起伏跌宕犹如走过了一座拱形的桥，有一个形象的比喻，叫作经历了一次"抛物线"轨迹。

当感情的这条线从无到有，积累成一个点阵后慢慢升腾，这个过程美丽而充满期待；当它终于升腾到顶峰的时候是辉煌的；但没来得及构筑哪怕是一个小小的平台，就不可避免地掉头向下……只是，像它委婉地升腾那样，下滑也委婉，既负重又彷徨。

经过抛物线的全程后，回过头看，她曾想，人生最美丽的情感是在那点阵积蓄的阶段，或说是在那座拱桥的起端。而作为支配感情的人，为什么就不能停留在那个地方，让美丽永恒呢？

当然，这只是一种想法。

她自己的情感就没能停留在那个地方，而是像所有的饮食男女那样结了婚，成了家，有了孩子。她的结婚证也是粉红色，不同的是绝没有刘开梅那些辗转曲折，一直都牢牢地锁在柜子里，她本人跟结婚证同步，从此锁在婚姻中，又稳又牢地诠释着一种契约精神。

住校的汤楠是因为感冒才例外回一趟家的。杨进见女儿不声不响打了碗温开水，溶化进食盐，便心疼地问：

"连嗓子都痛了？会不会扁桃腺发炎了？你要带点药回学校去。"

汤楠仰着脖子霍霍、霍霍漱完喉咙，沙哑着嗓子说："我要多带点换洗衣服去学校。老师讲了，下周不放假。要再下周才准回家。我现在出去一下回来，今晚在家住。"说完带上门走了。

"今晚在家住？"那么，是不是今晚向女儿问清楚情况？杨进紧张地思考该怎么对话，从哪里谈起，同时不停手地洗洗切切开始做饭。

她家住的小区，十几米外就是成州大学，站在阳台上，越过沿围墙种植的法国梧桐，可以望见远远近近的教学楼。成州大学是省内仅有的一所"211"大学，她曾对女儿说，高考时你也可以考虑报考成州大学，不错的。

"什么什么？！考成州大学？我可没有堕落到这个程度！"那时的汤楠一听眉毛高高扬起，然后自信而向往地宣布：

"我当然是考北大，做我外婆的校友。要不考清华，做我外公的校友。再不考南开，做安志伯伯的校友。总之是西南联大三所大学中间的一所。其他的，统统不在本大侠考虑范围内！"

汤楠的底气来自她自身，中考时是安吉区第一名，进入重点高中后成绩始终遥遥领先。关键还有一条：她一直学得轻松，所以还有潜力。

而她之所以有这样的志向却是与家庭分不开。当年，杨进母亲是北大中文系学生，父亲在清华地质系就读。1937年卢沟桥事变，国民政府教育部决定北大、清华、南开三所大学迁到长沙，组成国立长沙临时大学。才在长沙安顿下来开课月余，日本侵略军打到武汉，长沙也待不下去了，于是又迁往昆明，组成国立西南联合大学。

杨进的父母在1940年前后毕业于国立西南联合大学。安志和他的前夫人当年在昆明，一个读联大附小，一个读联大附中，考大学时，他的夫人考入西南联大整建制留在昆明的师范学院，安志本人则在20世纪50年代初考入了南开大学。

当年，西南联大大师荟萃、泰斗云集，"硕学鸿儒，济济一堂"。虽仅存续了9年不到，条件又异常艰苦，却成为中外教育史上的奇迹。这里培养出了两位诺贝尔奖得主杨振宁、李政道，培养出了8位"两弹一星"功勋奖章获得者王希季、邓稼先、朱光亚、杨家墀、陈芳允、赵九章、郭永怀、屠守锷，培养出了5位国家最高科学技术奖获得者黄昆、刘东生、叶笃正、吴征镒、郑哲敏，培养出了包括宋平、王汉斌、彭珮云、费孝通、周培源、钱伟长、华罗庚、朱光亚、孙乎凌在内的9位党和国家领导人，培养出了包括潘际銮、李德平、陈梦熊、邹承鲁、叶铭汉、黄培云、王补宣、孟少农、黄劭显、涂光炽等在内的两院院士共172人，培养出了包括马识途、任继愈、汪曾祺、穆旦、许国璋、朱德熙、周定一、刘兆吉等在内的人文领域的杰出人才一百多位，还培养出了一大批各行各业的中坚力量、学术权威、业务骨干。

西南联大的故事是杨进从小听到大的。那些大师鸿儒的名字，他们做学问的、在课堂上的或是生活中的种种轶闻趣事，西南联大的风气，生活环境、学生趣闻等，从小就给她留下深刻印象。在她做了母亲，有了汤楠后，这些影响又通过她传给了女儿。在这样的环境中，汤楠自小的追求和理想，就是只考西南联大三校中的一个。到了高中，更自我明确为：只考北京大学。

然而眼下，想与女儿对话，想搞清楚她的情感动向谈何容易。

与小时候黏着妈妈不同，现在的汤楠躲着父母，很少与父母交流，青春勃发的脸上少有笑容，有时干脆成了望着都让人生畏的"冷面杀手"。进入高中后住校，这更符合了躲开父母的心理。周末回家进自己屋子就关上房门，一副拒人于千里之外的样子。

杨进思来想去，想不出为什么孩子一长大就会与父母生分。汤楠两个月大时，曾暂时寄养在成州的一个老太太家，那时汤达声在外省，杨进则在离城 30 里的镇上工作。送到老太太家才几天，她就牵挂得不行。有一天傍晚，她总是清清楚楚地听见女儿在哭，稚嫩的啼哭一声声叩打在耳膜上。她的眼睛，总是清清楚楚地看到小小的婴儿脑袋，正在转来转去寻找妈妈。那时天已黄昏，她简单收拾一下，便不顾一切迈开大步往成州方向走。

时值冬天，走出不过五六里路天已麻黑，正着急时，搭上了一辆顺路车。到了成州，一脚迈进老太太家，果然看见女儿正在一面拼命啼哭，一面无助地把小脑袋转来转去寻找妈妈——那一幕正是她在 30 里外清清楚楚听到和看到的。

更令人叫绝的是有天傍晚，那时她已把女儿接到身边自己带了几年，感觉一个人实在忙累得受不了，郁悒地在床边倒下。看眼前，汤达声的调动遥遥无期，自己一个人在镇上又上班，又带孩子；回望过往，走过来的路也多是与苦难相连。一时万念俱灰，感觉人生无趣。唉，真想结束这种生活，自杀算了。

意识的河流刚刚在这里打住，床边正在穿小皮鞋准备下楼玩耍的汤楠突然发话了。那时她 4 岁多一点儿，一边笨笨地系着鞋带一边说："妈妈，你不要自杀嘛。我下楼去玩一会儿就上来，你不要自杀哦！"

杨进惊异得浑身皮肤发凉，呼吸都要停住了。天哪！我只不过是在心中想想，并没有说出口来，她怎么就知道了呢？！而且女儿从来没有听说过"自杀"这个词，更不知其含义，但是都同步、准确地把母亲头脑中所想反映了出来。

唉，那时，是怎样的一种灵魂呼应，息息相通，骨肉相连。也许，一直到如今，现代科学也不能完全解释这种神奇的感应。

很晚了，汤达声照例没有回来，女儿也没有回来。精心准备的晚餐冷了热，热了冷。11点多钟，总算听见开门的声音，汤楠进屋了。看母亲张罗着为她拿碗，淡淡一声早吃过了，便往自己房间走，然后门锁卡嗒一响，留下杨进忺在那里。

她走到门边要敲门，却又收回了手。虽然急于要与女儿对话，但要谈的是一个大问题，又是一个敏感话题，能想象这个处于逆反期的少女立即会变为一只倒竖全身羽毛的小母鸡，咯咯咯地狂叫着进入一级战斗。她不惧怕女儿有什么样的反应，却是突然觉得自身心理准备不充分，从时间上讲，要谈这种问题也比较仓促。

汤楠明天一早要起床赶回学校，而女儿回到家，做母亲的便有所安心，于是她想马上谈话的意志松弛了下来。

她慢慢转身走到书桌边，拿出一个棕色的工作记事本。

那上面列着七八件要办的事，她在已经有着落的地方打上钩，又写上新想起的必须办理的事。在"本期长班主讲人"那一处，她写上了刘开梅给出的具体名字：田振邦，并写上了与之相关的信息：成州大学管理学教授。她知道刘开梅既是那样说了，主讲人已可确定无疑。

明天早上，她可以向区里交出方案了。

第二天下午，杨进带了感冒药，打算直接去汤楠的学校。在学校虽然没有可能直奔主题交谈，也得给女儿不动声色的警示。"看来两人已经很亲近"，这话像尖刀一样戳在她心上。少男少女，情窦初开，会亲近到什么程度？她想起来就坐立不安。

抄近路从一个公园广场上穿过，这里四周开阔，绿树依依，让人突然间感觉到了少有的静谧。她情不自禁放慢了脚步，深深吸进几口新鲜空气。

她已经46岁，依然形貌昳丽，难得的是自有一种不受世俗沾染的清纯。人看上去很干练，言谈举止间有一种既庄重又洒脱的韵味。46岁，不像三十几岁时还带着青春的丰姿，也不像五十几岁那样有了衰老的征象，处在这个时期的女人，从内心到外表都到了最成熟的阶段。

越过这个阶段便进入后中年时期，许多人在这时会惶惧于老之将至、病之将至，老年以后的沮丧与退缩其实是在这个时期开始萌芽的。不过杨进内心不但没有这道坎，竟一直还在向往一件事：去闯南方，去外省工作，就算是再老也要闯出去一次。

此刻，在她好不容易得以放松，不禁仰望天空自问：

"不到一年女儿就上大学了。我，还走得出去吗？"

此时的天空，连日阴雨后即将放晴，盘踞多日的浓云开始松动，破裂成板块后往天边迁徙。低空里，几抹散在的淡云如深海波涛上的海鸥，悠然游荡着迎接天穹的变革。太阳还没有露面，但已能捕捉到若有若无的阳光。

每当面对这片柔光，她感觉如同面对一个深沉而含蓄的情怀。这种感受源于老早的时候，听母亲讲的一段真实经历，再后来，又加上了她自己的感悟和认知。只要在这种天象里，她便会觉得尘封的心扉蓦然开启，久违的激情朦胧浮生。

就在这时，突然有人在耳边体己地、声音柔和地细语：

"你的一生中，会遇见一个人，你们只能以心相守。"

她惊异极了。环顾四周，身边绝无一人，广场上也空空荡荡。她好笑而且叹为观止：这是怎么回事？为什么会平白无故听见这样的声音？这是谁发出的？

望天空，迁徙着的云团之间时隐时现着发亮的缝隙，有和风从缝隙中溜出来，轻拂着她的脸。

这句话，仿佛是从那里传出来的。

走出公园前，她带着迷惑的微笑望了望那片天空，穿过一排棕榈树，便来到了大街上。再往前一段路，就到女儿的学校了。摸摸放在挎包里的药，看看时间，汤楠此刻正是坐在课堂上听讲的时候，今天反正不打算做别的事，可以到学校去等。

然而，她因为意外大大地睁圆了眼睛。前方不远，汤楠，正和一个比她高半个头的男孩走在大街上，肩并着肩，神态亲密，俨然一对小情侣，更要命的是，将和她面对面撞个正着。

几乎在同时，汤楠也发现了前方的情况，心中一时痛悔不及。怎么没注意到前面居然会是妈妈？否则还不早早往一边溜了？但已经溜不了了。那个男孩也似乎有了感觉，脸上的表情开始发僵，眼神也开始游离。两人明显是硬着头皮，仍然肩并着肩，汤楠的眼睛只能与正前方的妈妈相互对望着，一步步走近。

走到面前双方停住脚步。杨进虽心跳加快，脸上的表情仍是平静的："你怎么在这里？不是在学校上课的吗？"

"下午没有课。"汤楠脸上很不自然。突然被母亲撞到，她心里别扭，也有点儿小紧张。

"那回家吧？"杨进询问，她真希望女儿赶紧回家，离开这个人。

"不了。下午的课挪到晚上，我要回学校上课。"

男孩正好站在她们母女中间，她没有看他，也没有招呼他，只是用眼睛的余光感觉到大致的模样。他也没有招呼她，比如喊个阿姨之类。三个人都很不自然，仿佛有团火在中间烫人地烤着，都想尽快脱离。杨进寻机瞟了男孩一眼，这就是传说中的那个人吗？她心里嘀咕，仍然平静地再问汤楠：

"感冒好些了吗？"

"好些了。"

"你感冒重，要服药的。"她说着，低头动手去掏挎包。

"不用了不用了！"趁此时机，那丫头连连摆手，说时两人已同时拔开脚，逃也似的离去了。

杨进想看看他们的背影。因为忙，她很少上街，从没在大街上看见过女儿，今天这才看出女儿已出落得气质不凡，亭亭玉立。穿的是后背有白色图案的浅灰夹克，白衬衣，浅灰牛仔裙，显得亮丽、潇洒而充满活力。而与"男朋友"并肩，让做母亲的既诧异又新奇，很想再看几眼，但她还是决定不看。站在那里回视，类似于"偷窥"，如果女儿回头看见，会认为妈妈就像一个侦探、一个克格勃。如此，母女之间关系会更僵，与女儿的谈话会更困难。

亲眼所见格外刺激神经，她勉力保持平静，像刚才那样仍然沿街向前走，心里却如五味倒翻。女儿，你不会经常这样跑出学校吧？照此下去，你这北京大学怎么考得上？"外婆的校友"怎么做得成？一切都得到了证实，做母亲的不仅直观看到了你和一个陌生男孩的近密，还惊异地感受到了你们之间的默契。那曾经是我和你之间才有的心灵感应，转移到了这里……这种感情虽然美妙，却会如一把火，灼伤人，首先是伤到你！

类似的警示语此时就急不可耐要蹦出口，但女儿刚刚才匆匆逃避开，她又不可能再去学校，而高三学生放回家还要等到再下一周，算一算，还有十多天呐！

她在街口站了下来，转过身子，望着女儿远远离去的方向内心祈祷：

汤楠啊汤楠，你可千万不能发生什么不该发生的事啊！

第三章

清早，安志在电脑前工作一阵，关机前，把刚写的文档加上了密码。

他走到客厅里，对刚起床的刘开梅说："我现在出去采购，多买点好吃的。明天，我们请几个人来家里吃饭。"

刘开梅正在打开一支曲谱，准备迎接小琴童到家里上钢琴课，因为这是个休息日。她的赴美签证虽已成功，但距启程出发还早，还得过一段家常日子。

"为什么想起明天请人吃饭？"

"明天是 12 月 1 号。2005 年 12 月 1 号，一二·一运动到今年是整 60 周年了。"安志站在墙上的挂历面前，眼睛注视着那个日子。一二·一运动发生在昆明，是继五四运动、一二·九运动以来最持久而深入的、规模最大的学生运动，也是第三个民主运动的里程碑。

刘开梅想起来了。每年这个时候安志都会纪念一番，明天是一二·一运动 60 周年，更显得不同以往。她转而又问：

"你打算请哪些人？"

"也就是田振邦、汤达声、杨进。就我们几个吧。"

刘开梅想想后期期艾艾地提示：

"学生呢？你那俩宝贝学生不一起来了？"

刘开梅说的学生，是安志资助的两个贫困生。他每月负责他们的生活费一直到毕业。然后，又挑两个最贫困的学生，再从一年级资助到毕业。

逢年过节会叫他们到家里吃饭，有时做了好吃的，也会叫上他们一起来。刘开梅对此虽内心不乐，但她本人也在成州大学工作，只好不说话。但她会想办法，来人吃饭那天，食材食品由安志买，这个不在他们两人的生活费之内，活尽量让来人干，自己待在一边，或者干脆借故走出去，等做好了再回来。

"这回就算了吧。学生不叫来了。就我们几个人。"

刘开梅站在钢琴边，也往墙上的挂历那里望了望，心想，有好吃的不叫学生来了，这个"一二·一"与往年相比还真的不一样。

一二·一运动发生时，安志还是西南联大附小的学生。

那时是 1945 年，中共中央号召"全国人民团结起来，用一切方法制止内战"，在此背景下，11 月中旬，中共云南省工委负责人同西南联大党组织决定，由西南联大、云南大学、中法大学和英语专科学校成立学生自治会，并在西南联大召开一次以反内战为主题的时事演讲会，邀请钱瑞升、伍启元、费孝通、潘大逵等教授发表演讲。虽因消息走漏而受到阻挠，演讲会仍如期举行，6000 余人参加了大会。云南省政府当局派出特务和军警，以各种方式阻挠破坏，次日，为反对内战和抗议军警的暴行，学生自治会宣布总罢课，同时组织了 100 多个宣传队上街宣传。

12 月 1 日这天，安志正坐在教室里听老师讲课，突然，外面传来越来越暴烈的打斗声、乱哄哄的嘶叫声，继而传来一声巨响。课停下来，急忙中老师把教室门关好并用课桌顶上，让大家坐好不要乱动。后来才知道，那是当局授意的暴徒冲进了西南联大，向学生进行暴力攻击，一声巨响是手榴弹的爆炸声……

那天，特务和暴徒首先窜到云南大学向师生进攻，接着到西南联大对学生进行攻击。这一天，联大工学院、联大附中、南菁中学均遭到攻击，共死亡 4 人，重伤 29 人，轻伤 30 多人，这就是震惊全国的"一二·一惨案"。

四位烈士停放在灵堂里，举行公祭时，昆明民众万人到场吊唁。安志由他正在西南联大外国语文学系上学的叔叔带着，也来到了现场。细心的叔叔觉得侄儿还小，那毕竟是遗体，还是别让他近距离目睹，让他站在外边等。安志清楚地记得，他站在门外边，一抬头，就看见四烈士的遗像前挂着一块布幅，上书四个大字"党国所赐"。这四个字就这样印进了他记忆里。

　　昆明的大中学生宣布无限期罢课，400多位教授、教师签名支持学生，无限期罢教，直到学生复课。1946年3月17日，在学生自治会提出的条件得到基本满足的情况下，昆明举行了本次运动的最后一次活动——四烈士的大出殡。当日，昆明大中学校师生和各界人士共3万余人参加。

　　60年后，就是在这样的一个12月1日，曾经对此有亲身经历的安志郑重其事地把与他关系最亲近的几个人召集来，这样的聚会还是第一次。

　　第二天下晚时分，因为汤达声要晚到，杨进没多想就先到安志家去了。

　　刘开梅打开房门，有一点儿不情愿地把杨进让进屋。她那架黑色的钢琴前有一个小男孩坐着，似乎刚才还在弹琴。另一个是男孩的母亲，陪着来学琴。在杨进坐下来时，刘开梅打发小男孩："今天就到这儿吧，学时不够下次多补一下。"小男孩拉着他的母亲道了再见，走了。

　　在一些方面不太用脑子的杨进这时隐隐感到自己来早了一点儿，打扰了这里上课的时间。但又觉得即便如此，也可以继续教呀，她还可以见识见识这家中的钢琴课是怎么教的。但刘开梅却把人打发走了。

　　"鸡食就鸡食吧。你别笑我哈。"刘开梅没头没脑地说，杨进好半天才明白这话是什么意思。

　　原来，刘开梅曾说她在"打点儿零担工，找点儿鸡食"，只是从来没明说是在家里教钢琴，而今天恰好给杨进碰上了。这才明白为什么开门时刘开梅是那样一种表情，也才明白对方一直挂在嘴边的"鸡食"的含义。就是，工作之外小打小闹地找一点儿活，挣一点儿钱，形式如同鸡在地上用爪子刨食，谓之"鸡食"。

"笑话你？说哪儿去了！这不很好吗？又不耽搁工作，又发挥特长。我还没有本事教人家弹钢琴呢！"杨进说得真心实意。

安志从里屋走出来对杨进说："等一会儿田振邦也要来。开梅这次给你们培训中心请的老师是他对吧？正好，你们也先见个面。"

"安老师你跟这个田老师也熟悉吗？"

"这你就不知道了，"刘开梅站在钢琴旁说，"我们老安对田比我熟多了。你问我们老安吧。"

"是的，是的。我和他算世交……"

刚听到这里，没等安志往下说，杨进看刘开梅开始张罗做饭，她一眼看出来女主人几乎什么都还没有准备，就赶紧说："我来帮你做点什么事吧。"说着挽起衣袖走过去。

"好，好，那你来吧，把这些都要洗出来。"刘开梅说着拿出几捆菠菜，一袋还没有发泡的黑木耳，"我们今天就吃火锅，多洗点吧，火锅是需要很多菜的。"

安志往这边看了看。他买了鸡、鱼、肉、卤味，应有尽有，理应拿出一桌丰盛的菜，怎么说吃火锅呢？暂时他只好不说话。只见刘开梅说话间又拿来了白菜、菜心等一大堆，最后拿出一些带泥的土豆。

杨进一看，把那堆菜收拾出来得要蛮多时间，按理女主人应和她一道来做，但刘开梅在钢琴边坐下来，又像自语又像对杨进，含混地说：

"每周六和周日，来这么一两个，两三个。"

杨进猜这是说的小琴童，她想问她到底招到了几个小孩子来家里学琴，但刘开梅又从钢琴边站起身走了开去，无所事事却不知在忙什么。杨进一个人费力地收拾那堆菜，她本来是帮忙的，现在干脆把女主人的厨房围裙穿到身上，再把袖子更高地挽了挽。

自始至终，女主人没有往水池边走过来的意思。

安志走过来，他看不惯刘开梅的做法，但又不好插手，过来陪杨进说话，一边也继续为杨进做介绍："刚才给你讲这个田振邦，业务很强，培训中心这次请他算请对了。另外他人也不错，对工作，对家庭，都有很强的责任感。作为一个独生子，父母住在东北，早几年他的母亲过世，父亲半身不遂，你说这种情况怎么办？"

"调过去照顾？"杨进从水池上抬了抬头。

"调过去？嘿，是可以，但他妻子的母亲，瘫痪在床多年，平时都是他妻子和姐姐两人轮流照料，如果跟着调了东北，担子就完全落到她姐姐身上。所以小田主动提出来，妻子和孩子留成州，他只身调往东北。到那边后，也是安排在一所大学。大约有五六年的时间他一个人一边上课一边照顾病人。去年，作为人才引进才又调回成州。"

"也就是说，他回到成州才一年？"杨进边洗菜边接口。

刘开梅这时拿上随身小包，搭讪似的边往外走边说："我下去买点东西。杨进辛苦你了，先帮我做着吧。"说着人已经晃出房门，下楼去了。

一会儿，汤达声来了。他是中等身个，宽额方脸，戴着副无色透明的细框眼镜，鼻梁上的镜框和镜片永远被他擦得铮亮。

"你这眼镜戴了像没戴一样。"安志笑着对他打趣。

当年，汤达声好不容易从外省调回成州后一直在建筑设计院，20世纪90年代初，随着改革渐渐深入，设计院要进行"事改企"，在变革转轨、充满不确定的期间，汤达声脱离设计院到了姐姐、姐夫与人合开的成真美容院，在院里管财务和一些行政事务，他的很多时间都在外面应酬。

"有应酬"是有挣钱本事的表现。凡喜欢把"今天有应酬""我经常在外面应酬"挂在嘴上的人，都会把应酬两字咬得脆嘣嘣的，让人联想起钱币的硬度和敲击时当当的声响。汤达声应酬的主要形式之一是麻将，这既是业务需要，也与他的兴趣吻合。哪怕是休息日，脆嘣嘣地说声今天有应酬就出了门，一去便是不到深夜不会归家。

此时他进门，放下手里的黑皮包，笑容可掬地对安志说："嘿，外面应酬太多，我今天全推了，只到你这里来。"他想坐下来，安志拉住他说："你也别坐了，我俩去帮帮忙？小杨在这里都忙了半天了！"

杨进知道这俩人都不谙家务，过来只会添乱，说："算了，你们都坐下，我一个人就行了。"

刘开梅出门后久不见归。杨进把所有的菜洗完，切好，又找出电饭锅把饭做上，一时找不到自己还能帮着再做点什么了，就也坐下来。

安志从柜里拿出红酒，又从冰箱里翻出他昨天买的卤味，在餐桌上一样样摆开，招呼杨进夫妇坐过来：

"我们可以先喝酒吃菜，一边聊天，不一定等。"

汤达声坐在沙发上问杨进："你饿吗？"

杨进微微瞪了他一眼说："不饿。肯定我们得等着开梅，而且，不是还有个田老师要来吗？"

安志看看他们，也不勉强："我怕你们饿了。既是如此，我们先来聊聊。"他坐到了沙发上，似有满腹话想说。

"你俩都是老朋友了。说真的，每年的十二月一号，对我来讲，除了纪念'一二·一'这个大事件，还是我个人的一个纪念日。"稍稍停顿一下又说，"每年的这天，我同时是为了纪念我的前妻，纪念我们的相识。"

汤达声和杨进对望了一眼，听安志说下去：

"'一二·一'学生运动那年，我在西南联大附小上学。大学生、中学生都参加了罢课，有时候我们也不上课了，我就去看游行。那天在街上，一队游行队伍走过去后，又一队游行队伍走过来，是南菁中学的队伍。他们的老师于再，是'一二·一'中的一位烈士，在敌人要拉响手榴弹的时候，他冲上去抱住敌人，被敌人推倒在地，最后壮烈牺牲。所以南菁中学的队伍给人的感觉在情绪上更强烈，口号听上去也更激奋。街边的人们都在说，'南菁的，南菁的来了，他们的老师被打死了'。队伍高呼着口号来到我面前，带头呼口号的是个女学生，她在我面前站了下来，振臂高呼：'反内战！要和平！'队伍里的人和街边上的人都跟着挥拳振臂高呼：'反内战！要和平！'她又高呼：'反对暴行！严惩凶手！'大家又跟着高呼：'反对暴行！严惩凶手！'满街响彻了口号声，那声势很大。

"我也振臂跟着高呼。她就站在我面前，几乎紧挨着我。我看见她的后背和一边呼口号一边转过身来的侧面。她穿一件浅色的细格子旗袍，振臂奋力高呼时，我能感觉声音是从她的肺腑里，用全身心的力量迸发出来的，能感受到她强烈的气息和心跳。她呼完口号又站进队伍中去，那时候，我像受到磁石的吸引，不知不觉，自然而然，跟着就站进队伍里去了。

"就这样一边呼口号一边走。走了一阵，她转身看到身边多出来一个小学生，就伸手牵住了我，一直到结束。当大家渐要走散时，她问我，'小弟弟，你家住哪儿，我陪你回家'。我那时个子小，又细又矮，她的样子也不过十五六岁，但一副大姐姐的模样。我对她说了地址，才知道她家离我家不远。后来我知道她叫于静文，上的是西南联大附中，所以会在南菁中学的队伍中，因为烈士于再是她父亲的堂兄弟，他们一家人在参加了各自单位的游行后，又全家参加了南菁中学的游行队伍。四烈士出殡的时候，我和她们全家都参加了。你们不能想象那个场面——几乎全昆明城的人都站在街口上，送出殡的队伍长到排过几条街，西南联大著名教授闻一多先生、李继侗先生走在队伍的最前排，闻一多、吴晗等教授还在大会上发表了演讲。"

安志端起杯子喝了几口水，感叹着说："无论是站在'一二·一'的游行队伍里，还是站在四烈士出殡的队列中，我们那代人，所感受到的那种心潮、那种触动，对整个一生都在产生影响。"

杨进目不转睛望着安志。多年前培训中心请安志做中国青年运动史讲座，事后聊起各自与联大的渊源，亲切感油然而生。她内心敬佩安志，不仅博学、人好，还因为他亲历亲见亲闻过西南联大，他既是联大校友，又是联大后代，而自己只是个聆听前辈讲述历史的联大后代。

"我插一下话，你说的四烈士是哪四位？"汤达声问。

安志伸开一只手，说完一个名字把手指弯曲下去一个：

"南菁中学教师于再；西南联大师院学生潘琰，这是个女学生；西南联大师院学生李鲁连；昆华工校学生张华昌，他牺牲的时候只有 16 岁。"

三个人自然地静默了一阵。

说起一二·一运动，杨进曾在家里翻看到一个小册子，发黄的封面上，黑色的油墨印着一支燃烧的火炬，一只奋力张开的大手。她问过父亲，说那是一二·一运动时发出的宣传册子。当时她的父母都已从西南联大毕业，由学弟学妹们寄来，父母把它珍藏着，可惜"文化大革命"抄家时被抄走了。

安志给三个人的杯子里续上水，又接着往下说。他的声音变得平缓、柔和，脸上也有了浅浅的笑意。

"从那以后，我时常跑到她家去玩。放学后，我背着书包直接到她家，我们就在桂花树下的石桌上做功课。她和她的家人一直叫我的小名：小志。她聪慧、友爱、勇敢、大度、细心，我觉得她身上集中了许多优点，是位不可多得的女性。我和她对联大有很深的感情，如果西南联大不北归，我俩都肯定是报考西南联大。联大北归了，她转入昆师附中，毕业后，考上了昆明师范学院，昆明师范学院是西南联大整建制留下的血脉，院长就是查良钊先生。当时留在昆明的还有不少西南联大名教授，比如罗庸先生、吴征镒先生等。在那里上学，也就好像是西南联大一样。我呢，从小叔叔教我英语，他是西南联大外国语文学系的，他希望我学这个专业，但我对历史更感兴趣，苦读多年，幸运地考上南开大学历史系。那时候全国高等学校'院系调整'，我最佩服的郑天挺先生从北京大学调入南开大学，担任了历史系主任，他后来担任了南开大学副校长。所以，我也等于是追赶上了西南联大北返的脚步。"

安志用手比了比自己的头顶："说起身个子，我在高中阶段才渐渐长高，大学毕业时，身高蹿到一米七六，身形也比较魁梧，跟小时候完全成了两个人。老同学们见面，都惊奇地开玩笑说安志你不是一只丑小鸭吗，什么时候变成白天鹅了？

"那时候，她已经大学毕业参加了工作，在一所中学教书。我去向她求婚，对她说，'从一二·一游行那天起，我就认定今生非你不娶。'她哈哈大笑，说，'什么？你那时不过才十一二岁的人，就非我不娶？'她比我大四岁，双方的家长似乎从来没有在年龄上有纠结，一致同意。回想起来，好像家长们早就料到这两个人将来会走到一起似的。"

杨进用手拄着下巴，若有所思地望着说话的安志，第一次听他讲起自己的前妻，看来与刘开梅有太大的不同。

正想继续听下去，门开了。

刘开梅回来了，一进门就大声报告安志：

"刚碰见田老师了，他让我告诉你，来不了了。让不要等他。"杨进看了看她的手上，空空的，什么都没有，她不是说去买东西吗？

"什么情况？不是说好的吗？"安志急问。

"他正要给你打电话，然后碰见了我。让我给你转达。学生会和校团委也在搞一二·一运动60周年知识竞赛，拉着他去当评委，现在学生正前呼后拥地拥着他往团委那边走呢。"

"哦，是这样，"安志有些遗憾，然后笑了笑，"也好，那就是另外一种纪念形式吧。"

从安志家出来，回家的路上，汤达声很有感触地说：

"看来，老安的前夫人，比我们这位刘同学素质高得多。"

"对，肯定高得多。好在，现在他俩过得也还不错。他们结婚有……十三四年了吧？"杨进显然有一种宽慰感，"十几年了，家庭已经很稳固了。老安高素质，为人又好，刘是要差些。"杨进说时想尽量客观，"不过安志是典型的不会做饭，他会煮面条煮鸡蛋，听说还是于老师过世以后才学的。想来是于老师总宠着他，导致了他不会做什么家务。好在……"她本想说，好在刘开梅这方面不错，但她停住不说了。她知道对于安志的完全不会做家务刘开梅是包容的，曾这样对她说："既是一家人，就不要计较谁做得多，谁做得少了。"此刻，她不想把这句话说给从来就不愿意做家务的汤达声听。

快走到家了，杨进想起了女儿，想起了要进行的谈话。汤楠这个周末不回来，现在家里是没有女儿的。她每一天都在惴惴不安，但又只有等待。

心里正郁闷着，汤达声突然神秘兮兮地开了口：

"老安今天有点儿反常。"

"你是说，他讲起了当年和前妻的故事？"

"唔，搞不好，有点儿什么事……"

"因为'一二·一'触景生情，想起当年，这很正常啊。"杨进不解地反驳。

"你说他为什么给我们说了那么多和前妻的故事？恐怕还有别的原因。他一定心里有什么感触才会这样。"

杨进转头看汤达声，他正抿紧嘴巴轻摇头，眼镜片也跟着一晃一晃，一副莫测高深的样子。她有点儿迷惑了。身边这一位是极少关心别人的，此时是突然得到了什么神示？或许，因为他们都是男人，那是男人与男人之间才会有的一种心性相通？

第四章

　　杨进在焦虑中总算盼来了又一个周末，晚上，女儿回家了。

　　小姑娘肩背大书包，一脸的疲惫。杨进看看时间，11点！正想问怎么又是这么晚才回来，汤楠已经进屋去关上了房门。她随着走到房门边抬手要敲门，像上次一样，想想折了回来。虽然已经在提心吊胆中等了女儿十来天，但现在，一是太晚，二是汤达声在家，有做父亲的在场，这局面不好谈。她咬紧嘴唇，艰难地做出决定：明天早上谈。这是最后期限了。

　　这晚，杨进彻底失眠了。

　　汤楠17岁才满过，有一次杨进在妇产科住院，同病房有一女孩就是17岁。杨进看那女孩子，小小年纪腹部隆起，最初以为是腹内长了瘤子，或是有腹水之类。她问她：

　　"你是什么情况？是什么病？"

　　女孩满不在乎地说："我怀孕了。"

　　杨进吓了一大跳，轻轻地问："有多久了？"

　　女孩仍是一副没所谓的样子："医生讲，有5个月了。"

　　杨进震惊极了，望着女孩隆起的腹部和那没所谓的样子问："那现在准备怎么办？"

　　"她们让我住院，等着引产。"

　　"你是学生吧？几年级了？"

　　"初中毕业了，家里让我继续上高中，我不想上了。上学太累。"

"那你现在做什么呢？"

"在网吧给人家帮忙。"女孩子边说边吃完了一堆零食，然后在病床上坐着发呆。

过一会儿，闭着眼睛养神的杨进感到自己的床在剧烈摇晃，睁眼一看，在两病床中间有个一肩宽的空间，女孩此时正站在那个窄小的空间里，把两边的钢架床头当成了双杠，两手各拉着一个床头在拼命上上下下蹦跳。

"你这是在做什么？！"杨进坐起身来，惊愕不已。

女孩喘着粗气，淌着一脸的汗水答道："我想把娃娃跳下来！这样就不用做手术了！做手术很痛的。"

杨进赶紧下床拉住她："天啊，小妹妹，你这样做太危险了！会出事的！你还是好好休息着，等医生给你做手术吧。手术要打麻药，你一点儿不会感到痛的。"

在医院碰到的这个女孩留给杨进抹不去的印象，现在她眼前又浮现女孩的模样，从年龄上讲，和汤楠一样大，17岁！杨进呼啦一下坐起身来，再也躺不下去了。她恨自己总是怜惜女儿，一再地错过谈话时间，晚谈一天，说不定就会发生无可挽回的终生大错！她望着窗外，只恨不得马上天亮，恨不得现在就把汤楠拎起来坐到面前，然后开始她憋了好些天的谈话。

她睁着眼睛挨到了天亮。

早晨到来的时候，家里表面还是平静的。

她做了汤楠爱吃的煎鸡蛋、葱油小饼、甜酒小汤圆。吃过早餐，她沉默着坐在桌边，不似往日那样急着去收拾碗筷。眼睛的余光扫着汤楠，此时正在屋里进进出出地收拾书包，脸上也是像医院里那个女孩的表情，满不在乎，没所没谓。

她却感到自己的心在发颤，连带着身子都微微有些发抖。为什么会这么紧张？因为谈的是如此敏感而重大的话题，汤楠的个性又是那样桀骜不驯，而她自己，是下决心豁出来就算闹个天翻地覆，也一定要搞个水落石出的。所以连汤达声在家也顾不了了。这样的局面，弄不好真不知如何收拾。

她心里很清楚：面前将是一场暴风骤雨。

"楠楠，你们今天下午几节课？"

杨进开口问。所以这样开头，是因为刚才汤楠说了，学校只放今天上午半天的假，下午就要回去，物理老师要来。

"不是上课，下午要考物理，是老师的模考。"

"要考物理吗？我先来考考你。"

在一旁坐着的汤达声接口，他扶了扶那副"戴了像没戴"的眼镜，递给女儿一个削好的苹果，然后随意抛出一个提问：

"什么叫静电反应？"

杨进心想，这问题比起将要和女儿进行的谈话，简直小之又小，况且是那么不严谨的随意提问，眼前，这是一个几经曲折好不容易才等到的时机。不等女儿作答，她神情严峻地抢先一字一句对着那父女俩说：

"现在不去管那一个个的具体问题。汤楠，我现在想和你谈大事，大问题。"

听见母亲这样的口气，再抬头看看母亲的表情和脸色，汤楠很是意外，立即也就浑身起了反感。她把咬了一口的苹果放下来，冷冷地说：

"我下午要考试！你想谈什么？请你不要耽误我。"

"豁出试不考、课不上，今天，你哪里都不要去。"杨进的语气平静，但是坚定不移。

汤达声转身进了屋，过一会儿拿上他的包走出房间，"我有事出去了。"他淡淡地说。他并不知道要谈什么，只是意识到有麻烦来了。凡是问题麻烦、形势严峻，他总是能躲就躲，能走开就走开。不过杨进真心希望他此时尽快走开，只由自己和女儿进行这场不寻常的谈话。

传来关门声。

母女两人僵在屋里。

"你要我怎样？！人家要考试，你倒不让人家去上学！"

带着敌意的一阵沉默后，汤楠铁青着脸把书包往沙发上用力一掼，眼泪涌出来，歇斯底里地叫道："你要我怎样？你说吧！"然后像一只被囚在笼中的小猫，无限委屈地任眼泪长流，同时把脸转开，脖子扭到了最大极限。

杨进的心一直在颤抖，不过表面上很镇定。看女儿发作得差不多了，尽量和缓地开了口：

"汤楠，我不是今天才想找你谈话，几次都因为各种原因谈不成。你知不知道？为了这场谈话，我准备了很久，我知道这种谈话很难很难，但再难，也得开口。因为，你是我的女儿，而我，是你的妈妈。"杨进的嗓子哽住了，眼泪不争气地流下来，有一阵，母女两人各自抹着泪，没有话。

"你到底想说什么嘛？"汤楠转过头来，不耐烦中仍夹着哭声。

杨进镇静了一下自己，然后单刀直入："告诉我，成天和你在一起的那个男孩是谁？"

女儿一定会守口如瓶，百问不答。她等着和女儿打持久战。

"问这个呀？"

没想到女儿一下轻松了神态，并对以如此严峻的形势拷问这事表示轻蔑。没好气地、坦然地说：

"他叫陈铭，是我的初中同学。"

"初中的同学？那么他现在是已经工作了，还是？"

"他没在我们学校，现在在另外一个学校上高三。"

"那么说，他也在准备高考？"做母亲的觉得心里轻松了一些。

汤楠很不屑地说："是呀，他当然也在准备高考呀。我有时候不在学校，是在他家里复习功课。"说完这话她瞅瞅母亲，抹了抹眼角未干的眼泪，老气横秋地开起教训来：

"你们不用疑神疑鬼。我不是小孩子了，我会处理我自己的事情。你们不就想知道，我是不是在早恋吗？你们不就是觉得，早恋不好吗？我又不是现在才面对这些问题。"

杨进一时间愣在那里。她正在考虑怎样把话引到"早恋"上来，没想这丫头毫不忌讳地自己说了出来，而且那样满不在乎。她感到自己谈不下去了，现在是听女儿讲。难得女儿自己愿意讲，这是她事先没想到的。

汤楠在沙发上端坐下来，继续她刚才的话，说时一脸正气，轻松中还略带几分自负和自豪：

"告诉一些你不知道的事。还在上初中时，就有男生给我写信了。这个男生长得非常漂亮，人也聪明。但是，本人觉得，他一无理想，二无志气。他给我的有一封信写了6页纸，论文似的，我把它烧了。看，这是你想不到的吧？"

杨进当然想不到。她准备的许多话现在都用不上了。她望着汤楠想，成天在自己眼皮底下，认为世事不解，单纯得如一张白纸的小孩子，竟是经过点儿事的了？而且听起来还似乎很有点儿头脑？

屋里的气氛比刚开始时缓和了。毕竟是母女，心是可以沟通的。一番话语后，相互间找回了似乎失落的亲情，气氛也进一步融洽。

不过接下去汤楠谈的事就让杨进震惊了。

也许想证明自己长大了、老练了，也许是一些事在心里憋得太久，还是想对母亲敞开，汤楠又说：

"妈妈，我再告诉你一件事。"

杨进点头，让她说下去。

"暑假的时候，我对你说，跟珍珍她们到天湖去了。其实，我对你撒了谎。我就是和陈铭俩人去的，而且，晚上，我们就睡在一张床上。"

有什么东西在空气中引爆了，家里似已被炸得七零八落！杨进在惊骇后定神看家里，她们母女好端端地坐着，看看面前，说话的也不是别人，是自己的女儿。这才意识到被引爆的是自己的内心！她立即想起了那个医院中的少女，不祥之兆雷电般劈头袭来。但她只能控制着狂烈跳弹起来的心脏，对自己说：镇定！镇定！不管这孩子做了什么，只有保持镇定，才能更多地了解她……

汤楠望着母亲，坦然，又多少有点儿得意地说：

"但是，我们之间什么事也没有发生。"

杨进刚才被猛然提到嗓子眼的心，哧溜一下回到原处。按捺住涌上心头的种种复杂感受，迎着汤楠清澈的目光、微红的脸，平静地对女儿说：

"我相信你。"

在汤楠眼里，杨进是一个好母亲，但她们有代沟。刚才该说的不该说的都忍不住说了，说不定妈妈会暴跳如雷，而自己已经道不明也说不清。但她耳朵里听见的却是明确、诚恳的四个字："我相信你。"而且，她看到妈妈在说这几个字时是毫不犹豫的。汤楠心里感动了，她停了停，进一步剖白：

"我们不敢做那事。要是弄个娃娃出来囤在那里，那我们俩怎么办？那样的话，本大侠可就彻底完了。"

说这些话时汤楠的眼睛不好意思望母亲，望着别处，语调虽带着调侃，但是神情严肃。那神情中带着自信和庆幸，也带着她这个年龄的人少有的沉思。

杨进没有说话，她内心有一种如同劫后获救似的庆幸，这种庆幸比汤楠本人要强烈十倍百倍。

屋里很安静。母女两人一时都无话。这种安静跟刚开始时那种沉默是完全不同的。

坐在对面的汤楠，慢慢地开口又谈了起来：

"其实，妈妈，我能战胜自己的情感，跟你对我的教育分不开……你给我讲过外婆在西南联大时候的故事，你可能想象不到那故事对我的影响。那个在生离死别的时刻还控制了自己情感的志士让我非常钦佩。我最记得的就是，他对心爱的女同学说：'不等天亮，我们就要出发了。也许，今后，我再也没有机会看到你。'一直到分手，这是他说的唯一一句话……"

是的，这是杨进给女儿讲过的真实故事。她只对女儿一个人讲过。想不到，会如此深入女儿内心，并起着深刻的作用。

她充满感情地注视着女儿，那时，汤楠正在继续毫无保留地敞开心扉："不知为什么，在最关键的时刻，"她说着看了一下母亲，"你知道，我说的最关键时刻是指什么，"见母亲用眼神并轻轻地点头表示明白后，她说，"说来很奇怪，在最关键的时刻，我好像听见了一个声音，那是我最敬爱的外婆的声音，虽然我从来没有见过她。我好像看见她走过来，对我说：'楠楠，真正宝贵的感情是埋藏在心底的。能够用理智战胜情感，这才是最可贵的。'就那样，我在最关键的时候理智占了上风，恢复了就像现在坐在这里说话的我这样冷静。

"后来，你也想象不到，在天湖的那个晚上，我完完整整地给他讲述了我外婆的这个故事。他听完，眼泪都要流出来了。我和他讨论这个故事。他说，'如果换成我，如果我是那位志士，我起码要握一握对方的手，起码要求拥抱一下对方。作为永别，对方起码也要给我一个就算是送别式的拥抱'。我说，'不！就是这样最好。'这是最神圣、最圣洁的分别。它整个包含的那种圣洁，就好像'卡瓦格博'。"

"他问我，什么叫'卡瓦格博'？我说这个都不知道？后来我就告诉了他。我们就这样谈了大半夜的话，然后各人迷迷糊糊打了个盹儿，天亮时候起来了。这就是全部的经过。"汤楠说完，静静地望着母亲。杨进也静静地望着女儿，只觉得此时女儿的神态，像极了她4岁的时候。

她站起来，走到汤楠身边，伸出双手抱住了她的头，把脸贴在头上。透过滑顺的秀发，能感受到里面的温度。那温暖的头颅里面是聪慧的，热情洋溢的，生机勃勃的，更难得的是理性的。母亲当年对她讲述这段故事时候的声音，此刻清晰地在耳畔响起。故事中的人物伴随了她很多年，也影响了她很多年。后来这个故事由她讲给了女儿，在最关键的时候，外婆出现在这颗小脑袋中……她相信汤楠受到的这些影响会持续下去，就像她本人一样。

一个家庭里，会有些东西，平时看不见、摸不着，也没有特别去强调、刻意去追求，但它却会自然而然地在两代人、三代人，甚至若干代人中无形地流传，潜移默化地起着作用。

"楠楠，你真的长大了。而且是好样的！妈妈都不知道，你是在什么时候一下长大的！"

杨进很享受此刻的时光。母女之间找回的不仅是普通意义上的亲情，还找回了以往曾有的息息相通。但她仍清醒地记着要对女儿进行必须的告诫。

"你现在还小，选择恋爱还太早。就像坐上人生的长途火车，刚驶出站你就认为看见了好风景，其实路还很长，路上的美景还有的是。最早的选择，往往不是最好的选择。何况，你现在一半是出于好奇。"

汤楠默不作声。

杨进慢声细语地说："你既然钦佩那位壮士，你就得学习他。他马上就要奔赴战场，一转身，就绝断与世间的一切欲求念想，绝不藕断丝连。你不是说，关键时候，听到了外婆的声音，于是你悬崖勒马了吗？那么在和陈铭的总体关系上，你也得要悬崖勒马。处在将要高考的阶段，全心全意学习都还唯恐不够，哪能分散精力去谈恋爱？一句话，孩子，悬崖勒马，完全尽快地回复到紧张的学业上来，准备高考。"

汤楠仍是低着头不说话。过了一阵她抬起头来回答：

"我会的。你放心。"

杨进让女儿估计，按她的现况，考北京大学有多大把握。汤楠实话告诉母亲，她现在的总体成绩虽不总是排在第一名，但仍一直在前三名。

"填志愿时，我想只填北京大学一个志愿。"

"只填北京大学一个志愿？"

"是的。万一考不上，我就重读，再考。反正我就是想成为外婆的校友。"

杨进不想在这时说泄气的话。一来，尊重女儿的意愿；二来，正是所追求的目标，会促使她彻底放弃不该涉足的早恋。

谈话结束时，杨进向女儿讨教："我刚才听你说了一个新名词'卡瓦格博'，这是什么意思？我也不懂。"

"妈妈，你成天太忙，所以你不知道。那不是新名词，是一座雪峰的名字。是至今为止世界上唯一没有人登上去过，今后也不准许任何人登上去的雪山。那真正是一个圣洁的神山，你可以上网查一查。"

杨进怀着浓厚的兴趣上网查了。

卡瓦格博，云南境内第一高峰，是与梅里雪山紧紧相连的太子雪山的主峰。在藏语里不仅是白雪之峰之意，也是主峰、山神及整个太子雪山概念的三位一体的称呼。

曾经有不少人想登上这座雪峰，但均以丢掉性命告终。1990年，由实力最强的日本京都大学登山队为主体组成中日联合登山队，他们以配备最先进、登山经验最丰富著称。志在必得的他们，结果是17名队员全部遇难，成为登山史上的最大事故。

当地藏民强烈反对有人去攀登心目中的圣山。他们整村整村地出动，一排排地躺在登山队必经的路上、桥上："你们不是要去攀登卡瓦格博吗？那你们先从我们身上踩过去！"

6年后，京都大学登山队再次登山，再次以失败告终。究其原因，"不是村民的阻挠，不是队员的技术问题，依然是冥冥中支配一切的某种力量"。

看着这些关于卡瓦格博的介绍，杨进也很震撼。女儿基于什么感触，把卡瓦格博与外婆的故事联系起来？想来想去，能够捉摸到两者之间关联的某些脉络，只是难以用语言表达。

西斜的太阳把光线洒进屋来，窗外的绿树叶映衬着纯净的蓝天，那天空，蓝得深邃，蓝得让人敬畏。杨进和女儿谈话的这天，像极了当年母亲讲述亲身经历的那一天。

第五章

那时候，杨进从当知青的乡下回到家里，专程来照顾生病的母亲。经过几天的细心照料，或许是由于有女儿在身边，或许是由于天气向好，母亲的身体终于明显有了好转。

母亲在床上坐着，斜靠着被子。窗外，清晨的天空很蓝，家里很静。

杨进这次回家，带来一个刚刚认识的女知青，叫刘开梅，她需要在杨进家里借宿几天。母亲从床上望望屋外问道：

"小刘已经出去了吗？怎么听不见声音？"

"她还在睡觉，今天她还是要出去的。"刘开梅早出晚归，白天出去在她男朋友那里，晚上回到杨进家里住宿。

看母亲精神不错，杨进从包里拿出两本书："我把这个带回来了。"

那是屠格涅夫的《前夜》、果戈理的《荻康卡近乡夜话》。家里所有的书籍、资料、相片在多次抄家后已荡然无存，这两本书因为带去乡下才躲过一劫。看书时发现《前夜》内页中夹着几页母亲手抄的诗，她小心地放回去，然后完整地带了回来。

母亲慢慢从书页中拿出抄写的那几首诗。第一首是《哀国难》，诗中写道：

　　一样的青天一样的太阳

　　一样的白山黑水铺陈一片大麦场

　　可是飞鸟过来也得惊呼

呀！这哪里还是旧时的景象

我洒着一腔热泪对鸟默然

……

眼看祖先们的血汗化成了轻烟

铁鸟击碎了故去英雄们的笑脸

眼看四千年的光辉一旦塌沉

铁蹄更翻起了敌人的凶焰

……

新的血涂着新的裂纹

广博的人群再受一次强暴的瓜分

一样的生命一样的臂膊

我洒着一腔热泪对鸟默然

……

母亲拿着诗稿问："进儿，你看过这书里的诗了吗？"

"看了。诗和书都看了。我觉得它们有点儿关系。"

"这是我在西南联大的同学穆旦写的，他的本名叫查良铮。当时我们都是南湖诗社的成员，后来他成为著名诗人。这是他在日本侵略军入侵中国时写下的爱国诗篇。"

母亲停了一下又说："抄下这些诗句，是为了纪念我那些在国难时英勇参军上前线，为国捐躯的西南联大同学。"

"他们就像《前夜》中的主人公那样吗？"

"比那更英勇、更悲壮。而且，这是亲身经历，所以永远忘不了。"

母亲是一位毕生诲人不倦的好老师。在杨进眼里，母亲是最具思想、学识、才智和眼光的女性，是她的为师的母，为母的师。

这样的母亲给予女儿的精神力量，是旁人想象不到的。

一天杨进上山砍柴，回来时实在挑不动了。身体的能量在不停的劳作中已丧失殆尽，连生命的元气似乎也顺着赤着的脚往下泄。但她不能放下柴担，因为做饭烧水取暖都靠着它。但是挑回村还要翻过几座枯草萋萋的山坡，放眼所见，只有天苍地茫，何以为助？

就在那时，她扶住扁担的手上，衣袖口露出浅蓝色。那是母亲的毛衣，一件纯浅蓝，母亲青年时代都不太舍得穿的欧式毛衣，她给女儿穿在了身上。此刻，纯浅蓝从外衣的袖口露出来，好像母亲在探头望着女儿。

"妈妈！"杨进不由自主地喊了一声。

她好似突然获得了力量的源泉，盯着那圈浅蓝不敢移开眼睛，否则整个人就会倒下。在漫长萧瑟的山路上，母亲的毛衣，如同会释放某种电波，让她从中汲取一点一点的力量。她就这样一步一步把沉重的柴火担回了村子。

此时，从母亲嘴里，杨进第一次听说，西南联大这样一个著名学府，竟有许多学生为赴国难参军上前线，他们比她刚读完的英沙罗夫和叶琳娜更让她渴望了解，更让她充满好奇，因为，他们就是母亲的同学。

她在床边的桌前坐了下来。母亲正要开口，外屋响起了动静，杨进伸头望望，刘开梅穿着睡衣起来在倒水，喝完水又回房间躺在了床上。

"小刘可能还没有睡够，她昨晚回来太晚了。"

杨进解释完，手托腮帮面对母亲，期盼地等着。母亲慢慢地开始讲了。母女两人谁都没有想到，这一天的所讲，竟会对杨进产生那么深的影响，影响之深，竟致故事的男主人公好像从此附着在了杨进的身上一样。

"1937 年 7 月卢沟桥事变后，北平、天津相继沦陷，北大、清华、南开三校被迫向湖南长沙集结，成立国立长沙临时大学。那时以为可以暂时安放下一张书桌了，但是日本侵华军继续向华东进犯，一路狂轰滥炸、烧杀掠抢，山河虽在，国家已经破碎。'边庭流血成海水''野闻千家哭战伐'，就是那时候的写照。"母亲说着，接下去又给女儿讲了亲眼所见的普通民众逃避战乱的凄惶，千万百姓家破人亡的惨状……她想在说出后面的真实故事前，让女儿更多地了解历史背景，只有这样，女儿才会更深地理解她下面要讲的故事。

"……就是这样，中华民族已经到了最危险的关头。西南联大的青年学生们在教室里再也坐不下去，尤其男同学们，报国心切，踊跃报名参军入伍，恨不得马上荷枪实弹，去与日本侵略者决一死战。校园里，常常有我认识或不认识的同学，昨天还腋下夹着书本，走在路上去教室听课，今天就报名参军上了前线。"

母亲说着，神情越来越凝重，从母亲的眼神里看去，好像能看到一个个腋下夹着书本上课的学子，转眼间已背着上前线的背包……

杨进母亲所讲述的西南联大这段历史，《图说西南联大》这样记载："……不到两个月时间，国立长沙临时大学至少有 295 人提出申请保留学籍，领取了参加抗战工作的介绍信。""这些学子告别师友，告别校园，有的去了前线部队参战，有的参加战地服务团，有的到装甲兵学校、交通辎重学校和各类军事学校，有的奔赴延安，有的响应'保卫大山东''保卫大河北'回到各自家乡打游击。"

整个抗日战争时期，西南联大从长沙时期的"三百英豪"，到昆明时期的"八百壮士"，一共欣起三次从军高潮。至少有 1100 多名学子投笔从戎，约占全校学生的百分之十四。至今矗立在西南联大博物馆内的纪念碑上，镌刻着西南联大校志委员会撰列的"国立西南联合大学抗战以来从军学生题名单"，一共 834 名。限于当时的条件，有 300 余位从军学子还没有收录进名单并镌刻在这个纪念碑上。

投笔从戎，开赴前线，意味着牺牲，意味着献出年轻的生命。

西南联大学生罗振诜先生回忆，他在 1945 年报名到来华作战的美国盟军担任翻译官，到广东新会作战时，他又自愿报名参加中美混合编队的联合作战行动。执行任务出发前，队员照相、填表、填写牺牲时通知人的姓名和地址，每个人按照自己的意愿写一封家信，实际就是遗书。

能设想一下照相、填表、写家信时的心情吗？那是明知此去就可能阴阳两隔，就可能成为遗体被抬下战场，即便如此，也要英勇上前，没有考虑余地。

在这次行动中，编入另一个支队的，同样是西南联大学子的翻译官缪弘，在日军反扑过来时，英勇地端起枪和敌人面对面交火，最后壮烈牺牲。在校学习时他才华横溢，冯至、李广田等教授对他十分喜爱。

另一位从军的西南联大学生关品枢先生在一篇文字中回忆："1944 年11 月，……一天，……我发现一个看来还不到 20 岁的伤兵，右手绑着血迹斑斑的绷带，人还清醒。我问他是哪个单位的，他说是昆明西南联大来的，原来在外语系二年级学习……这次他们三辆坦克一起向八莫日军阵地攻击前进，不料他的车中途坏了。由另两辆坦克掩护，他跳下车修理。还未修好，手还在履带下，坦克突然开动……我连他的姓名都来不及问。"

杨进母亲熟悉的诗人穆旦也在 1942 年投笔从军，那时他已经毕业留校任教，他以西南联大助教的身份报名参加中国入缅远征军，亲历滇缅大撤退，经历了震惊中外的野人山大撤退。

在瘴气弥漫终年不见天日的原始野林中，过河的时候，大雨使河水猛涨，一位来自西南联大的青年战士被汹涌的河水冲走，转眼间不见了踪影。另一位来自西南联大的战士把最后一把野菜分给战友后，极度虚弱中背靠一棵树干慢慢坐了下去，此后再也没有起来。他的身躯，像其他倒下的战友一样，马上就被野兽，各种各样的蚂蚁、蚂蟥、爬虫啃食。穆旦亲眼看见，阴暗的乱枝密叶旁边，一位战友的遗体，被啃食得只剩下一架白骨，脚上还完整地穿着一双行军鞋……

……

在阴暗的树下，在急流的水边，
逝去的六月和七月，在无人的山间，
你们的身体还挣扎着想要回返，
而无名的野花已在头上开满。

……

静静的，在那被遗忘的山坡上，
还下着密雨，还吹着细风，

没有人知道历史曾在此走过，

留下了英灵化入树干而滋生。

……

这些优秀的西南联大学子把年轻的生命永远留在了缅北原始丛林，幸存的诗人穆旦只能以这首《森林之魅——祭胡康河谷上的白骨》，祭奠战友的英灵。

母亲讲一阵，歇上一阵。最后讲起了自己的亲身经历。事情发生在第一次从军高潮时期，时间是1938年春。彼时，学校已奉命从长沙转移到昆明。

"到昆明，一时没有足够的校舍容纳这么多师生，于是文学院和法商学院暂时安顿在蒙自。从战火纷飞之地，来到蒙自小城，感受到这里的安谧宁静，我们都深知，这是前方将士用自己的身体抵挡着敌人的炮火换来的。大家都非常珍惜这样宝贵的学习时光。教授们也同样，除了尽心尽力教好我们，还在艰苦的条件下抓紧著书立说。

"尽管随着学校颠沛流离，只要一有时间我就埋头用功。国难当头，既然不能像男同学们那样直接上前线，就更加抱定学好本领为国家和社会服务的决心。联大校歌里有句歌词'中兴业，需人杰'，刻苦学习，就是为了等待报效国家那一天。

"文学院的第一个学期是在蒙自度过的。蒙自，就是在那里，我生平第一次面临了感情上的问题。"

母亲说到这里，声音和表情有点儿变了样，整个人开始长时间沉陷在旷远而沉郁的记忆中。过了许久才又开始讲话。她的语调和声音，听上去像是从人迹未到的深山幽谷中缓缓淌出的泉水……杨进凭感觉知道，自己是第一个听众。

但她并不是唯一的听众，因为母女两人都没有注意，其时，还有另一个人也在旁边倾听。

"那时是风华正茂的青春时期，但我的青年时代，相当拘谨。虽是到了大学，感情方面的事，不但从来没有实际接触过，甚至连想都没有时间好好去想过。

　　"在蒙自安顿下来后不久，又有一批学生要奔赴前线。带队的那个男同学，思想进步，很有才干，是学生运动的中坚分子。他成绩好，又乐于助人，在同学中，一直深受爱戴与尊敬。临出发的前一天，他突然悄悄来到我面前，低声告诉我，他很快就要走了，约我晚上到校园去谈谈。我和他只有一般的接触，平时都是各忙各的，一下听到这样的邀请，感到好意外。

　　"去不去呢？我有些犹豫。想想他马上就要出发了，上抗战最前线。我们内心对国家对民族的感情是相同的，抗战的热情是相同的，对上前线的同学我都充满敬佩之情。我决定去见他。这还是我生平第一次，单独去赴一个男生的约会。

　　"那晚，联大校园里说不出的安静，月光十分明朗。我去时，在南湖边一座很大的假山旁，他已经等在那儿了。我这才看到，他已经全副武装，腰间束了皮带，脚上紧紧地打着绑腿。他对我说，不等天亮，他们就要出发了。隔了一会儿，又很轻很轻地说，'以后，也许我再也没有机会见到你……'当他说这句话的时候，声音在颤抖，他紧紧地咬住了嘴唇低下头去……

　　"等他再抬起头来的时候，他的一双眼睛很庄严、很激动的样子，久久地、久久地望着我，却再也不说什么。……我至今记得那双眼睛，记得眼睛里那种让人难忘的表情。

　　"或许由于我的性格，或许由于完全没有思想准备，奇怪得很，我当时不知是想不起该说什么呢，还是想起了也不知说什么好，总之，我也是一句话没说。大家就这样面对面默默地站着，然后，就这样分手了。

　　"从此，再也没有见过他。以后，听人说，他已经到了延安，再后来听说，他已经直接去了最前线。是在他走了以后，我一一回忆他的思想、为人，他的一切行动，这才猛地省悟到，他，很可能是当时西南联大地下党的成员……"

悠远的回忆如潮水那样淹没了母亲，很久很久，她不再说话。杨进坐在桌边的大木椅上，皮肤晒得黝黑，身上似乎还有从田间带回来的稻草味，几年知青生活的磨炼，她已经差不多是个地道的乡下姑娘。此时，她仿佛越过了时空，也远远超脱了存在于其中的砍柴、插秧、收割的农村生活圈子，来到蒙自南湖边的西南联大校园，在如咽如诉的清风中，看到了如水的月光，看到了假山旁默默站立的两个人。

"后来呢？"终于忍不住，她小心翼翼地打断了母亲的沉思。

"后来，再也没有听到他的任何消息。想来，像他那样勇敢的人，早已牺牲在战场上了……"

母亲又沉默了。

可是，"像他那样勇敢的人，早已牺牲在战场上了"这句话，却久久地在杨进耳边回响、缭绕，使她欲哭无泪。风萧萧兮易水寒，壮士一去兮不复还……那份没有表达出来的真情，那份没有说出口的真情啊，和他的躯体一同消逝在战场上了……面对母亲，她体察到母亲内心的痛楚与惆怅。那时的杨进毕竟年轻，懵然而有点儿义愤地说：

"既然那样神秘地把人家邀到了校园里，他倒为何又什么都不说就走了呢？"她的意思是，他总得要清清楚楚地表白点儿什么吧？

"你还没有想明白吗？"母亲浅浅一笑，那笑中带着苦涩与敬仰，深沉而爱怜地望着女儿，说："我想，他是抱着必死的信念上战场的。既然不可能活着回来，表白后，岂不是只能带给我痛苦？因此，在那最后的时刻，他到底还是强捺感情，克制自己，默默地走了。"

屋里只有母女两人。四周静悄悄的，从打开的玻璃窗往外看出去，只能望见小白杨的树梢，因为是坐着仰视，视野所见只有沙沙作响的绿叶和那一片显得无限悠远、纯净的，瓦蓝瓦蓝的天空。杨进觉得，那天空蓝得让人敬畏，蓝得让人生出莫名的忧郁和遐思……

好一阵后她突然才觉出了身边还有人，一回头，看见刘开梅不知什么时候已经走过来，倚在门框上，睁着惊奇的眼睛望着屋里的母女俩。

"小刘，进来，进来坐。"母亲招呼她。

刘开梅走了进来，她已经换上了出门穿的衣服，神情有点儿拘束，不好意思地紧挨在杨进旁边坐下，"阿姨，你讲的故事好令人感动。"

"你都听见了？"杨进问，"唔，都听见了。"刘开梅又对杨进母亲说：

"阿姨，我听我的妈妈说，我的一个亲戚……好像我该叫表舅，也是曾经在西南联大的。"

"是吗？"母亲的精神兴奋起来，"叫什么名字？是在联大任教还是当学生？"

刘开梅摇头，一脸的迷茫，她只在此时偶然听到这个故事后，突然想起了家里曾提起过这件事，其他的一概不知。母亲虽感到失望，但她们母女两人对这个才认识几天的小刘陡增了一层亲切感。

两个姑娘紧挨着坐在一起，"小刘，你今年多大了？"母亲温和地问。

"按户口是21，但我实际比杨进大两岁，22了。"

母亲的目光从杨进脸上转到刘开梅脸上，又从刘开梅脸上转到杨进脸上，然后笑了起来："你们两个年纪差不多，个头差不多，皮肤也晒得一样的黑，真有点儿像两个乡下小姐妹呢。"

两个姑娘抿嘴笑着相互望了望，杨进对刘开梅说："我比你还要晒得黑。"

刘开梅坐了一会儿后说："我很想在这里听阿姨讲故事，只是今天还是得出去，我和郑家山，今天是要去跟他家的一些亲戚见面。"

杨进和母亲知道这不好留她，刘开梅起身告辞，又像往天一样出门去了。

母亲讲了半天的话，情绪又投入，一下子变得很虚弱。她想坐高一点儿，但要有人帮助才能挪动身子，"进儿，你把我扶起来。"她说。

杨进凑到床边，她需要抱住母亲才能扶动。在乡下干农活她是一把好手，但长大后就从没有亲密地挨近过别人的身体，此时面对的哪怕是自己母亲，她也有些拘谨，有些不好意思，也不知道该如何下手。她试了这个动作，又试了那个动作，手忙脚乱，头上和脸上已经有了小汗，把母亲也折腾了一阵，却没能让她坐高一点儿。

母亲喘喘气，望着笨手笨脚的女儿微笑："20岁的大姑娘了，还不知道怎么伸手去抱一个人。"

杨进的表情懵懂而又不以为意，母亲笑笑："小刘比你大不了多少，人家都去见男方家亲戚了，这可是要订亲成婚的意思了。"母亲当然不是催女儿谈婚论嫁，是内心充满了对女儿的爱怜，或许还有一丝担忧。

杨进不说话，在母亲指挥下，用一只手撑着床头作为支撑，另一只手从前面插在母亲腋下然后紧抱住自己的妈妈，一使劲，母亲终于挪动身子坐高了起来。然后，她才带着只有在母亲面前才有的娇嗔很自负地说了一句：

"她是她，我是我嘛。"

"你呀，你太像我当年的时候。"

杨进的心听了故事后一直是沉甸甸的，茫茫然若有所失的。听了母亲这话，她又完全回到了刚才的假山下和月光中。当明白那位壮士什么也没说出口就转身上了前线的原因后，她心里就一直哽着。从那以后，一位腰束皮带，脚打绑腿，义无反顾奔赴战场，然后为国捐躯的形象，就生活在她的内心里。那份没有表达出的情，也从此郁结在她心底。这种感觉十分奇特，好像自己就是那位充满了自我牺牲精神的壮士，虽有深情如骨鲠在喉，却绝不能一吐为快，只憋在心里说不出地难受。

从此，母亲故事中的男主人公，和她有了某种你中有我、我中有你的关联。

母亲辞世后，遗物中留下的几张照片都是西南联大时期的。想象不出在造反派一而再、再而三地抄家时，母亲是怎样设法留下了这几张照片。

其中一张是母亲与父亲站在西南联大校门口。

这张父母合影的照片背面写着父亲的笔迹："1946 年 8 月，与拍结婚照同天"。照片上，父亲穿深色西装，打着花格领带，母亲着一袭白色旗袍，手里捧着一束一直拖到地上的花。看得出来，父母很想在母校门口拍他们的结婚照，但那时的相馆没有"出外景"的做法，所以他们只能在母校门口先拍张比较正式的合影，然后再回到相馆穿上婚纱，拍正式的结婚照。

杨进长久地注视那个日期：1946 年 8 月。这是日本宣布投降后一年。此前，母亲同龄人的孩子已经好几岁的时候，她依旧孑然一身。

"妈妈为什么那么晚才结婚？"从来没有思索过这个问题的杨进，再回头去想当年母亲讲故事那天的种种，思维突然一下洞穿——

那位赴前线的壮士在最后的时辰，还想着不给心爱的女同学徒留痛苦。这是一种怎样的境界和情操！只是，他又哪里会想到，痛苦其实已经留下了……

女同学因为性格拘谨、矜持，加上约见来得突然，没有思想准备，以致当时像一座沉默的雕像。但是，壮士校园中的这一约，假山旁的这一见，如同在她宁静的心海投下巨石，再难以平静……从此，她在内心开始了默默的等待与守护。

她想用无言的祈祷和默默的守护，以换来这位壮士的平安。你不是认为自己不可能活着回来，所以就什么都不说吗？那我就等着你。有人等待，有人用一颗心护佑，你就会平安归来。

她不谈恋爱、不结婚，她害怕万一没有了这样的庇护，那位在前线的壮士就会性命不保。

就这样从 1938 年一直守候到 1946 年，抗日战争取得胜利，西南联大也开始北返。

直到这时候，她才让自己穿上了婚纱。

想通这一点，杨进才明白了母亲故事的全部意义。当年她感情的天平更多地倾向那位壮士，现在更多地倾向母亲，对母亲心疼不已。她决定，无论如何要找机会去蒙自。前辈虽已经远去，但有的东西会在这世上永恒——比如，乌蓝夜空里的月光，比如，校园里的假山。

遥想那位壮士已经英勇献身，或许是倒在撤退途中，正像穆旦诗中所写，无名的野花早已在他头上开满；或许从战场马革裹尸，而安葬在哪里已无法知晓。她所要做的，是到那座假山下献上一大束鲜花，然后喃喃私语：

当年，您约她在此一见。您可知，这一见，对她产生了怎样巨大的影响？

第六章

　　成州大学地处安吉区，与区政府相隔不远。安吉区的银行、企业、公司的门厅外，除了本单位牌子，同时都挂有"成州大学教学实习基地"牌子。成州大学则支持本校教师在不误教学任务的前提下，到安吉区进行决策参谋、企业诊断、技术咨询，当然包括到安吉区政府培训中心任教、授课。

　　这天刘开梅在电话里告知杨进，明天上午培训中心工作例会，她将把田振邦带来。"你知道吗，他开始完全不答应，他说太忙。我费了好多口舌，也只有我才能这样磨到他同意。"其实这话刘开梅说过不止一次了，只是因为马上要带人来，她自然要再说一次。

　　杨进问道："说了半天，这位全省最年轻管理学教授多大年纪啊？"

　　"49岁不到吧。"想想又补充，"他人挺好，就是有时候有股傲气。"

　　把田振邦这样一个优质教授终于请到培训中心，刘开梅觉得帮了杨进一个大忙，听上去心情不错。只听她又说："我要挂电话了，合唱团今晚要排练。其实我真想拉你也参加呢。"

　　杨进没有拿电话的一只手往外一摊："我？我哪有那个时间。"

　　"其实呢，我也没有多少时间，我都快要启程……"刘开梅赶紧收住来到嘴边的话，"明天见。我挂了。"

　　第二天早上，杨进先谈了两个短班的工作。短班人数多，但学时短，本期的安排主要是政府相关文件学习，是比较固定的模式。杨进把事项谈完，把指导老师送走。接下去就是等刘开梅带着长班的主讲教师过来。长班比较复杂，要就授课的具体内容进行探讨，然后确定课时和内容进展。

一阵熟悉的笑声传来，转眼，刘开梅已带进来一位中年男子，在办公室站定，随后为杨进介绍：

"这位就是田老师，成州大学管理学教授。"

杨进和他握手，招呼两人落座。

每当迎来第一次见面的新老师时，几乎都是程式化的开头语："你好，要辛苦你了，为我们培训中心开课。"对方回答基本都是："应该的，我很高兴来为学员服务。"今天杨进和田振邦说的也是类似几句话。她面对面看着他，只见长得气宇轩昂，一表人才。这个时令别人都穿着羽绒衣或大衣，他只穿了件深色的厚外套，里面是一件保暖衬衣，洁白的硬领敞开着，露出明显的喉结。给人的感觉是喜欢运动，身体素质不错。

田振邦微笑着，环顾了一下四周，又把头伸到窗外认真地看了看。区政府培训中心是一个四合院，平房，大门及办公室占了一面，其余三面都是教室，临院子的一侧是敞开式走廊，院子中间种着树和花草，两株玉兰树下各放有一张长条桌子，有坐椅，可供人在那里看书或讨论。

他回过头来赞赏地说：

"你们这儿环境还真不错。"

刘开梅快言快语地接口："这是杨进的功劳。以前完全没有这个样子，那时这里的环境差得一塌糊涂。"

杨进笑笑说："是后来进行了修缮，然后装修，再进行绿化，才有了这个样子。不过不是我的功劳。"

刘开梅看看腕上的表，站起身对杨进说："人我带来了，你们具体谈吧。我这些天比较忙，先走了。"说完回成州大学去了。

留下杨进和田振邦两人坐在办公室里，有一阵无言。杨进看看他，想起刘开梅那句"傲慢"，现在他给人的感觉是亲切谦和，只是不知什么地方确实让人感觉有一丝傲慢，不过这又应该是一个易于相处的人。

杨进向他通报本期学员的总体情况、培训目标，又让工作人员把已准备好的教学资料拿出来，这个只是供教师作参考用，具体讲什么内容用什么教材，主要由对方决定。他们谈到最后，确定了教学内容和课时进展，田振邦起身告辞。

　　待开课后，他将每逢周四下午到培训中心授课，时间一共四个半月，大体相当于学校的一个学期。

　　第一个周四的上课时间到了，一切进行顺利。该到的学员都到齐，正好坐满一个教室。课后，学员们兴奋而热烈地议论，评价很高。那天杨进也坐在教室里听，她发现这位教授的课确实上得好，条理清楚，逻辑严谨，枯燥的管理学原理，经他深入浅出，旁征博引，再用那平缓如溪水、不紧不慢的声音娓娓道来，吸引着人不得不饶有兴趣地听。听这样的课是一种享受。她不禁暗自感慨：把课上到成为一门艺术的程度，得花多少心力去钻研，同时又得花多少精力去掌握本专业的和其他方面的广博知识啊，这可见出一个人平日的追求。

　　上完课，出于应有的礼貌，杨进送他到培训中心门口，边走边小聊：

　　"听说你很难请。不过终于把你请来了。"

　　"也不是难请什么的，我确实太忙。"

　　"要不是刘开梅，可能还请不来你。"

　　"那倒是的。他们俩夫妇把话说到那个份儿上，我不来是不行了。"

　　"说到……哪个份儿上？"杨进有点儿好奇。

　　"说——你们是好朋友，知青时代就认识，"田振邦微笑起来，"说——他们成为一家，还与你有关。"

　　"嗬，她还说了这个？"

　　"这是安志说的。他说，是你做的大媒。"

　　杨进用手挡了挡自己的前额，她在失笑的时候往往会无意识地这样。想不到为了帮她请动眼前这位，安志他俩连这些都说了，而这位呢，说话真的是很逗。

培训中心大门的台阶上，两人在愉快的气氛中道了再见。

杨进回到办公室，想着刚才田振邦的话，尤其那句"是你做的大媒"。当年，素不相识的刘开梅为什么会住在了她家，后来，又怎样促成了刘开梅与安志的婚姻，这些多年不去想的一桩桩往事，一时间电影似的在心头浮起……

早年下乡当知青时，所在地虽都属于麻场公社，但杨进和刘开梅并不认识，她们来自不同的学校，被分在不同的生产大队。

在闭目塞听的山乡中最盼望的是有信来。因为盼信，知青都盼望看到乡邮员老陈。老陈一年四季在山村间长途跋涉，人总是精瘦，但他精瘦的身影却让知青们寄托着饱满的希望。只要田野中、山林间，远远出现那身绿色邮政服，大家都会激动起来：老陈来了！

老陈走到这里停下来，往他的绿邮包里摸索，大家引颈张望，拿到信的兴奋异常，没有信的心里沮丧。有时老陈走到这里并不停留，对正在地里干活的眼巴巴望着他的知青们，略带抱歉地微微一笑，继续走了。大家的心集体失落。有人不甘心，大声向越走越远的绿色衣服喊："陈大哥，有没有我的信啊？"陈大哥回头，"没有啊。"有时他会多说几个字："今天没有。可能还在路上呢！"

这一天，已经收工，天马上要黑了，陈大哥突然光临了杨进所住的茅屋，把一封信递给了她。杨进还没打开就有不祥的预感。果然，信是哥哥写来的，说母亲病倒了，他在外地出差，问杨进能否赶紧回去照看母亲。那时是"文化大革命"期间，杨进的父亲被关在牛棚，很长时间不能回家，即便妻子生病也别想请到假。几年来，家里有什么事都是兄妹俩自己撑着。

杨进拿着信心急如焚。天快黑了，没有回城的班车了，即便等到明天也不会有，因为由麻场开往成州的班车隔两天才来一次。老陈了解情况后说："我由麻场过来，听说今晚有一个货车过来拉木炭，我来时还有一男一女两个知青坐在那里等这个车。罗家两个妹子也要回麻场，你和我们搭伴，到麻场找这个车坐了回去吧。"

杨进以老陈和罗家妹子为伴，夜色四合中走到了公社所在地麻场。在乡邮局门口，堆着一大堆由山里拉来的木炭，杨进看见了在那里等车的一女一男，那就是刘开梅和郑家山。

那晚，在麻场昏暗的灯光中，三个知青坐在地上随便聊起来。虽是刚刚相识，但处境相同，对未来的困惑相同，一谈就有共同语言。不过对方是一对情侣，行为比较亲昵，杨进只好避开一些。等啊等，不见车的影子。又问了，说今晚这车肯定要来，要不这一大堆木炭怎么拉走？又困又冷中，也不想再聊天了，各自蹲缩在角落里，有一阵没一阵地打着瞌睡。

凌晨一两点，车来了。原来，司机在中途一个村的亲戚家吃饭喝酒，难怪那车开得也歪歪扭扭。三人从地上一跃而起，再加上另外两个要搭车的老乡，五个人开始拼命往车上装木炭。夜已深，路上还有几个小时，不把木炭装上车，车子怎么会开动？他们又如何才能回到家里？

小山包似的木炭终于全部装上了车。他们坐在车顶的木炭上，往70多公里外出发。夜色是黑的，车上的木炭是黑的，他们的脸和手、衣服，也是黑黑的。因为太累，杨进在这样的黑暗中迷迷糊糊打着盹儿。

一路颠颠簸簸，接近城里时，听见郑家山小声嘀咕，只听刘开梅决然地说："不去，我不去！"又听郑家山说："你不去，那怎么办呢？"

到了城里，木炭车在一个十字路口放下他们，然后消失在街头。那时，已是凌晨4点多钟，街头空无一人。仲冬的冷风料峭，这里离杨进家不远，想着一个人快快地走过去也就行了，她准备打个招呼后告别。但见刘开梅一副又沮丧又无奈的样子，郑家山站她对面，也一脸的无奈。

刘开梅在说话，听去还是那句："不去！我就是不去。"

"你实在不去，咱再走十几里路，去你妈家？"

杨进一听还要再走十几里路，就问他们原因。原来，刘开梅的父母早就离异，并都已另外组成了家庭。她以往回城是住母亲家，在郊区，还有十几里路，如果天色早，坐公交车可以过去，现在只有走路。郑家山主张她去住父亲家，这个家就在城里，他送她转过两条街也就到了。但刘开梅说什么都不愿意去，她和继母关系太僵，相互根本连面都不愿见。

"她去我家里也不行，"郑家山一只手抱着头，手指在头发里使劲划动，小伙子几乎是哭丧着脸，"家里太窄，我和我哥住一个小屋里的上下层床。再一个，她去住我家影响也不好……"

原来是这样，杨进心里一下充满同情。上前拉着刘开梅的手说："去我家吧。离这里不远，我家里完全能住，现在家里只有我妈妈。"

刘开梅一直低着头。爸妈离婚除了郑家山没有人知道，至于她与后妈的关系有多僵，郑家山也只略知一二。她从来不把这些让同学或伙伴知道，那是一个伤自尊的事情。这些隐私此时被一下捅开、摊出，她好半天抬不起头来。

过了一阵，她抬起眼睛："不好意思，杨进。加上他家，"她指了指郑家山，"我虽然好像有三个地方可以去，但实际上哪个地方也去不了。"

她说这话时，背后是昏黄的街灯和冷寂的街道，街灯照着她年轻的脸，这脸本来是好看的，但她自己感觉落拓，内心有一种苦，又有一种恨，这种情绪使得她那好看的脸有点儿扭曲。说完话后她又低下头去，杨进和郑家山默默地站着陪她。

又过了一会儿，刘开梅像是想好了，抬起眼睛对杨进说："刚刚认识你，就说出来这么多家事。然后还要去住你家。真的不好意思。"

"知青都是一家，何况还是一个公社的。你不用想多了，去住我家吧，一点儿问题都没有。"杨进挽起刘开梅的手臂劝慰，"走吧，去我家，没事的。"

看刘开梅挪动了脚步，郑家山总算吁出一口气，"那我送送你们。"

刘开梅在杨进家里住了几天，然后和郑家山去了她的母亲家，再后来一起回了麻场。因为不在一个生产大队，交通也不便利，她们此后一直没再见面。

只是得知，刘开梅和郑家山结了婚，并在不久后生下了女儿。他们是成州下乡知青中最早结婚的一对。问为什么这么年轻，条件又这么差时，就把结婚这样的大事办了，郑家山回答朋友说：

"原因很简单，开梅希望早点儿有一个属于自己的家。"

去过刘开梅那里的知青回来和杨进谈起，那个家是一间"社房"，就是生产队的公房，泥巴墙茅草顶，屋里除了几件农具、各自的衣服、几个纸箱子外，和当地农民家没有什么两样。唯一区别就是床上的被子比周围社员家整洁一些，还有就是挂着一个洁白的蚊帐。仅此一点，区别着这个知青的家与周围的农家。

不管怎么说，刘开梅终于有了一个属于她自己的"家"，并且有了孩子。虽然穷得捉襟见肘，但那是一个完整的家庭。

之后到了知青返城，大家各奔东西，散落各地。许多人即便当年曾很熟悉，也会几十年不通音讯。多年后，造物弄人，她俩重逢，竟是有着意想不到的戏剧色彩。

那时，汤楠还在幼儿园，有天吃饭时汤达声一边吃一边说：

"我下午要去参加同学会。"

到家里来玩的汤达声姐姐的儿子小昆已是个初中学生，此时摇头晃脑地问：

"舅舅，据我所知，你有大学同学会、高中同学会、初中同学会，你今天是参加哪个同学会呀？"

汤达声回答："还都不是。我今天是去参加小学同学会。"

杨进说："哟，从没听说你小学还有同学会呀？"

"之前是没有。小学同学算来是20多年不见面了。但是同学中真有热心人，硬是张罗着把这几十年没见面的人都基本联络上了，今天有的还从老远的外地赶来成州，就在酒店聚会，所以我是不得不去的。"

小昆一听说是小学同学会，扑哧一声笑出来说："呀，舅舅，会不会你们中再有热心人张罗，搞一个幼儿园同学会？像楠楠这样的，那么你哪天就会去参加幼儿园同学会了！"

杨进忍不住笑，楠楠也跟着傻笑。小昆却又一本正经地说："你们知不知道，现在流行同学会，有句话说的，'多多举办同学会，拆散一对是一对'。"

杨进拍拍他的头说："小孩子家家的，说的什么呢。"

小昆还是一本正经地反驳："这有什么。我们班同学张浩的家长就是因为总去参加同学会离婚了，我们老师都是这么说的。张浩很伤心，他现在经常不来上学。他有时住他爸家，有时住他妈家，我们老师家访的时候在哪边都找不到人。"

小昆说到这里，除了不懂事的楠楠，饭桌边的人都沉默了。

汤达声去参加同学会那天，不算太晚就回家了。杨进奇怪："这么多人，几十年不见面，还不得聚很晚才会散？"

"明天后天还聚呢。今天你请，明天他请，得有几天才会散伙。"汤达声从衣服里摸出一张刚拍的集体照，看了看后大发感叹："小学毕业时才十三四岁，现在一个个三十好几了！许多人认都认不出来了。有的人即便认出来，也想不起名字了。"

杨进没有兴趣看不认识的一群人的照片，只在那里忙着自己的事。汤达声抽了支烟，平日优哉游哉的人似乎有了心事，他说："明天家里要来个人，就是小学的同学。她离婚了，现在在水县，想调回成州。今天她一直缠着我，和我讲她的事，搞得我和别的人连讲话的机会都没有，基本就只能听她一个人的了，她要我帮着给她在成州介绍对象。"

杨进想起昨天小昆讲的话，调侃说："还真是有离婚的。但怎么别人不找，就单单要找着你帮忙呢？"

汤达声正色解释道："这跟同学会没有关系，她那是早就离了的。小时候我们住一个院子，后来又上同一所小学一个班，她叫我达哥。今天聚会她专程从水县来了。想让我在设计院介绍，因为她只想找文化人，知识分子。我给她说，设计院早改制了，不如找高校的，又稳定，又体面，经济状况也不错。"

杨进放下手里的事坐下来听着他讲，一边问："那她愿意吗？"

"她愿意。她希望趁在成州这几天，帮她牵牵线，有可能的话，就见见面。"

杨进本身是个热心肠，想着人家只在成州待几天，这种心情可以理解，就问：

"你帮她找哪个高校的？有合适的吗？"

汤达声征询地说："我想来，人倒是有一个，你也认识，只是年龄上，比她大得比较多。我说的是安志。"

"当然认识，我对他有良好印象。"

汤达声对安志也有良好印象，他们相识是在股票交易厅，那也是这两个男人培养起交情的地方。

成州刚刚开始证券交易的时候，大家都在证券公司的交易大厅看行情。大厅一个大屏幕，上面红红绿绿变化莫测。刚刚进入股市的成州人怀着激动也怀着敬畏，仰望那些半懂不懂的数据。大厅里没有人说话，因为"不懂股不敢说话"。

后来，不光是看，按捺不住的已进入了实际操作，但大厅里的人还是极少相互说话，因为"赚了钱的不说话，赔了本的更不愿说话"。

有时候，安静的大厅会传出若干喉咙集体发出的短促呼喊。行情大起大落，紧盯着行情的人们，如同身处海中冲浪。"呜哇！"是波浪冲上去时连带着心尖子也提上去的瞬间惊喜；"喔哟……"是从波峰一下跌入谷底时的恐慌与惊惶。

汤达声一开始只是去看热闹，并不敢投入。一天，行情平稳清淡，大家心情也比较平静，几个经常见面、从不交谈的炒股人站在一起聊了起来，其中有安志和汤达声。有人跟安志打招呼：

"您是大学教授，懂这个东西，炒股肯定行。"

"这可不一定，"安志朗声一笑，"我不是学经济或金融的。再说，股市是个讲不清楚的地方。你没听说过两人同时炒股，一个专家，一个卖茶叶蛋的老太太，结果老太太赚了，专家输了。"

大家笑起来。又谈起近期市面上的一些消息。只听安志说："中国的股市还不成熟，有的时候就是一个消息市、政策市。所以，要炒股就一定要关心政策的走向，要关心形势的变化。"安志还是微笑着与那些人聊，汤达声也有一句没一句地参与聊天。他对这位个头中等偏高、外貌儒雅的长者印象不错。

有一天只有安志和汤达声两个人，在知道了安志近期炒股的收益后，汤达声羡慕地说："你做得真好，就像神机妙算一样。"

"对股市，除了把握行情，了解政策面，及时掌握信息，有时也是碰运气等之外，我个人的感觉，还要有一种敏感，或说预感。这感觉有点儿像是人与股市之间的一种感应。不过这不是经常会有的，有点儿可遇不可求。"

确实，比如说某天的行情一直在下滑，但安志头天就感觉会止跌回稳，结果，在大家都认为还要继续下跌，一片绝望情绪时，行情终于回稳并在收盘时上翘。

从那以后他们渐渐熟了起来。说起各自的住址，原来离得很近，而且安志跟汤达声的夫人杨进居然还是认识的。再后来两人都有了电脑，在家里就可以看行情。

汤达声小试牛刀后屡屡失败，他还算明智，觉得自己没有安志所说的那种敏感，那种与股市之间的"感应"，最主要不想让自己总是担受股市的紧张与风险，他从股市撤回，再也不涉足。

安志还是抽时间继续关注股市。他内心有一个大目标，赚钱目的和别人有所不同。虽说他在股市上也有亏的时候，但总的说来是赚的时候多。

此时汤达声和杨进坐在家里，继续刚才的讨论。

"安志人很好。只是岁数上，比你们这个同学要大二十来岁吧？"杨进说完话又问，"你们那个小学同学是谁呢？长什么样子？"

汤达声递过带回来的那张集体照，指着前排中间的女生。杨进仔细看一会后叫了起来：

"哎呀！我好像认识呀，她是不是叫刘开梅？"

"对呀！"汤达声说，然后非常奇怪地问，"是叫刘开梅，你怎么也认识她？"

"她当时下乡和我一个公社，在麻场，她还在我家里住过呢。天哪，想不到她会和你是小学同学！"杨进惊叹后突然想起了什么，忙忙地对汤达声发问：

"你等等，等等！照你这么说，她和郑家山已经离婚了？"

"我不清楚什么郑家山。她只是说，当时从乡下抽调进城，两口子都在水县工作。后来离了婚，男的后来调到平口市，另外结了婚。她这么多年就是一个人过。"

杨进被意外冲击得不住地惊叹。再次拿起相片不住地端详。在她认出照片上那个女生是刘开梅时，最早想起的是那个拉木炭的黑暗夜晚，站在清冷空寂的半夜街头说"加上他，我似乎有三个地方可去，但实际上哪儿也去不了"的那张年轻的、表情复杂的脸。那似乎无意间是人生的某种谶语，当时就给杨进留下很深的印象。而现在，她居然已和郑家山离婚了？已经一个人过了这么多年？而当下要在给她"介绍对象"这样一种情景中，她们重逢？

惊叹归惊叹，那就是事实。汤达声回到家发愁半天的，就是这个事实。于是他们夫妇俩又认真商量一阵，另外想了几个人都推翻掉，认为不妥，还是认为安志比较合适。至于最后成不成，只能看他们自己的感觉。

刘开梅在成州待的时间有限，当晚，就由汤达声去安志家里谈了这番意思。安志的夫人在早些年过世，他也是一个人过了多年。此时的安志才50多岁，劝他找个伴侣，给他介绍对象的同事、朋友经常有，但一直没见他考虑。汤达声与他谈了刘开梅的情况，包括小时候与他是邻居、同学，当知青时候与杨进就认识等细节，安志听后想了想，破例地同意见面。

如此一来，充当红娘的杨进夫妇得进行第二步，把刘开梅请到家里来。本来，刘开梅自己也是这样打算的，她想的是当面再来促进汤达声帮她抓抓紧，没想到居然这么快就有了合适人选。

现在轮到杨进有点儿犯难，她拿不准刘开梅来家会是怎样的心态。无意中，距那个拉木炭的夜晚过去多年后，对方又一次以一个无归宿者的形象出现在面前。而杨进自己，两次都似乎是站在了实施救赎的那个位置。她只唯愿对方千万不要觉得她有什么优越感，如果那样，就完全不符合她的本心了。

其实，杨进想多了。

刘开梅本人很淡定。她在汤达声的电话中得知他夫人是杨进时，并没有杨进在得知是她时那么惊诧。她想，这有什么，是老熟人更好，知根知底。她现在急于要解决的是调回成州，而最好的途径是找一个合适的人结婚。

第二天下午，刘开梅进门的时候，杨进很激动，分别时还是女孩子，现在都成中年女人了，情理上都会相互拥抱一下。但当一照面，刘开梅并没有这个意思，她淡淡地微笑着伸出手来和杨进双手击掌：

"杨进，又看到你了！"

寒暄一阵，坐下来便谈起了正题。

汤达声开始一本正经地介绍安志，其间刘开梅会插话问一些想了解的情况。杨进看到刘开梅听的时候低着头，只在询问对方情况时候才抬起头来，眼神里含有一些忸怩、羞赧。她看出，这位久不谋面的朋友虽表面上那么世故、老到，但实际上内心还是有普通女人都会有的害羞和不安。这使得杨进心里反而替她难过起来。

刘开梅对安志比较中意，并不在意双方年纪有大的差距。

如此，充当红娘的杨进夫妇进行第三步也是最后一步：次日一早，由汤达声带着老同学刘开梅，到安志家第一次见面。再之后，便是他们两人自己见面自己交流。

汤达声只是受人之托，最不愿意管事的人偶然碰到这桩事，总算物色到人选，对刘开梅有个交代后，他便一切归于轻松超脱，并不去考虑会不会成功。再说，这全在那两个人的感觉，旁人是起不了多大作用的。

然而事情竟然顺利地成了，这桩"大媒"做成功了。

安志与刘开梅正式结了婚，一个新的家庭诞生了。再后来刘开梅从水县调到成州大学，先是安排在系里担任办公室工作，后来调到人事处师资科。杨进为培训中心联系师资时，之前要自己到学校去，现在则只需要直接找这位老朋友。

第七章

刘开梅一个人坐在家里，呆望着桌上。

她辗转寻回的那张结婚证明，现在按女儿要求，要尽快寄回给她爸爸。女儿说因为这边已办完手续，暂时不需要了。本来，那边是留了一张的，蹊跷的是据说怎么也找不到了。

虽然她心存狐疑，却也只得往回寄。她做了一个复印件，找了一个安志不在家的时间，把那张结婚证拿出来，情不自禁地看着。许多回忆涌上了心头，有一阵，她用双手蒙住脸，然后把那张粉红纸装进信封。

她不想寄特快专递，那花钱多，虽然她不缺钱。她提笔在挂号信的信封上写某地某路几号，当写到"郑家山收"时，久违的名字让她想起那个大脑袋。那时她自己给他理发，不知怎的握笔的手感觉到了他的发丝，就好像此时不是用笔而是在用推子。因为心乱，字也写得乱，写到"家"字时昏头昏脑往"豕"里多画了一捺，橡皮一擦后显得更乱，"家"字下面好似坠了一个蜘蛛网。

她还十分超前地做了一件事。

与安志从成都签证回来后，她向女儿通报了签证结果。郑姗姗感到很意外，本来以为女儿邀请父母，是必然都会获得通过的。刘开梅说："不是这样的。你的出生证明上，生父、生母是谁都写着呢。签证官说，邀请人只能邀请亲生父母。"

"是吗？！这么说，爸爸那边，意味着也只有他能过，王姨不能过了？"

刘开梅在这时鬼使神差地说了一句话：

"姗姗，我这边这个签证结果，你不要对你爸爸那边说起。"

"为什么？"

"各人有各人的运气吧。如果碰见签证官心情好，他们两人都过了也说不定的。你说了我这个结果，影响人家那边的情绪也不大好。"

郑姗姗想了想在电话里说：

"我本来想对他们说的，让他们有点儿思想准备。照你这么讲好像也有道理。那我不说就是了。"

刘开梅的前夫郑家山和妻子王小维住在平口市。为了办签证也是好一阵时间的忙碌。在他们终于准备得差不多的时候，刘开梅接到了女儿的电话。

"妈，你寄回给爸的结婚证他收到了。他和王姨最近就要去成都了。就按你说的，我没有对他们说你和安爸爸去签证的结果。反正你们之间从来不通信息，他们也没问，我也就不说。"

郑姗姗还是年轻了。不了解世态和人心的复杂，不知道这事其实关系重大。

既是"没有说"，平口这边就按部就班进行签证程序。到了预约好的那天，郑家山和王小维准时出发了。

行头中有一个鼓鼓的，一刻不能离身的黑皮包。郑家山拍拍那包："嘿呀，身家性命全都在这儿了！"

的确，那黑包里装了他们所有最重要的证件：身份证、房产证、户口本、护照、银行存款证明和银行存折等，还包括他们当年各自的结婚证、离婚证和后来的结婚证，关键所有这些都是原件。试设想这些东西一旦有所闪失，对一个家庭的损失太巨大了。

郑家山心里不悦。这算什么事？签个证，就让人几乎把家当全搬了去你面前，翻腾个底朝天的让你检查？太让人心里不舒服了。

王小维没有这些感觉。从接到郑姗姗的邀请信后她一直都很兴奋，准备那么多资料从来没有感觉烦，总是积极想方设法地备齐。她很善解人意地说：

"咱们那是去别人的国家。打比方就是自己的家里来个陌生人，要住上几天几月的，不也得样样打问个清清楚楚才会放人进来呀？"

到了领事馆，他们和之前来这里的安志、刘开梅一样，经历了长长的排队等待，以及一系列既有程序。想到即将去美国，柏树下的领事馆感觉就像是去美国的第一站，让他们有种亢奋感。尤其王小维，看什么都感觉好奇，听见什么都感觉新鲜。

等好不容易排队到了面谈的窗口，几句话后，签证官用中文对郑家山说："你过了。"然后把护照留下。

他并不对王小维说这话，只把她的护照放到窗口下的小缝隙中。他们之前咨询过，知道这意味着王小维被拒了，她得从小缝隙中把自己的护照取回。

他俩一开始有点糊里糊涂，尤其王小维是以中国式的思维看待签证，认为邀请信都来了，不过就是来这里履行一个手续，然后买上机票，在既定的日子就可以直飞美国。一看是这样一个结果时，她不淡定了。

她情绪陡然低落，心率马上加快，一时间只想放声大哭。但是在大厅里不好发作，她把护照抓在手里，扭头就往外走。

郑家山紧跟在后离开大厅。刚走出出口，王小维用力憋住的眼泪就流了下来，小声地哭得鼻腔里一抽一泣，也不管旁边有人。过一阵，她停止不哭了，但不说话，不作声，眼睛直勾勾地望着地面，脸上是一种恨恨的、深重的悲情。这个样子，比她哭泣还让郑家山害怕。

被拒让她感到特别委屈。两口子并肩站在窗口，用的都是黑包里的资料，居然会他过了，而她没有过。她不作声地望着地面时，想起郑姗姗同时邀请的还有成州那边的两口子，不知道那边来签证是怎样一个情况？自己没有过，美国就算不看了，也没什么了不起。但这算下来是三家人的一个聚会，那会是怎样的场合？她自己这一缺席，就什么也看不见听不着了。

她停在路边不走，也不听郑家山说找个地方坐下来的建议，只是沉默地站着，脸上如浓厚的乌云密布，看去有点吓人。

郑家山轻轻地拍着她的后背说："你别这样子，心里不舒服你就说出来，要不你哭出来都行，就是别这样子。"

他拉着她走到一张长椅上坐下，王小维终于再次哭出声来，心里的委屈和激愤也化为连珠炮：

"早知道是这样一个结果，成都我都不来！绝对不来！"

"好好的两口子来签证，为什么一个让过一个不让过？"

"什么破领事馆！不就是个有人欢喜有人愁的地方！"

她抹了抹泪转向郑家山："你欢喜了！你去吧，你去你的美国吧！"郑家山看王小维哭出来了，话也讲出来了，稍稍放了心，但后面这句话让他觉得很冤枉。

"你这什么话？不错，我是过了，但我又没有欢喜，因为你没有过啊。我欢喜什么！我有什么好欢喜的！"

他坐在长椅上，双手抱着头。一想麻烦事情时，他就是这个姿势，跟他年轻的时候一样。他用手指插进头发里用力划了几下，心里骂道："这他妈的算怎么回事！"不知是出于对王小维的安抚，还是出于对这个签证结果的赌气，他把手从头发里拿下来，坐直了身子，转头看看王小维，瓮声瓮气地宣布道：

"既是你去不成，我看我也不去了！"

王小维霍地转过头盯住郑家山："你不去了？你真的不去了？"

"一个签到证，一个签不到证，那不是只好两人都不去？这样最好。这样什么事都不会有。"他是指王小维不会哭，不会生闷气，也不会由此发病。

话说出来后，他坐在那里，不再吱声。他是个说话算话的人，说了不去就不会去。但想起没有见过面的小外孙，想起有几年没有见面的女儿，一阵说不出的惆怅和遗憾从心底涌起。

王小维的情绪稳定下来。当她冷静后，女人的敏感便上来了。她联想到了一些从来没有想到的事，于是问：

"他们让你过不让我过，是不是因为我不是郑姗姗的亲妈？"

"这谁知道？人家没有解释，我们又不能多问。反正就这样了，管他什么原因呢！"

王小维是个聪明人，转转眼珠不再问。但她心里却是越想越多。她想如果真是这个原因，成州那边两口子来签证的时候，会不会也是刘开梅一个人过了？如果这样，如果郑家山一个人去美国，他和刘开梅就各自丢开了自己的配偶，这一对老情人、老夫妻，到美国女儿那里团聚，原装的一家人住到一起了。她咬着嘴唇，心里说道："不行！这使不得。"她转头看郑家山，他还是像刚才那样麻呆呆地坐着不动。王小维想，他自己既说了不去，那就要严严地把住关，绝对不能让他去！

他们回到平口，当天太晚太累，没有与女儿通话。第二天，郑家山因为公事错过了时间，直到第四天才给美国的女儿打了电话，通报签证结果和他们最后的决定：一个过了，一个没过，所以，决定两人都不去了。

郑姗姗对这样一个结果不感意外。但对父亲与王姨做出的决定很不以为然。她在电话的那头说：

"爸爸，我和瑞特还有可可希望你能来。虽然王姨这次不能来，但下回我们会想办法让她来的。你签到证不容易，不要轻易放弃。再说，我们怎么跟可可交代呢？一直都在给他讲，满 3 岁的时候，外公和外婆都会来到他面前，给他过生日。他老早就天天盼望了。你忍心让他失望吗？"

郑家山放下电话，心里酸溜溜地。说真的，王小维的儿子王雷已经有孩子，那也是孙辈，与王小维结婚多年，他跟儿辈和孙辈都相处得不错，但比起可可，那毕竟才是与他有血缘关系的孙外。谁不想见见自己的亲外孙呢？还没见面就要让小小的外孙因为自己缺席而失望，他心里很内疚、很不舒坦，横竖也搁不下这桩事。

郑家山打电话时，王小维是坐在旁边听得清清楚楚的，她保持着沉默。从成都回来后的这些天，两人一直都没有怎么说话。多年来，两人之间和子女之间都相处和睦，还从来没像这些天一样互不理睬、互相冷淡。

下午，郑姗姗的越洋电话又打过来了。"爸爸，你把电话给王姨好吗？我来和她说说。"

郑家山知道女儿是想直接说服王小维，但王小维确实没有说过一句不让他去的话，是他自己说的。坐在一旁的王小维只听见郑家山慢吞吞地回答说："不用，不用吧……"然后就是一些含混不明的话："……我再看看，不过，实在不行也就不勉强，这也是没办法的……"

电话的那头，郑姗姗把话筒给了小外孙，于是传来了一个稚嫩的、甜甜的童声。那声音很有穿透力，让人想起树上刚张开嫩蕊的小叶子，刚长出一点点的小花苞，让人不得不对发出稚嫩声音的那个小人儿产生疼爱。

稚嫩的童声说得很费力也很认真："外——公，你来，可可，想你。"

郑家山嗓子一下发哽，眼睛也有点儿湿润了。他虽然看到过小外孙的相片，但这是第一次听到小外孙的声音。那一刻他巴不得马上见到他，把他抱起来，高高地举过头顶。但是……他说了那样的话，王小维就坐在旁边，他没有办法反悔。沉默一下后他对着电话里说：

"可可乖，可可乖，外公也想你。"然后不管那边还想再说什么，他采取了逃避的办法，轻轻挂断电话，然后走开。

晚上，两人哑巴一样地做饭，吃饭，收拾完毕，郑家山甩出一句"出去走走"，然后带上门走了。

留下王小维独自在屋里。她不开灯，一个人在黑暗里坐着。

再往前一点儿的那段时间，她虽说兴奋地准备各种赴美资料，其实心里曾有过一层隐约的担忧。那张结婚证郑家山完全找不到在哪里时，是她提醒，回到水县的老屋子里找找看，最后由她亲手从一只牛皮纸信封里翻出来。那时她心里有高兴也有忌妒。高兴是终于找到这张要命的证件，资料就全了；而当拿着丈夫与另外一个女人的结婚证时，自身那种感觉实在是又怪异又忌妒。尽管这已经是历史，但又不完全是，这不是很现实地得寄一份去给那个女人，然后，两边都要当宝贝一样很现实地带去签证吗？

不知为什么，她横竖就是觉得这张过时的结婚证对她有着某种威胁，于是藏起了手边的这份。到最后清理资料时找不到这张结婚证了，她说：

"糟了！可能是混在那些不要的纸片里，送到垃圾站去了。"

郑家山很震惊："那怎么办？！好不容易找到，又丢了，现在怎么去办签证？"

王小维说："好在还有一份的，只有麻烦姗姗，找她妈妈要，如果他们已经办过了，那就不需要了，让他们尽快寄过来。"

于是这才有了刘开梅接女儿电话尽快寄回证明的事。当王小维拿回这张由她找到的粉红纸时，心里稍稍舒了口气。

而眼前，她是否坚持不让郑家山去美国？现在她想证实自己的担心，究竟成州那边，是否只有刘开梅一个人签到证？但她没有办法证实。每当越洋电话打过来，都是郑家山和女儿讲话，王小维不和郑姗姗单独通话，毕竟她们之间没有多少话可说。退一步讲，即便把电话给她，难道她好意思发问："成州那边去美国的，是不是只有你妈一个人？"

如果早知道会是这样，那么，王小维是断断不会让郑家山和自己去成都的。错就错在已经去了成都，去了领事馆，得到的是一个尴尬的结果。自己没有"过"当然不能去，郑家山"过而不能去"，他女儿、小外孙那里都交代不了，到底怎么办？

王小维起身开灯，打电话让住在不远处的儿子王雷过来，只说有事商量。儿子过来后，没有谈这些复杂经过和她的顾虑，只把签证结果和他们的决定说了。她想听听儿子的意见。

王雷三十刚出头，人长得普通，但很精明。他一直在做保健品推销，生意场上见得多了，遇到事，总能深思熟虑。听完母亲的叙述，没说什么话，点着一支烟，十分老到地沉默着抽烟，并不急于发表意见。

当年他的母亲与郑家山成婚时，他十来岁。按说新组成的这个家庭属于郑家山、王小维、王雷和妹妹王秀，当然还有郑姗姗。但郑姗姗总是愿意待在成州的爷爷奶奶家。在王雷印象里，一家五口人在一张桌上吃饭的次数，一个巴掌就数得过来。郑姗姗上大学后又出国，与他更有七八年没有见面。不过，美国毕竟有这样一个没有血缘关系的妹妹，父母受邀要出国他也知道，他关注着有关动静。母亲打电话叫他来，他正好也来了解相关情况。

烟抽完，他熄灭了烟头，沉思着说："妈，我看这事你得通盘考虑。得把眼光放长远一点儿。眼下，你既然没签到证，你呢就不去了，也去不了。你让郑叔一个人去吧。"

王小维抬起头看看儿子，好像不认识他，别过脸不说话。

"人家是去看他亲外孙，你不让去情理上也说不通。"

"你先搞搞清楚。我没说一个字不让他去，是他自己说的。"

"你可能没有明确地说不让他去，但你的态度、你的脸色，就是不让他去。这个我还不了解？你不是讲，郑姗姗说了，下回再想办法让你也去到美国。那这次能不能去，你别看成太大的问题。"

"我不是想去美国，也不是他去我去这么回事，"王小维说着狠狠地白了儿子一眼，"你懂什么。你倒挺会替他着想，你怎么就不替你妈着着想呢？"

"让郑叔一个人去就不是为你着想了？妈你要知道，这是暂时的，以后，你们常来常往美国的时候长着呢。"

王小维语气很重地说："王雷，我再和你说一遍，这个美国，我不是想去得很，或者我压根也不想去。先把这点和你讲清楚。我想的是……另外的。"说着又别过脸去。

"不管你想什么吧，总之眼前你想，人家是要去给小外孙过生日，证也签到了，如果不去，嘴上就算不说，心里会不会怨你？怨你了你们是不是会有隔阂？那样子你和他还能好好过日子吗？"

最后这话让王小维心里有所活动。郑家山如果这次真的不能去，这个结会一直放在他心里。想起这几天两人之间如此冷淡，在她和郑家山的感情生活中还从来没有过……但她坐在那里仍然不吭气。

王雷见母亲心里有所活动，进一步说："你就让他去吧。至于他怎么去，这我可以安排。"

"你怎么安排？"

"我的客户里，有一位老太太儿女都在美国，她经常过去，最近她又要去了，我问问她，她一路上熟。"

王小维想起下午郑姗姗那个电话，还有小外孙的声音，细想一下觉得可怜。不就是去个把月嘛，他若去不了，天天如这几天一样打冷战，不是更伤感情？再说他和刘开梅，分开已二十年之久，根本没有任何往来，这中间不大可能节外生枝。

她慢慢对王雷说："你去和那个老太太联系吧。她什么时候回美国，能不能和他走到一起？"

第八章

"真是这样？！"刘开梅听着女儿的电话，没有拿电话的那只手一下子咬在了嘴里，她生怕自己会喊出声来。

"真是这样。她们已经同意爸爸一个人来美国了。"

放下郑姗姗的电话，他用手指在额头上叩打，啊呀！真是这样了！亢奋而又有些许恐惧的内心中，隐隐约约感觉此去美国不像探亲，倒像探险。那边好似有一座神秘的大门，如果她喊"芝麻开门"，那门就会为之打开。

还没有飞美国她就开始失眠，让她感觉每天都很疲惫。这天是周六，安志出门忙着办事，她想得设法放松一下自己，就拿起电话打给杨进：

"到我家来唱歌好吧？我弹钢琴，你唱歌。就我们两人，想怎么唱就怎么唱。"

刘开梅唯一最亲近的朋友就是杨进。且不说早年她们的相识与相逢，且不说杨进夫妇为她介绍了安志，在她看来，杨进虽聪明能干，但过分纯情、善良，这就使杨进身上欠缺一些东西。恰恰是这种欠缺，使她特别愿和她做朋友。

杨进从来是一介忙人。你弹钢琴，我唱歌，这样美妙的事基本没去想过。眼下既有这样的提议，又是个休息日，也马上兴味盎然。

"这么多年还从没和你在一起唱过。还是你来我家吧，我也是一个人，吃的有现成，我们不用考虑做饭。"

刘开梅到了杨进家。天还是冷，她穿着厚绒长裙，外罩一件毛料大衣，脸上略施粉黛。来开门的杨进则随意穿着家常衣服，素面朝天。

刘开梅进屋后拿出一个信封，再从里面拿出一张软纸包着的光盘，那上面刻着一行字："我最喜爱的歌。"杨进拿过细看：《山楂树》《小路》《绿叶对根的情意》《烛光里的妈妈》《美丽的棱罗河》……

"哇，"她惊呼，"我们俩喜欢的歌曲一样！我最喜欢的也是这些！只是从来没有这样集中起来专门刻成一张光盘，这个太好了！"她一面赞叹，一面心想，一定得借来翻刻一个。

她们开了音响，把音量放适度就唱了起来。这一唱，还有新的发现，原来她俩都是"混声"唱法，而且连音色听去都有点儿相似。

杨进虽然音色不错，节奏却忽快忽慢，不是按照曲谱来，而是跟着自身情绪走，有时还来点儿自由发挥。她是自知的，说自己搞不了独唱，也不能参加大合唱，因为总是记不住什么时候该唱，什么时候不该唱。

"那也可以参加啊。就你这个形象，往台口上一站，那都要加分的。"刘开梅这话是真心的，她一直羡慕杨进的形象，不用修饰不用化妆，任何时候看上去都让人舒舒服服。

"我往那里一站，要是该唱时没有开口，台下是看得出来的；要是不该唱的时候我开口了，那就要砸场子了。"说完两人大笑。

杨进笑得爽朗，笑得没心没肺。刘开梅笑得得意，她唱歌节奏准确。

随心所欲地唱了一阵后在沙发上坐下，杨进端出点心和果汁，刘开梅喝着果汁问：

"田振邦来上课了，你觉得怎么样？"

"讲得不错。可以说是培训中心开办以来讲得最好的。"

"最好的，没有之一？以前介绍给你们的那些老师中没有比他讲得更好的？"

"确实应该是讲得最好的一个了。"杨进肯定地说，"这不仅仅是因为他的身份光环，我去听了，是讲得好，学员的反映也如此。"

她告诉刘开梅，以往请来的主讲老师也有如田振邦这样的正教授、省管专家，但讲起课来，却不一定能得到身为在职干部的学员们的欢迎。这次不同，主讲人身份与讲课效果都让人感觉是实至名归。学员们听完了上周的课就盼着听他下周的课，他们评论说："听田教授的课会上瘾。"

"不过你得小心，他这个人，有时候说话不饶人，很刺。"

"目前没有发现，我倒是认为他讲话挺逗的。"

刘开梅把果汁杯子一放，提议道：

"或者我们不唱歌了，看看你家的相册行吗？"

家庭相册是每个家庭的重要珍藏，有的家庭不会轻易示人。换成杨进对刘开梅，不会提此要求。不过杨进没有特别想法，转身到里屋抱来了一摞相册。

"近年拍的这些没多大看头，"她说着从中拿出两本，"这两本最值得看。里面的相片有些很珍贵。'文化大革命'时是放在我哥那里，所以抄家的时候才没有损失。"

她拿出一本绿色封皮的翻开，两人同时看起来。

第一张是青年时代的杨进父母站在"国立西南联合大学"校门牌下的合影。

"我父母都是西南联大毕业，这是他们专门回到昆明去拍的。"

刘开梅脸上的表情显得专注起来，仔细看一阵后说："看到你母亲的样子，我就想起那年在你家里住的那几天。阿姨的样子，和她青年时代比起来没有大的变化，我对阿姨印象很深。"

杨进心里涌起一阵温情，很多年了，耳朵里第一次听见身边的人谈起母亲。

刘开梅转脸对着杨进："我给你讲过没有？我母亲的表弟，就是我的表舅，曾经在西南联大任教，他当时是一个青年教师，就在云南找的对象，表舅妈家里是商人。后来他们离开云南到了马来西亚，一直住在那边。"

"你讲过，就是在我母亲讲她的故事那天，你提过这事。当时我母亲问你是在联大任老师还是当学生，对吧？"

"是的。当时我不清楚。那个年代，都不大敢提这些关系。直到改革开放了，表舅他们从国外回来寻西南联大旧地，我妈让我陪着他们，我才搞清楚。"

"你陪着他们去了哪些地方？"

刘开梅想了想："昆明、蒙自，还有叙永。在昆明和蒙自待的时间长一些，尤其是蒙自待得长，因为我表舅他们站在南湖边脚步就挪不动了。"

杨进心里怦然一动："好羡慕你竟然去了蒙自！我想了好多年了，到现在也没有去成！"

"印象最深的是，在蒙自我陪他们满大街去找一个稀饭铺，说起来就是一种大米里加了点豆子的稀饭，找不到时看他们的那种失落，真的不理解。最让我不理解的是表舅妈，那么冷的天，她实际上年岁也大了，人又胖，愣是要换了身旗袍，站在南湖边拍照。"

这两位从国外回来寻故地的联大人让杨进感动，但讲述者那样轻飘飘，甚至还多少带些嘲笑，让人心里不是滋味。蒙自和南湖是她心中向往的圣地，她望着刘开梅，思绪游走开，耳朵里飘来的是母亲关于蒙自的回忆：

"处在国难中，物质相当匮乏。师生都过的是清苦生活。南湖边一棵大树下早晚都摆着两个烧饵块摊子，我们常买来充饥。雷稀饭、烧饵块、米线，这些平常蒙自食品，成了我们的美食，有时甚至是奢侈品，以至到今天都忘却不了。联大就是这样，一方面，是低得不能再低的物质生活，一方面，是崇高的精神追求、高水准从教的大师和立志学有所成报国的学生。

"西南联大的到来，对蒙自小城的冲击是巨大的。女学生的穿着打扮成为小城的主要议论点。我们联大女生穿旗袍是家常衣裳，但在蒙自却惊世骇俗。但是过不了多久，当地女学生们群起效法，也穿起了旗袍。再后来一些中年妇女也穿起了旗袍。"

"唉，"杨进叹口气，往相册里面翻出两张照片，小心地取出来放到刘开梅眼下，"这是我妈妈和同学在南湖边，你看，女学生穿的都是旗袍。我觉得你应该明白表舅妈的心情。"

刘开梅拿在手上看着，片刻后说："看到这个照片，我就想起你母亲讲的故事。记得当时那天我在隔壁屋里，听她对你讲西南联大学子从军，我先在屋里听，后来就走了出来，一直站在门口听完。"

杨进转头望住刘开梅，心里又涌起一阵温情，甚至感动。这话如眼前的老照片一样，把她引回到那个早晨，深邃、纯净得让人敬畏的蓝天，蓝天下浓绿的树叶，斜靠在被子上刚讲完故事的母亲……

"说真的，那天，也是我第一次看见一个家庭里，母女之间可以这样对话。"刘开梅说。

"你觉得奇怪吗？在家里我妈妈和我经常就是这样谈话的。"

"我没有这样的体验。我妈和我从不可能这样谈话。"

当年，两个年轻姑娘都听到了杨进母亲的故事，以后刘开梅离开了借宿的杨进家，再见面是二十几年后的事情。她们虽各自都在心里留下了印记，但之前从没有机会对此进行交流。

刘开梅看着照片说："这两张照片上都有十几个人，不知道阿姨说的那个参军上前线的学子在不在里面？"

"当时没有问，以后也没想起问，就再也没机会问了。现在就算他在里面，就算他在看着我们，我也不知道是谁。"杨进望着照片，神情黯然。

"我这个人记性不好，但是阿姨讲的故事我却记得很牢，也许是因为印象太深了。这位从军上前线的学子，很让人敬佩。不过太高尚了。以我的看法，此人只应天上有，人间哪会有此人。"

"你真是这么想吗？"杨进睁大眼睛望着她。

刘开梅一时没有说话。当初，听到故事，听到杨进母女的对话，她感到惊异、好奇，感觉她们很纯粹，同时也感觉到与自身的距离。此时，她很想说："高尚没什么用。人要想过得好，得以我为圆心，以我的利益为半径。"这本是她的人生信条，话就在嘴边，却不便说出来。沉吟一下后随意回道：

"是的，我是这么想的，因为一般人做不到。"

"那是一种高贵，也是一种真爱。正因如此，所以非常珍惜对方，为了对方，又最终决定不说出来。即使是那个最后的时刻，还是在替对方着想。"杨进边沉思边说。

"所以我说一般人做不到嘛。"

"我不这样看。至少，我相信西南联大的人，大多数都能做到像他那样，也能做到，像我母亲那样。有时对着这些相片，我也曾想从样貌上猜出他是谁，当然很徒劳。不过我有另外一个发现，看联大人的照片，尤其看联大人的集体照，你会发现，不管老师还是学生，不管男生还是女生，每个人都有一种现在的人所没有的气质。你看，"杨进又把另外一张联大人的集体照放到刘开梅眼睛下，"你看他们，眉宇间那种灵气，眼神里那种清朗、刚毅，你在现在人的脸上能感受出来吗？所以他们每一个人都非常耐看，越看越能感到那种内在的共有神韵和气质。"

刘开梅把头歪来歪去地看着。

杨进想起母亲，同样为了珍惜对方，以至于用了8年默默守护，这是刘开梅所不知道的另一半故事。她每研究一次这本相册，都能在其中悟出新的东西。后来的多年中她想过，母亲为什么那样坚守，除了想护佑处于前线的壮士的生命，还有另外的热情和信念充盈在其中。此时她几乎自言自语：

"这种共同的神韵和气质，是因为他们有共同的理想或说信念。教师是教书救国，学生是读书报国，两个年轻人之间产生感情，也一定是在志同道合的基础上。这个志，是抗日之志；这个道，是救国之道。我妈妈她一定是想，作为一个女生没能上前线，但用这种方式，也是间接地参加到抗日前线了。就好比大桥将倾，巨大的钢架去直接支撑着桥墩，小钢架又在后面支撑着大钢架。我妈妈，她把自己当成那个小钢架。所以，她就一直坚持，一直到抗战胜利。"

"你在说什么，大钢架小钢架？"刘开梅听得迷糊。

"以后给你说吧。我母亲的故事，其实你只知道了一半。"

杨进从沉思中回过神来，歉意地一笑，刘开梅虽不解也不追问，只是继续翻动手中的相册。

"这些人是谁？"她指着一张相片问。

"都是西南联大的学生，这个是我爸爸，站最前面戴眼镜这位是他们的校长，梅贻琦。"

"西南联大学生，那为什么穿着军服？"

"他们是步行团的呀！这是刚走到昆明那天，很多人出动去欢迎，梅贻琦校长和他们合影。"

"步行团？想起来了……好像听我们老安说过。不过我到现在也没搞清步行团究竟是怎么回事。"刘开梅迷茫地一笑，安志时常在家里谈起西南联大，但她从来没有兴趣认真听。

杨进开始给刘开梅讲述步行团，并且告诉她：

"有一年暑假，父亲还带着我和我哥，沿着当年步行团的路线，徒步走了几天呢！"杨进说得兴奋起来，"那是 60 年代中期，我父亲还在正常工作，还没有被关牛棚。他要到贵州省的贵阳、平坝一带出差，想办完公事后，带着我们从平坝徒步穿过安顺到镇宁，这是他们当年在贵州境内的一段路线。"

"你那是走着玩，体验体验，对吧？你说的步行团，是从什么地方走到什么地方？"

"从湖南长沙出发，一直走到云南的昆明。"

"这么远！完全走路？就用两条腿走？"刘开梅难以置信，坐在沙发上划动自己的手脚，做出一个开步走的样子。

"当然。就是靠两条腿走。我父亲一直在步行团里，跟着一直走到昆明。"

1937 年，杨进的父亲考上清华大学后刚上完一年级，便发生了七七事变。在学校南下长沙时，他患了顽固性痢疾，等病好后，大多数清华的老师和学生都已通过不同途径去往湖南长沙。家人让他留在北平继续读书，但他不愿留在沦陷后到处招摇着日本人的北平，不顾家人反对，一个人在兵荒马乱中辗转来到长沙，进了国立长沙临时大学。

不久，日寇逼近武汉，长沙形势骤然严峻。刚经过从北平、天津长途迁徙到长沙的师生甚至还没有来得及完全稳定，又面临再一次的长途迁徙。这一次，是奉命迁往更遥远的云贵高原上的古城昆明。迁移时最艰苦的一路，是由湖南长沙出发，徒步行走，直到云南昆明 的"湘黔滇旅行团"。

那时，杨进的父母虽都在国立长沙临时大学，但互不认识。谈起当年父母怎样分别到的昆明时，父亲开玩笑地说："你妈妈是属于比较有钱的女学生。她是从长沙坐火车到香港，再到越南海防，再坐滇越铁路火车到昆明。我呢，离开北京到了南方后，因为战乱，邮路也不通了，和家里断了联系，成了一个地地道道的流亡学生，所以只好靠两条腿长途走路了。"

参加"湘黔滇旅行团"的是清一色的男学生，共 284 名，加上教师和后勤，总共 300 余人。为了保障师生一路上的安全，尤其考虑到湘黔一带时有匪情，湖南省主席张治中特派了黄师岳中将随队。学生一律穿上部队军装，他们将跨越湖南、贵州、云南三省，途中栉雨沐雪，风餐露宿，艰难重重。

由 11 位教师组成辅导团随同学生步行。其中有黄钰生、闻一多、李继侗、曾昭抡、袁复礼 5 位名教授，其余有毛应斗、吴征镒、许维通、郭海峰、李嘉言、王钟山 6 位青年教师。黄钰生先生担任辅导委员会主席，为了全团的经费安全，他把数万元巨款用布带绑在腰间，自嘲："我这是腰缠万贯下西南呀！"学生在回忆录中描述："他年纪最大，地位最尊，晨兴最早，夜眠最迟，事无巨细……管理步行团的内外事务，工作做得十分完善和有条理，虽有其他教授辅助，但责任重大，极为辛苦。"

68 天后，3500 多里路的行程，历尽辛苦的他们终于走到了目的地。当时没有人想过，这一次壮举，被后人称为"教育史上的长征"。

这段经历也成了杨进父亲日后的骄傲和永远的怀念。眼下这两本相册，是他生前的最爱，他常常对相册进行充实和"建设"，为后代留下了宝贵的历史记录。

刘开梅指着一张发黄的照片说："这是在哪里？旁边这么些人围着，左边这个人好像在跳舞？"

"没错，是在跳舞。这是曾昭抡先生。"杨进拿出相片来看后面的说明，又说，"这是步行团走到贵州炉山，和苗族同胞联欢。"

相片上，曾昭抡先生头戴小圆礼帽，深色上衣，浅色裤子，裤子下方打在绑腿里，上半部分显得宽肥，这身行头乍看有点儿像美国的西部牛仔。

当年，苗族同胞们穿着盛装，吹着芦笙，跳着芦笙舞欢迎步行团。但是没有人会苗语，双方在语言上不能很好地交流。那时想，如果有人会跳舞就好了，可以用舞蹈语言回报。正在这时候，曾昭抡教授洒脱地说："我给大家来一段华尔兹。"

他走到场子中央，拿好身姿，沉稳而优雅地抬起胳膊，然后迈开标准的华尔兹舞步起舞。同学们则和着他的节奏击掌助兴。

曾昭抡教授是曾国潢的曾孙，曾国潢是鼎鼎有名的晚清四大名臣之一曾国藩的弟弟。曾教授本身是毕业于美国马萨诸塞大学的博士，"中央研究院"首届院士，1949 年后曾一度出任北京大学教务长、高教部副部长。

为了回馈苗族同胞，在云贵高原一处山坡上，这位著名化学家留下了打着绑腿旋转华尔兹的身影。

她俩继续翻看相册。有几张是步行团排着纵队走的，刘开梅问道："我就不懂了，走这么远的路，难道都是要排着整齐的队列走吗？"

"也不是。记得我爸说一开始的时候分纵队走，后来就可以随意些。但进入城镇时，是一定要整队入城的。你看，"杨进说着往后翻，指着一张放大了的相片说，"这是走到贵阳的时候，整队入城。"

"步行团走到贵阳时是 3 月下旬，那天下起了大雨，每个人身上的衣服都淋湿了，人也疲惫，但一声号令，大家打起精神，整顿好军容仪表，排着整齐的队伍，唱着歌进入城区。

"两旁大街上站满了市民，人们淋着大雨，用最热烈的掌声欢迎步行团。不断有人跑上来和队员握手，说，'辛苦了，你们辛苦了！'有人还动情地张开双臂和队员们紧紧拥抱。'湘黔滇旅行团'的师生们感动不已。那时，什么冷啊，大雨啊，劳累啊，统统都跑到九霄云外了。"杨进为刘开梅解说。

"人家为什么要这么热情地欢迎他们呢？"刘开梅不解。

"你这问题，当年我和我的哥哥也问过，这里有我父亲写下的回答。"杨进把相片翻过来，后面有密密麻麻的小字：

"……大家把我们看成'际此国难严重，对此后兴民族领导者'，校歌中那句'绝徼移栽桢干质'意思是把正在成长的大树良材移栽到边远安全的土地上去生长，把传承文化的火种转移到另外的地方保存。因为只要有教育在，有文化在，国家是不会灭亡的。人们视我们为文化火种，把希望寄托在我们身上。那时候，我们深深地感觉到了两个字——责任。"

杨进看着那些字，耳朵里听见的却是父亲当年把这段话说出来的那浑厚的男中音。她轻轻把相片放回去，和刘开梅又继续翻动相册。出现在眼前的是一首毛笔行楷写下的歌词。杨进解释说：

"当年闻一多先生一路走一路采风。这是他收集的一首贵州安顺民歌，本来在当地乡民里就很流行，经闻先生这一收集并且在师生间传播，就更有名气了。"她轻轻抚摸着相片的边角，"我父亲用毛笔一笔一画把歌词写出来，我母亲拍成照片放在这里。父亲带我们在路上走的时候，他还用当地的山歌调唱过。"

"你会用山歌调唱这个吗？"

"当然，只是我的调不一定那么山歌。"杨进笑笑，清了清嗓子唱起来：

一条大路通云南，

去时容易转时难。

去时阳鹊未下蛋，

转时阳鹊叫满山。

唱完，她突然眼含泪水。刘开梅望着她问："怎么哭了？"

"那时父亲说，唱起这支山歌来，好有切身体验。当年就是往着云南走，那时候我还是个二十来岁的年轻人，今天再回到这条路上，就像歌里唱的，小阳鹊已经叫满山了。我问，什么小阳鹊？父亲望着我们兄妹说，你们啊，你们不就是我的两只小阳鹊吗？"

杨进说到这里，想起当年行走在步行团路上的情景，想起后来在"文化大革命"中被打为反动学术权威、历史反革命而不断被批被斗，最后死于非命的父亲，沉默了。

刘开梅也默然无语。她又感受到了杨进的重感情、纯真、易于感动这些特点。

"这张是我给他拍的。"杨进抹抹眼睛，指着一张成色新得多的，父亲站在一棵大树下的相片，"我们专门去了一个村庄，因为我父亲说肯定是当年步行团路过的村子。老远见到这棵大树，他就兴奋得手舞足蹈：'就是这里！当年我坐在村头的大树下等后边的同学，就是那棵大树！'"

那天到了这个村子，带路老乡说清楚情况，村里的老老少少跑来围着杨进父子，又是让座，又是倒茶倒水。

杨进清楚地记得，一位五十多岁，看上去很能干精明的阿娘，是这里的妇女队长，她笑着，兴致很高地回忆说：

"步行团过这里的时候，我才二十来岁。那些学生和老师在这里休整歇气，管伙食的在我们这里买了青菜、洋芋，然后在地上支起大锅，点起火做饭。我们从没见过给300来号人做饭的阵势，大家都围着看热闹。菜炒好后，在地上摆开几十个小盆，炒菜的大师傅用勺子往一个个小盆里装菜。"

一个年纪更大一点的老者，拿下嘴里的长烟杆放在地上，用两手比画着说："那时候，我们早就接了上面通知，地保在各村各寨喊话，当当地先打两声锣，然后喊：'湘黔滇旅行团要过我们这里哈！大家能行方便行方便哈！买东西不准抬高价格哈！'然后当当地打两声锣，又继续喊话。"

"那天我听得兴致勃勃。晚上我们就在这个村里吃的饭，大人们还找来几个小孩子给我们唱歌，这是唱歌的几个孩子。"杨进指着那张相片，然后又翻过来相片背面：

我是小小阳鹊才开叫，

唱得不好你莫笑。

步行团从这里过，

留下故事几大箩。

今天喜鹊叫得欢，

远方的客人你回转转。

"这是他们唱的歌词，你要知道这是他们现场临时凑出来的，"杨进说得兴致又高起来，"我看他们真的是很有才华。你说是不是？"刘开梅只是淡淡一笑，指着另一张相片说：

"这是一首诗还是一首歌？下面还连词带曲都有。"

那是一张用毛笔行楷写下又拍照后的两组词，下面有谱曲。角上还放有一张小相片是杨进父子站在一块公路牌下，牌上两个大字："安顺"。

"这是西南联大的校歌。记得当时我们走了3天后，父亲说：这里已经是安顺的地界了。他问我们，知道我和妈妈常在家里唱的那首西南联大校歌吗？我们回答，当然知道，听都听熟了。

"他说，这首歌的词作者是中文系主任罗庸，曲作者是张清常，贵州安顺人，这里就是他的家乡。在联大读书的时候，几乎所有老师和同学，一唱这支歌就会流泪。然后父亲鼓动我们说，现在来到了张先生的家乡，唱起来！让罗庸先生和张清常先生听到我们的歌声！"

刘开梅这一阵都只有听的份儿，这时就适时地插话说："是不是这样唱？"说完她看着歌谱哼出几句旋律，杨进听了说："是这样的！前边这两句你好像有点儿熟？"她盯着她，带着惊奇和疑问。

"你怎么忘了？因为我们老安呀！他有时在家里小声哼唱。我毕竟是对音乐有敏感的人嘛，就有了一点儿印象，不过，歌词我这是第一次看到。"

杨进嫣然一笑："开梅，你有没有觉得，我们本来今天是唱歌的，因为你的提议看相片，我们变成回忆西南联大了。现在我们还是唱歌吧，就唱这首联大校歌，咱俩合唱。"

她俩看着歌单开始合唱：

"万里长征，辞却了五朝宫阙，暂驻足衡山湘水，又成离别。绝徼移栽桢干质，九州遍洒黎元血。尽笳吹弦诵在山城，情弥切。

"千秋耻，终当雪。中兴业，须人杰。便一成三户，壮怀难折。多难殷忧新国运，动心忍性希前哲。待驱除仇寇复神京，还燕碣。"

杨进觉得，今天，此时，如果不唱唱这支歌会是一种缺憾，所以她提议唱。唱着唱着，她回到了和父亲在安顺地界上唱这支歌的情景中。

刘开梅唱了开头两句后，后面唱得就磕磕巴巴，本来就心神不宁的她已完全心不在焉。歌词中的第一句"万里长征"触动了她，自己也要万里长征了，正因如此才情绪异常，正因如此才跑到了这里来唱歌。还有一点，这一趟万里之行安志去不了，杨进夫妇对此还蒙在鼓里，她不想讲，但一点儿不讲，似又说不过去。

这天从上午到晚上，刘开梅一直在杨进家里。

两个朋友歌也唱了，故事也讲很多了，杨进讲得是倾肠倒肚，哭也哭了，笑也笑了，今天算是一种少有的释放。和刘开梅虽说思想上有些地方不会一致，但周围圈子里，只有刘开梅见过自己的母亲，不管是机缘巧合还是命中注定，她竟还和自己同时听到了母亲一生中最重要的故事。仅此一点，足以让杨进珍视。知交、故旧之所以可贵，在于了解你的过往，见过你的亲人，某个与亲人同在的重要节点她也在场，那些对你影响深刻的人物、事件、场景，多年后在她那里留存着一份样本。她心里真把她看成如姐妹一样了。

吃完饭刘开梅要回去了，她从 DVD 里取出带来的光盘，杨进想起来了，赶紧说：

"借给我去翻刻一下！然后送还给你。"

刘开梅顺下眼睛用软纸包着光盘，包好后低着头装进信封，好像做这个事需要非常的专注。片刻后嘴里含混不清地说着什么。杨进站在她身边，好不容易才算听明白：

"我这张光盘，从不外借。"

或许为了做点弥补，临出门低着头对杨进咕哝一句，语气是同样的含混：

"可能是下周，要去美国了。"

第九章

上海虹桥机场。

安志把手搭在额头上，眯着眼望望头顶上的天空，对刘开梅说："上海天气真好。我查过了，波士顿这两天也是好天气。"

这是依然春寒料峭的 3 月初，他从成州把她一直送到上海。帮她提着行李到了机场，又协助办完了取机票、行李托运等手续。然后，两人来到安检口，送行的人将就此止步。

"记住，登机口不要找错，只要不上错飞机，你就能稳稳地飞到波士顿。"安志看着刘开梅，平静目光的背后，有一丝不易觉察的伤感。

刘开梅不大敢看安志的眼睛。快快地朝他扫了一眼，说："好的。"

为了出门方便，她今天特意穿了外套和长裤。那是一条裤脚宽大厚实的"甩脚裤"，裤脚随着脚步的移动，一走一甩，她本人和站在后面的安志都明显感受到裤脚甩动的力度，似乎在用力地撕扯什么。

她一步步朝安检那道小门走。他们之间似有一根线，随着裤脚一甩，被扯细一点儿，再一甩，又扯细一点儿。进了安检口时，那根无形的线就彻底扯断了。

她是第一次乘坐国际航班。女儿一直想给她买中国东方航空或南方航空的票，但那些航班要么在时间上不理想，要么在理想时间上的票价又太贵。最后，买了一张美国联合航空公司的机票。

一上飞机，她便感到了无边无际的孤独。周围几乎全是白皮肤高鼻梁的老外，空姐空少也全是美国人。但她清楚，一下飞机就不会孤独了，女儿女婿外孙，还有，最关键还有，郑家山比她早两天到了美国，现已待在波士顿的女儿家里。一想到这一点，就勾起她的心要么一阵狂跳，要么一下收紧。

飞机在云层上空稳稳地飞行，她的心情却平静不下来。

若干年前，她看过一篇文章，题目和内容记不清了，只有其中一段话记忆犹新："没有一只浆果真正到过波士顿。因为它们在或长或短的运输途中，浆果自身的各种成分已损失得差不多了，运到波士顿的，只不过是一种商品而已。"

望着舷窗外飘浮的白云，她痴痴地想，我就是那只浆果。我的各种原有成分也损失得差不多了，不过不是在运输过程中，是在生活的坎坷中。我已经不是我了。他也不是他了。现在我是别人的老婆，而他是别人的老公。但是，我们将在波士顿一家团圆。这是一家人吗？是，又不是。这局面算什么呢？她想哭，哭不出来；想笑，也笑不出来。

她打开随身手提包，从里面拿出一个小皮夹，再从最里层拿出来一张4A打印纸，那是当年与郑家山结婚证的复印件。

回想起来，那是一个晴好的日子，在麻场公社开了证明后，还需要到区里盖章，他们借了一辆别人的旧自行车，郑家山载着她，一对小情侣就这样办好了结婚证。

知青回城时，两人到了水县，郑家山被安排在县政府后勤部，她到了县文化馆，后来又到了一所中学。这里虽是县城，却人口众多，城区也大。郑家山从一个小管理员慢慢做到了后勤部副部长，成了县城里掌有一定实权的人物。郑家山抽烟成瘾，经常是一天两包。这是刘开梅烦他的原因之一。当知青时没有条件，到了水县后，他不用自己买，抽屉里也总是放着几条好烟。他在工作中接触的各种人物越来越多，一些女子喜欢和他接近，大事小情也喜欢找他帮忙。慢慢地，就传出了和一个张姓姑娘的绯闻。尽管郑家山一再解释都是别人的猜想，但从此家内断不了争吵。

后来，她提出了离婚。

收起那张复印件，她像个不会活动的木头人瘫在座位上，闭上眼睛，一动不动。十五六个小时的漫长飞行，她不嫌漫长。她太需要安静下来，梳理这段时间以来让她经常失眠的，那些驳驳杂杂、纷纷扰扰的思绪了。但她越想梳理，反而越是混乱。安志的脸在眼前晃着，郑家山的脸也在眼前晃着。这两个男人，在过去的实际生活中本无关联，但这段时间以来却在她的头脑中纠缠不清。她混混沌沌地胡思乱想着，自己也不知想的是些什么。

后来她一点点回想起 4 年前女儿的婚礼。那场婚礼几乎集中了她生活中最重要的人，但给她留下挥之不去印象的却是女儿的眼泪和痛哭。

郑姗姗的婚礼先在美国教堂举行，新郎的父母到场。回中国举行婚礼时，新郎的父母不能从美国来，新娘父母的出席就显得非常的重要和必要。如果没有新娘的父母双双到场，新人的婚姻将被国内国外的亲朋视为没有得到这边父母的祝福。

当年离婚后，女儿跟着郑家山。刘开梅要看孩子时，通过郑家山的哥嫂接出来，过几天后又通过哥嫂送回去。有事也是通过哥嫂传达，她自己与郑家山包括郑的父母都再不打照面……多少年就这样过来了。

现在，女儿的婚礼，作为最重要人物的新娘的双亲，这两个 20 多年不相见面、形同陌路的人，是否都会来出席？是否会在婚礼上露出马脚，闹出别扭？

郑姗姗开列了一大串名单，要请到婚礼来的同学朋友有一大堆。她和她的美籍夫君在临举行婚礼的前一天才能赶到，就是说，一切事情得由成州这边在此前办妥。刘开梅因对女儿有愧，暗下决心一定要把婚礼办得气派、堂皇、热闹。但她又不想让自身太操劳。她的身边有安志，安志做事又细心又严谨。于是，在刘开梅委婉地说自己每天要上班，身体也不是很好的托辞下，安志当然地成为操办的主力。

他首先联系婚宴酒店，成州的酒店一家家去考察。场地大小、堂面如何、餐饮如何、来往交通是否方便等，从中筛选出看中的两三家，到了休息日刘开梅和他一道去看。觉得不满意，他又继续去考察，到休息日又带着刘开梅去看，直到定下了认为满意的一家。而后他去联系婚庆公司，反复比较后由刘开梅定下一家，然后，场地如何布置等也是安志为主进行。刘开梅只是如同大领导般最后来拍板而已。到了婚礼的头一天，杨进得空也加入进来，帮着把里里外外、大事小事都安顿得到位了。

最后还剩下一个大的问题，杨进向刘开梅提起：

"郑家山那边怎么样？说好了吗？"

"我这两天都在想这个事。肯定得把他找来。虽然女儿说她父亲同意来，但我和他之间没有沟通，觉得不落实。但是，我绝不想和他说话。"刘开梅稍停一下后望着杨进，"我没有合适的人拜托……要不，你跟他打个电话？"

"我？我给他打电话？大事当前，你自己不和他联系，这个时候，叫谁帮你联系都欠妥啊！"

刘开梅咬咬嘴唇说："他伤我太重，我恨他太深。我年纪轻轻的时候希望有个家庭，把青春都给了他。但是他的所作所为让我再一次失去家庭。"她把眼睛发狠地盯着别处："我不想求他！他一个做父亲的，都快到举行女儿结婚大礼的时候了，他都不主动来联系我，我为什么要主动联系他？"

"反正，我不适合帮你打这个电话。"杨进不由得耸了耸肩。

"反正，我不想主动联系他。"

"那就不打。姗姗不是说了她爸会来吗？"

刘开梅心里明白这个电话必须要打，并不因杨进的断然拒绝就放弃。

"长辈之间不喊应起来，是落实不了的。我这边如果不和他讲到，我怕他到时候不来。尤其如果他身边那个女人再搞点什么名堂，那事可就大了！我欠女儿已经太多，如果她的婚礼再搞砸了，我是真的都不想活了……"

说着可怜巴巴地摇杨进的胳膊："我的朋友中，就只有你见过他一面，怎么也有个印象，就算和他是老朋友了。这时候，你不帮我，还有谁能帮我？"

杨进望着刘开梅红红的眼睛，那里对她充满了期望。确实，这里只有她，算是和郑家山见过面。想着这是结婚的大典，放在谁家都不敢有任何闪失，她的侠义感上来了。

"我帮，我打。行了吧？"

刘开梅拉着她走到一只电话机旁边，"用免提，"她说，同时递过一张纸片，"这是他家里的电话号码，女儿给我的。"

"我怎么讲呢？"对着话机，杨进又像问刘开梅，又像自问。不过没等对方出主意，她片刻后便拨动了电话。

接电话的是个男性，杨进试着问道：

"你好，请问，你是郑家山吗？"

"是，我是郑家山。"

"我是杨进，刘开梅的朋友。我和你见过面的，知青时候在麻场，有天晚上抬木炭差不多到天亮，然后好不容易才回到成州……"

"啊，杨进，想起来了，一说就想起来了。"

杨进笑笑，切入正题："明天，是你女儿举行婚礼的日子，你知道的吧？"对方说："知道的。"杨进说："你一定要来啊，刘开梅让我给你打电话，她现在就坐在我旁边。为了你们的姗姗成功举办婚礼，你们作为父母的一定、一定要双双出席，这个开不得玩笑，否则会遗憾一辈子的！"

郑家山抬木炭那晚留给杨进的印象是性格比较温厚，现在那边不住地说："好的，好的。"杨进说："你一大男子汉，君子一言驷马难追，你能不能当着开梅和我大点声、完整地讲一句，明天你一定来，让这边放心，好吗？"

免提里沉默了一下，然后提高了声音说：

"明天，我争取一定来。除非临时有特殊事情。"

这边听着的两个女人相互瞪了一眼。

"好，就这样。"免提里传来嗒的一声轻响。

"这说的算啥话？"杨进瞪着刘开梅，电话打了，人是喊应起来了，但却得到一个"两口话"。

刘开梅一脸愠色，吱不出声。

成州人的婚宴都安排在晚上，宾客们一般在下晚五六点开始到来。当天的下午，安志上上下下把大厅布置、各工作人员是否到位、餐饮酒水、水果点心、菜式、花束等大事小事都检视一遍，确定万事齐备，只等迎宾客。这时，他回到大厅把杨进拉到一边。

"小杨，一会儿，我就不在这里出现了。余下的事，你帮着开梅，多辛苦一点儿。"

"为什么？你是不是太累了？"杨进望着他，关心地反问。

安志摆着手："累倒不是的。"然后温和地笑了笑说："这种场合，尽量只由新娘的父母出现为好。"

杨进反应过来："安老师，你真心细，总替别人着想。"但她还是说："其实，你在这里也没有什么关系呀。"

"我还是不出现的好。尤其姗姗的爸如果是一个人来，我在这里就不大得体。这样的结婚典礼，让大家只看到新娘的父亲和母亲，这个样子为最理想。"

"开梅知道吗？"

"我给她说了，她知道的。"安志亮了一下手里的手机，"我不远走，待在大堂里，有事需要，你打我的电话。"

安志说完下了楼。他在大堂旁的一个小厅坐着，那是一个不引人注意的角落。

飞机继续平平稳稳地飞行。刘开梅感觉有人轻轻推了她一把，是邻座那个旅客。她睁开眼睛，一位蓝眼睛高鼻梁的空姐笑容可掬地俯身望向她。因为见她长时间一动不动，担心是不是身体出了问题。见刘开梅无碍，又指了指推着的小车，刘开梅听不懂她说什么，也懒得掏出安志准备的卡片，就摇了摇手，表示谢谢，然后又闭上了眼睛。

在举行婚礼的酒店，下晚时分，本应和母亲一道站在门口迎宾的郑姗姗和瑞特因为还没有化好妆，眼看着各路客人陆陆续续到来，刘开梅只得一个人先去站在门口迎宾。

杨进因为昨天郑家山的两口话，心中一直不踏实，跑过来问：

"郑家山来了没有？他可千万别不来呀！"

说话间，三五成群的来宾出现在门口。刘开梅虽在八面玲珑地应对着接待，眼睛却在注意着大门的过厅。不一会儿，她快步走过去附在杨进耳边急速地小声说：

"来了来了！就是那个，那就是他！"

过厅那头，一个中等身个、体形魁梧的男子与一女士正向着她们这里走来。

"你去招呼他！"刘开梅推着杨进，说话的语气慌慌的。

杨进躲了一下身子并想抓住刘开梅："你这人！你就过去大大方方打个招呼会怎么样嘛？！"

但刘开梅如同泥鳅那样抓不住，她快速闪过身以十分夸张的态度招呼着别人："哎呀菲菲！哎呀小许！你们来了，谢了谢了！"

说时郑家山已来到面前，杨进被刘开梅这一推，只好迎面而上。20多年不见，她对郑家山已没有印象，如果不是在这个特定的场合见到，走在大街上碰了面也不会认识对方了。

她先自我介绍："我是杨进。"郑家山说："我记得你的，你变化不大。"杨进与他握手，郑家山介绍他身边的女人说："这是王小维。"杨进与她握手。门厅口人多，当着刘开梅会双方都尴尬，杨进便引着他们走进大厅。

稍微寒暄几句后，杨进把郑家山拉到一边："你来了，这太好了！不管这些年你和开梅是怎样的情况，今天是你们女儿大喜的日子，一定要顾全大局。"郑家山不说话但点着头，"一会儿，婚礼开始后，你们得坐在新娘父母那个位置，"杨进指了指前台下面，"你们得按婚礼要求办。态度、表情，应该是怎样的，我想不用我多说。"她说得温和而不容置疑，好像一个老大姐。

杨进安排好他们，忙着张罗别的事去了。

郑家山的父母前些年已相继过世，女儿后来出了国，他几乎就不到成州来了。长期在平口工作的他，回到成州如同外乡人。现在他和王小维坐在一张无人的宴桌旁交头接耳，窃窃私语，看去挺黏糊。杨进往这边瞟了一眼，想起了此刻独自坐在大堂里的安志。感叹面对同样的场合同样的事，人和人想法与做法大不一样。

"请了请了！新娘的父母！请到这边来了！"

人声满满的大厅里，台口下的工作人员一边做着手势，一边大声招呼新娘的父亲和母亲。

郑家山站起来理了理身上的西服，正了正领带，他的心里有那么一点点发虚。他看看前台下面，转头对王小维轻轻说："我过去了哈。"

台下第一排正中，并排放着两把套着大红绸面的椅子。刘开梅化着较浓的装，穿着喜庆的紫红色衣裙，郑家山一身深灰色西装，打了个暗紫色的领带。不知何种原因，相互完全关闭的两个人在衣着上想到了一起，为父的紫色领带和为母的紫红衣裙互为呼应，好像事先经过了仔细商量。两人走到椅前各自坐下，没相互招呼，没说话，也没瞅对方。

人活到这个年纪，再大的事都装得住了。面子上，两人并肩坐着，看上去没有异常，但如果离得近，可以看出表情严肃，身体僵硬，双方下意识地尽量保持距离，靠对方那一侧的腿都各自向另一侧偏过去。

离仪式开始还有一点儿时间，虽是如坐针毡，只好并肩坐着、等着。相互能听见对方的呼吸和心跳，刘开梅似还能闻见郑家山身上那股久违了的烟味。尽管如此，她和他中间却像隔着一道深渊。好在，他们头顶上的灯光是五彩的，不断旋转的，不是那种明晃晃直照每个人的脸部和肢体的灯光，这大大地帮了他们的忙。

婚礼一步步按既定程序进行。他们注视着台上穿着婚纱捧着花束的女儿郑姗姗，西服上别着一束红花的高大的洋女婿，心潮起起伏伏，却都不敢分神，知道当前最大的任务就是要把现在的角色——新娘的父母扮演好。

司仪是一位帅气小伙，刘开梅特意请来的本城金牌司仪，他的主持十分投入而卖力。此时他朗声诵道：

"现在，请新郎新娘面对父母，准备三鞠躬！"

台上的新人移步到了他俩的对面，近距离地正对着他们。当新娘郑姗姗款款走过来，一眼看到并肩坐在一起的父母时，眼泪突然间夺眶而出。那是她的父亲和母亲，别人家父母并肩而坐不是什么稀罕事，但她长到二十四五岁，这还是第一次看见至亲的两个人同时出现在一个空间，而且是并肩坐在一起。

许多感触瞬间像暴发的山洪，控制不住地在心头汹涌。

让她最锥心的是关于一张相片。6岁多一点儿时，有天到邻居嘟儿家去玩，墙上新挂上一张放大的彩色相片，嘟儿一手搂着爸爸，一手搂着妈妈，一家三口脸上都笑开了花。在场的还有一个小男孩，不服气地说："我也有这种相片！"说着跑回家拿着几张回来，在小伙伴面前炫耀："这些是我和爸爸妈妈在儿童乐园拍的！"一会那俩孩子说："姗姗，去把你的相片，就是你和爸爸妈妈拍的相片拿来看看！"郑姗姗先是沉默，然后突然一个转身，冲回家抱着奶奶就放声大哭。奶奶以为孙女受到了什么欺负，一溜烟跑到嘟儿家，一问，一看，心里明白了八九分，回来时拖着沉重的脚步，搂着姗姗掉眼泪。可怜的孩子！她上哪去有这种相片？离婚前有几张，但被剪得只剩下郑家山和姗姗，这些残破的相片奶奶从来没有给孙女看过。

从此，郑姗姗再不到嘟儿家去。她害怕看那墙上的相片……

此时，父母并肩坐在一起。那是幻象吗？是在演戏吗？想起从小的有父无母或有母无父，眼泪止也止不住地在脸上流，如果你们在我小时候能这样坐在一起，我怎么至于那样自卑和绝望？！

司仪朗声喊：

"一鞠躬，感谢父母生育之恩！"郑姗姗一边流泪一边弯下身子。

"二鞠躬，感谢父母养育之恩！"郑姗姗已呜呜呜呜哭出了声，连身子都没有办法弯下来。

到了司仪喊三鞠躬时，她已经情绪失控，哭得完全不能自制，只得由瑞特半拖半抱着。

很少见到一个新娘在婚礼上哭得如此伤心，台下所有来宾静默了。几个老辈人叹息着流下了眼泪，刘开梅和郑家山虽仍然把持着情绪，僵硬地并肩坐着，眼泪却已不知不觉悄悄滑落。

飞机座椅上，刘开梅眼角滑出了泪水。她现在似乎又回到那个婚礼现场，看到瑞特扶着哭得已不能自持的郑姗姗。在女儿的培养教育上，她没有尽到多少责任，女儿去美国五六年，她从没想过能去看她。对于同时邀请两边父母赴美，郑姗姗是这样解释的："虽然现在分处两个家庭，但这边是妈妈，那边是爸爸，你们对于我同等重要。把你们同时邀请来，我时间上、工作上，你们的生活上，都要好安排些……"

已经做了母亲的郑姗姗，比起婚礼上时似乎成熟、懂事些了。

昏昏沉沉地想了不知有多久，刘开梅终于短暂地打了一个盹儿。

迷迷糊糊中，在一片花园似的地方碰见一个人，那不是青年时代的郑家山吗？她正在考虑要不要跟他说话，要不要跟他打招呼，却见郑家山快步走到跟前，说着她听不懂的英语，然后单腿跪下，又用汉语对她说："开梅，我们结婚吧！"刘开梅全身一个激灵，立即醒了过来。

广播里传来浑厚而愉快的男中音，播送着刘开梅听不懂的英语。她擦擦眼角，睁开眼睛张望，周围人们的脸上洋溢着轻松的笑意，久坐的人从座位上伸展手臂，有的人开始想打点行李。

她凭直觉判断：从没见识过的波士顿，屋里已坐等着前夫的、女儿郑姗姗的家，已经到了。

第十章

周四下午，田振邦暂且推开学校的一堆工作，赶到培训中心上课。前两周，他在这里的一切进行顺利。

上课时间到了，他准时踏进教室。

然而举目一看，怎么比上两次人少得多？竟然稀稀拉拉只坐了七八个人。他脸上立刻显出了迷惑与明显的不悦。

这时杨进走到教室门口来想向他说明。今天有一个特殊情况是各单位同时传达贯彻上级文件，本班学员中，有多半担任着一官半职的，请假说来不了，有部分只是听完传达可以离开的说肯定要来听课，只是会晚到，只有少数几个按时来了。对于在职干部这种情况有时在所难免，应该可以理解。

他知道杨进来到了门口，但没等她张口说话，他一边往讲桌上放书本，一边很不满地自语似的摇头：

"唉！这里的组织管理工作是怎么做的！"

然后转头望着杨进，不容置辩地说：

"请转告那些先生，如果不想听，从此以后就不用再来了！"

他不再理会她，转脸向坐着的七八个学员十分职业化地说：

"现在，我们开始第三讲。"然后转身在黑板上写下：第三讲。

杨进被噎得没讲出一句话，闷闷不乐退出教室。这人真是冲得可以，连让人申明一下原因的机会都不给。难怪刘开梅说他傲气，今天算是领教了。"这里的组织管理工作是怎么做的？"她尤其反感这句话。这不是对别人工作的彻底否定吗？但她恰恰是一个非常敬业的人，内心又有完美情结，对所有经手的事总是力求做到尽善尽美。工作从来得到大家认可，只有个别人处心积虑地出于打击报复否定她。今天这样的当面指责和否定，竟让她想起了曾经所受的打击报复。但这个是自己请来的教师，无论如何不能与那相提并论。耳朵里传来田振邦正在讲课的声音，她对自己说，算了，忘掉那些不愉快，随他爱怎么说就怎么说吧。

她原打算今天抽时间坐进教室去听讲的，现在当然不想进去了。

田振邦上完课，和学员边聊着边走了，并没有因为自己上课前的态度到办公室来与杨进和缓一下的意思。从此，她对他敬而远之。

随着接触增多，田振邦与学员之间关系越来越融洽。而他和杨进除了碰面时客客气气地点头打招呼，双方都找不到话讲，两人之间客气得近似生硬。

又一个周四下午，学员们像约好的一样，齐刷刷坐进了教室，比任何一次都到得早、到得齐。大家互相望望："嗬，今天可是到得最整齐的一天了，一个也没缺！""唯一一个总爱请假的老胡也来了！""田老师来看到一定不会有意见了！"

上课时间到了。

往常都是提前几分钟走到培训中心，然后准时进入教室的田教授却没见来。大家等了一阵，没来，学员们坐在位子上面面相觑，"田老师呢？"又过了半个多小时，还是没来，有的人想离开教室了。

杨进着急了，这样的教师迟到在培训中心还是第一次。为了稳住学员，不发生教师赶来时学员已经走空的情况，她坐进了教室。

"大家耐心等一下，田老师会来的。"她说。

整一个小时后，传来汽车的紧急刹车声，然后"砰"的车门关闭声，接着是田振邦小跑着上台阶。

那时杨进正走到大门口张望。

"对不起对不起！我从郊区赶来，堵车了！"

"您对自己的时间是怎么管理的？这么多人等着您。"杨进真想这样回敬一句，但看他满头大汗，于心不忍，说出来的却是："你先休息一下吧。"但田振邦已边擦着汗边走进了教室。

他去郊区参加一个学术会议，按正常情况可以准时赶回来，但那边出了交通事故，堵了长时间的车。

由于晚到一小时，今天的原定内容是讲不完了，也不好拖堂，因为那就拖延了全体学员的时间。花了许多时间备课的田振邦只得十分遗憾地按时下了课。

他走下讲台时，一个学员说："田老师，我是做统计的，现在很多时候要求做图表，产品产量与去年之比，全员职工出勤率什么的，都要求用图表示。请教一下，什么叫斜率，什么叫喇叭口？"

另一个学员接口说："我们也有这方面问题，还有那个斜率怎么计算？"

"你们的问题很好。帮助大家解决实际工作中的问题，这样才有培训的价值。详细的下节课给大家讲，现在如果你们不着急走，我先大致讲一下什么是斜率，什么是喇叭口。"田振邦说着就近在杨进刚才坐的桌边坐下，学员围过来。他从桌上的一叠纸里抽出一张白纸，在那上面开始边画边讲。

"稍等一下，我拿到笔记本就过来。"传来杨进的声音，她一边和站在教室外的另外一个班的学员说着话，一边走回刚才坐的桌边，她急着来拿那个棕色封皮的记事本。

看到田振邦坐在座位上，周边围着学员，就自然地从他的肩头上伸长了手去拿，同时下意识地尽量不去挨到对方的身体。但手伸得再长也差点儿，再伸还是差点儿。只听见田振邦在说：

"这是某样产品，我用实线代表今年的产量，用虚线代表去年的产量，比如说今年产量上升，去年的产量相比是下行，那么到了这里，实线与虚线中间就形成一个张口，这就是所谓'喇叭口'。"

杨进瞄了一眼，他在边说边画，似乎没注意有人要从他肩头上取东西。稍微犹豫了一下，便往他的后背靠了靠，再把手伸长。她感到已经贴住了对方的后背，可惜的是仍差那么一点点。想到几个学员还在外面等着，瞬间迟疑后，横下心往前一倾，感觉得到前胸紧紧贴住了对方的后背又压住了肩头，当然，这只是一瞬间的事。笔记本终于够到了手。她内心却有说不出的难堪。

到了外面，她把学员招呼进办公室，一样样交代完事情，等他们都走了后，一个人坐在办公桌前发怔。

伸手够笔记本的那前后十几秒钟，带来了复杂的心理感受。

她反省自己，为什么要这么急？是责任心在作怪。为什么够不到还硬要使劲去够？这是骨子里那股倔劲的体现。这股倔劲什么时候都可能冒出来，不管是否合时宜。可是对方会怎样想呢？真叫人脸红！几秒钟里，突出的感受是这人的身躯怎么那么坚实、厚硬，纹丝不动，好像一堵墙。这人当时全神贯注于讲解，不感觉有人要从背后取东西。一个执意要取，一个专心于讲，所以才会有了这次碰撞。看来，和这人个性中有某些相同。另外，因为与这人处得生硬，不像与别的人能相互谦让，这还真是一种关系生硬的体现。但是……如果这些都不是，明明感觉后面有人要取东西，却就是有意识地硬撑着……如果是这样，那是什么呢？不好再往下想。

当她沉思默想的时候，一抬头，发现田振邦不知在什么时候走了进来，正站在门边注视着自己。他眼睛里惯常所有的那一丝傲慢消失了，柔和的眼神，带笑意地望着她。杨进除了意外，内心越发不好意思，他一定是在笑话我刚才的不得体，她想。

除了初来的第一天，刘开梅陪着他来办公室，之后他从来不进她的办公室。此时她只能装作若无其事地看着他，有礼貌地问：

"有事吗？

"有水——吗？"

他以问代答，着重把中间那个水字拉长，脸上的笑容有点儿俏皮，语气却很无奈：

"话说多了，嗓子受不了。一下子好口渴。"

杨进站起身说："当然有。你带水杯了吗？"普通习惯上，来上课的老师都喜欢自带水杯。

"没有。我暂时还没有走到哪里都带水杯的习惯。"顿了顿，他用手形象地比画着，"可能，再过个十年八年的，我就会随身带着水杯了，而且是那种——超大保温杯。"

杨进不禁噗嗤一笑，田振邦也笑了。

近年成州的男性老人兴起用超大保温杯，如同小型热水瓶，里面盛着热茶或是加了菊花、枸杞之类的热水，盖子就是一个小水杯，老爷子们喜欢走到哪里捧到哪里，成了标配。两人的这一笑，是听的人一下领会到对方的幽默点，是两人同时形象地设想出，老来后手捧一只超大保温杯的样子。

"给你泡茶吧？"杨进往饮水机旁去。

"不用，凉开水就行。"

她用一次性水杯给他接了凉开水，递到他手上。

田振邦端着水杯一饮而尽。"再来一杯，"他说，见杨进要伸手为他接水，"我自己来。"他接满一杯后再次一饮而尽。一连三杯水下肚，只是第三杯喝的速度稍稍比之前慢，然后他第四次往杯里接水。看来他早就很渴了，只是一直没有时间喝水。杨进心里突然生出一丝感动和怜惜。他这么忙，也居然来了，到这里上课，是因为刘开梅夫妇的力邀，而这一切是为了帮她的忙。

她看着水往他杯里流，没话找话地问："教室里的学员都走了吗？"

田振邦的眼睛注视着水流："没有，还有两位。一位工业园区的，一位疾控中心的。我让他们搭我的车。"

"哦！那你不是要绕好大一个圈？"杨进扬起了眉毛，疾控中心差不多在城边上，而工业园区更远。那两位学员因为路远，每次上课反而总是来得最早，今天也是这两位最早坐进教室。看来田振邦对这些情况都已有所了解。

"我开车，一趟就过去了。"他说得轻描淡写。

接满水，他说："我过去了。"他向杨进举了举水杯，眼睛坦白而专注地望着她："谢谢你。下周四再见。"

和学员分手后田振邦往成州大学走去。他今晚还要加班，打算把由他指导的最后两篇论文看完，然后写出意见。走到校园的一座凉亭边，碰见已很久没有见面的安志，两人亲热地拉手。

安志看去风尘仆仆，精神却十分矍铄，田振邦打量他一阵，扶着他的肩膀有几分神秘地笑着说：

"志哥，你是不是在进行你的宏伟计划了？"

"正是。我上午刚从云南考察回来。"

"你是怎样打算的？"

"先做两所。"安志心情不错，"学生当助手，他们跑的学校多，前期先帮我初选一遍，这省了我很多力，我在此基础上，很快就选定了两所学校，这次去云南，把两所学校实地考察了一遍，这样就把大的方面基本确定下来了。"

像所有大学一样，成州大学的学生社团也是五花八门。安志打交道最多的是其中两个，一个是"英语口语俱乐部"，学生发现他们的安老师口语极棒，总找机会和他接近，用英语交流，感觉如同与老外交流。一个是"爱心支教社"，这是安志最喜欢的一个学生社团，因为这个社团的宗旨与他内心的宏愿是一个目标。

暑期社会实践时，安志跑了校内的几个部门，得到支持，由这些部门出一部分经费，另外的经费由安志个人承担。"爱心支教社"于是到了云南的滇东南一带。学生们除了进行既定活动，还按安志老师的嘱托，走访当地小学，专找那些最需要资助的学校，实地拍了许多照片，做了初步调查访问的文字记录，提供给安志。

安志研究这些资料和图片，从其中筛选出两所，又通过电话做进一步了解，但他还需要亲自前往实地考察。不过，去云南考察的事一直拖着，原因是不想与刘开梅发生争端，影响事情的进展。

不能实地考察，就牵制到进一步的实际操作。安志内心着急，却只能一直按兵不动。等刘开梅一飞往美国，他立即动身去了云南。

"这次去，我与县和区的教育部门进行了对接，加上校方，还进行了座谈，听取学校的意见和诉求。要做，就要把事情做好。"

由于久已筹划的大事终于开始具体实施，安志的整个脸上都释放出一种光泽，看去比年轻人还精神。

"你还要再去吗？"

"肯定还得去。这是开弓之箭，只有一次次往那边跑的了。"

"那，嫂子回来后如果看你这样，会不会……"田振邦没有把话说完，但意思是明确的，他有点儿为安志担心。

"她？……"提到刘开梅，安志的心往下沉了一下，然后转移了话题：

"不谈她吧。你最近忙得怎么样，刚下课？"

田振邦虽然觉得刚才那瞬间安志的眼神和表情都似蒙上一层阴影，让他不得不心生关切，但此时却只得回答对方的问题：

"刚从培训中心下课。"说完又补充了一句，"我第一次接这边的课，但肯定也是最后一次了。"

安志望着他的神情，有点奇怪地问："怎么这么讲？"

"太忙了，照应不过来。当初要不是因为你们，我肯定不会接。"停了停又说，"虽然，直接给基层学员上课是很好的事，这些时间，感到我和学员是在互相学习。只是校内已经课多，外面学术活动也多，忙不过来。今天，我居然迟到了1个小时。在大学，这已经是特大教学事故了。"

安志也惊异了："迟到了1个小时？你怎么搞的？！不过好在是在职培训。杨进也好说话的。"

103

田振邦点点头："这个杨老师和学员都通情达理。"

想起了在培训中心门口见到杨进时的表情，他能感觉到她嘴边挂了一句什么话，但没有说出口来，只是叫他先休息一下再说。

两人一直都各自忙碌，难得碰到一起，此时干脆进到凉亭里面坐下来聊。

"也不是说，给在职培训上课就可以随便。不管在哪里上课，教师迟到是不可原谅的。今天是我从教以来第一次迟到，而且居然是 1 个小时。你知道吧，即便在东北，照料我瘫痪的爸爸，那么又忙又乱的时候，我都从没迟到过。"

安志听提到他的父亲，便说："你回来后，咱俩都忙，一直也没有时间仔细问问伯父最后的情况。转眼老人家过世快两年了。"

田振邦沉默了一下，为安志谈起他的父亲。

"爸得的是脑血栓，必然的半身瘫痪。经过近 1 年的康复治疗，奔 90 岁的人，居然又能够起床，扶着拐杖走路。医生都说是奇迹。能达到这个程度，他和我都吃了好多苦头。他的左手和左脚都没有知觉。慢慢能下床的时候，我用布条拴住他的左脚，他挂着拐杖移动一下右脚，我再用布条拉动一下左脚。这样学习走路有大半年。"

因为上辈的关系，安志和田振邦彼此之间感情深厚。此时，安志似乎清晰地看到父子俩人一个弯腰拉住布条，一个艰难迈出一步的情景。

"精神的力量很重要。尤其是人处在磨难中的时候。对此，我在爸爸身边那几年算是深有体会。"田振邦在低头沉默一阵后说，"在他还不能走动的时候，他说：'我现在虽有两条腿在身上，但等于只有一条，那条腿就像被锯掉了一样。这种一条腿完全失去功能的感受，让我对在联大时的一位老师感同身受，也对他更是佩服。'以后，他就经常给我讲起这位老师。我心里明白，他一方面是在回忆，一方面是直接用这位老师来激励自己。"

他转头问安志："你猜，他讲的这位老师是谁？"

"身体不方便，只有一条腿。我猜得出来，肯定是——潘光旦先生。"

"对，爸说的就是潘光旦。那段时间，潘先生成为了他的精神支柱。"

田振邦望着不远处的篮球场，慢慢地说："爸爸讲，在联大，有天休息的时候，学生们在球场上打篮球。没想到独腿的潘光旦先生拄着拐杖，一把揽住传到身边的篮球，一拐一拐地往球架下跑三步上篮。还一边喊，'来呀！该抢就抢，该盖就盖！'还说，'别怕碰着我！我没有那么脆弱。别人能做到的，我也能做到！'"

潘光旦先生青年时代意气风发，热爱体育活动。在一次跳高时受了腿伤，未得到及时治疗引起感染，最后只好截肢去掉了一条腿。在巨大的打击面前，他沉沦过，绝望过，但终于渐渐走出阴影，又开始像常人一样生活。清华大学即将毕业时，他申请赴美留学，当时的代理校长对他说："美国人会不会想我们中国人两条腿的不够多，把一条腿的都送来了？"这让潘先生十分无奈。经过不少周折后赴美留学才终于如愿。

在美国，他除了学业优秀，各方面都得到老师的肯定。有天一位美国教授听见隔壁有人在用英语侃侃谈论，他听了一阵后断定："这一定是个美国人。"但后来他才知道这个人是来自中国的留学生潘光旦。

潘光旦先生学贯中西，博古通今，集社会学家、民族学家、教育家和翻译家于一身，他与陈寅恪、梅贻琦、叶企孙一起被评为清华百年历史上四大哲人。

"真没想到，潘先生居然还去打篮球。"安志感慨。

"给我印象最深的是爸讲到潘先生的课，有他课的时候，教室里坐得满满当当，有时会挤得水泄不通。有一天，他讲到孔子，他有一句话是这样说的：'我对孔夫子佩服得五体投地。'停了停，他修正道，'不，是四体投地。'听课的学生们先是一愣，而后很多人眼眶湿润，大家鼓起掌来。老爸说，那是感动和敬佩的掌声，发自内心地拍响在手上，又由手心传导到心胸里。那真是一种无形的传导和熏陶。"

安志虽然对西南联大知之甚多，但刚才田振邦说的这些他是第一次听到。他想起曾读过潘光旦的《纪念孔子与做人》，那文中有这样一段叙述：

"一个模范人物之所以能成为一个模范人物，历久而不失他的地位，就是因为他比别人更能代表这种比较不变的经验，也就是他的思想与见解都能超越一时代一地域的限制……一个模范人物也是一个对人、对己、对天地万物都能够有一个交代的人……我们把古今中外的圣哲比较一下以后，就不能不承认孔子的思想确乎有颠扑不破的地方，孔子的个人生活，确是一种对各方面都有交代的生活，所以他的模范人物的地位，我们也是不难承认的。"

"由此，似可见出潘先生对孔子的评价。"安志沉吟地说，"对孔子佩服得四体投地，先生这话风趣诙谐，但细思戳人心的痛，笑不出来。"

话说至此，两人头脑中几乎同时想起了"刚毅坚卓"，这是西南联大的校训。安志说："先生这是在用自己残缺的身体诠释这种精神。"田振邦接口："或者说，那是刚毅坚卓在先生身上的体现。"

安志望着田振邦："刚毅坚卓在联大人身上随处可以找见。伯父就是一直承袭了这种精神的人，一直到老都是。否则，他不会在奔九十的时候还创造了生命的奇迹。"

两人难得有时间坐下来长聊，田振邦不由得说起另一个话题，因为此事让他烦恼已久。

"我回来才1年多，感觉到压力蛮大。头痛的是，他们还要我担任系主任。我推辞了。但是当前，马上系改分院，建制扩大，他们又找我了。"

这些年，高等学校从建制上说，具备条件的，大专升格为本科，学院升格为大学，而各大学则纷纷扩大建制，把之前的"系"改为"分院。"

"你是同意了，还是又推辞了？"

"我一直在推。真不想'双肩挑'。我只想把课上好，把学生教好，再把科研做好，行政职务从来不想担任。"

当年，作为本省的第一个管理学博士，毕业后众多地方欢迎田振邦加盟，单位随便挑选。多家大型企业高薪邀请做高层管理，政府部门更是大开绿灯，但他一概婉拒，一心一意选择了到高校做一名普通教师。他喜欢教师这个职业，喜欢站在讲台上侃侃而谈的感觉，那是一种好像把自己的生命化为细雨，慢慢挥洒，看着眼前的嫩苗一点点成长的感觉。

安志望着田振邦，拍了拍他的肩膀，诚恳地说：

"你要是听我的话呢，就还是接下来。'双肩挑'并不是绝对不能兼顾。在领导岗位上再经过一番磨炼，不是坏事。"他的神情恰如一个大哥望着小弟，"你刚才讲起潘光旦，我也给你讲一个咱们西南联大的人。郑天挺先生，就是一个'双肩挑'的好典型。你看，他是明清史专家，在昆明的时候，他同时担任了西南联大总务长，在南开的时候，他上课，同时担任系主任，后来又做了南开大学副校长。但是他样样都做得很出色。"

"我最幸运的事，就是考上南开大学历史系后，恰逢郑先生调来做了系主任。我得以直接听他讲课，后来我还了解到他的一些经历。想不到一个学识渊博，面容慈和的学者身上，还有那么多令人肃然起敬的品质和潜能。"

七七事变后平津沦陷，北京大学的大部分教师和学生南下长沙，郑先生独自留下来主持善后工作。他既要安排滞留北平的教师们的生活，要援助一些还要转移的学生，要保护校产，还要应付气焰汹汹的日本人的盘查、盯梢，时时面临被日本人抓走的危险。他在沦为亡国奴的北平为了学校苦苦独撑局面，那段时间，郑天挺先生的身影正恰如其名：一柱擎天，傲然挺立。

到了昆明后，作为一位明清史专家，他也想只搞专业，只做学问，但在校长梅贻琦的多次要求下，为顾全大局兼任了西南联大总务长。成为联大著名教授中最辛苦的一位'双肩挑'的教授。他尽职尽责，允公允能，公平无私。当时正是物质极度匮乏，生活极度清苦的时候，联合办学前北大、清华、南开各自校风不同，家底不同，人员又各有想法，任何一点看去的"琐事"、"小事"如果处理不当，都会引发意想不到的负面后果。三所大学所以能一直团结合作，鼎力治学研究，传承杏坛薪火，最后成为教育史上的奇迹，郑天挺先生在其中功不可没。

听安志讲起曾兼任西南联大总务长的北京大学著名教授郑天挺，田振邦似有所触动，低头若有所思。父亲也对他谈起过郑先生，与闻一多，朱自清等大师一样，他们都是父辈的恩师。

两人是坐在校园的木亭子边长谈。西斜的太阳光暖暖地洒向每一个角落，傍晚时分的校园在夕阳中充满活力与动感。不远处的篮球场正在举行比赛，跃动的身影伴随着不时传来的掌声与呐喊声，跆拳道学员穿着标志性的服装在草地上站成两列，一动不动中突然之间闪出来一招一式，近旁有几对羽球手挥着球拍在对抽，小球打在网拍上传来砰砰声响。不时有过路的学生侧转身向他们问好，跑过来捡球的学生，一看是他们喜欢的两位老师坐在那里，便走到亭子边来问候："安老师好！田老师好！"然后笑着跑开去，一蹦一跳的脚步带着青春的弹性。安志望着禁不住发出赞叹：

"我们这些学生娃娃好可爱。"

田振邦调整了一下坐姿，望望周围："学生真的很可爱。还在东北的时候，有天早上我走进教室，突然全班起立，同学们齐声喊'老师好！'。我奇怪，到了大学，早就不像中小学那样起立喊老师好了。我回答，同学们好，请坐下。但他们却不坐，全班站着。我心里纳闷，今天是怎么了？当我的目光落到讲桌上，发现桌上放了一枝特大的红玫瑰，压着一张彩色明信片，上面写着：'老师，今天是教师节。祝您节日快乐！身体健康！工作顺利！'我抬起头来致意，说，谢谢，谢谢同学们！全班这才坐了下去。"

讲到这里时，讲的和听的都动了感情。

过了一会儿田振邦指着不远处，那里用空心砖和木挡板圈起来一片地方，里面的一些旧建筑正在拆除。

"那个地方又要修大楼了，将是第四教学楼。据说 21 层高，象征本校的'211 大学'地位。"

安志看着那里，想象起不久后将又矗立起一座 21 层的大楼，这是为了适应扩招的需要。也就是说，将有更多可爱的青春学子进入校园。

"当年，西南联大校舍全是平房加茅草，哪有什么大楼！条件艰苦得不能再艰苦，却由一代大师培养出了新一代大师。我们的学生越招越多，如果只热心于追求硬件，追求大楼，难以培养出人才。孩子们在我们手里难以成器。大学，还是联大校长梅贻琦先生那句名言：所谓大学者，非谓有大楼之谓也，有大师之谓也。"

"大师和大楼也没有关系。什么叫大师？"田振邦接过安志的话说，"前不久看到沈从文先生的长子沈龙朱先生的一篇回忆。他说，在昆明时，父亲一直和卞之琳先生住一间宿舍，那是位于昆中大操场角落的小院里的一间小屋。日本鬼子的飞机经常来轰炸昆明，有一天空袭后他和父亲回去，是晚上，走到操场，见地上已被炸了一个大坑，远望小院宿舍楼，原来全封闭的小楼竟露出了灯光，上楼一看，房间的四面墙壁被炸塌了一面，只剩下了三面墙壁，那一面已全无遮挡。卞先生点着菜油灯，坐在摇摇晃晃的油灯火苗下，正在静心看书。"

他们心里同时浮现出一幅情景：夜晚，躲完空袭跑完警报回到被轰炸过的破屋中，一灯如豆之下，卞之琳先生在专心致志看书。他身边只有三面墙壁，另一面已空空如暗夜，风从那里吹来，菜油灯的火苗随风在书页前摇摇晃晃。

这就是大师。这就是联大精神。

"我们的大学缺大师，也缺联大精神。"安志说时一声叹息。

田振邦在一阵沉默后说："志哥，说起联大精神，有个问题正好向你请教。我对学生谈到联大精神，而联大精神的内涵丰富厚重、博大深广。比如，爱国，为了国家、为了民族，可以抛头颅洒热血；比如，崇尚真理、崇尚科学、崇尚民主和社会进步，可以为之献身；比如，思想自由、学术自由、在自由中塑造人格；比如，清贫而高贵、清苦而优雅、自由而自律；比如，艰苦奋斗、团结协作、顾全大局，等等。所有这些，如果能用简明的一两句话概括出来，我想，无论是在课堂讲授还是别的场合，都更便于联大精神的传播。你有这样既全面概括又简明精练的几句话吗？"说完征询地望着安志。

安志很欣赏地听完田振邦一席话。他曾想多花一些时间研究西南联大，但最后却把主要精力放在了资助希望小学上。此时他说："我还真没有。我也还没有这个能力去概括。不过据我所知，联大名师黄钰生和查良钊两位教授曾用'如云如山如海，自然自由自在'来总述联大精神，杨石先教授则用'大而联，联而大'来诠释联大精神。我个人看法，他们所讲的，包括你刚才讲的，都对，都是联大精神。但，说到把联大精神加以概括提炼，用简明的一两句话形成一个权威的、具象化的表述，至今还没有见到。或许，这正是后辈需要探究和总结的。因为，这正是为什么西南联大会培养出那么多杰出人才的奥秘所在。"

田振邦点着头："后辈，任重道远。"他站起身来伸展了一下手臂，"当年，我放弃所有别的选择，只想到高校做一名教师，就是受到大师们的感召。真想做到如他们那样。但是，我也明白，方方面面，差距太大了……"

安志也站起身来，缓缓说道："西南联大和大师们，像标杆，像大地上的地平线，也许我们永远没法达到，但得一直向着那个方向走。"

两人相互望着，同时说出了八个字："虽不能至，心向往之。"

分手时，安志说到眼下："我选定的一个大的中心小学，遗憾这次去时学校主要领导出差，方案没能最后确定。所以可能我很快又要往云南去了。"

田振邦叮嘱安志注意身体，注意安全。他知道在这件事上，连他都不好参与进去，除了学生适度的帮忙，70岁出头的安志一心只想自己独立行动。

第十一章

安志在独自进行着一件在他看来无比重要的大事。

此时在他家里，玻璃窗前的宽大书桌上开着电脑，桌上分门别类摆放着乡村小学的图片，叠放着报告和各种文字材料，还有一份协议书样本。

上坝乡中心小学和打摆村小学，是他最终遴选出的两所将进行资助的学校。

上坝是个大乡，中心小学是一所完小，周边各村寨散布着十来所"村小"，都只是初小。乡里一直想扩建学校，除了建教室，更要建学生宿舍、食堂，因为村寨离上坝远的有三四十里，最近的也有十几里。上坝中心小学只有实行住宿制才能适应需要。

上坝每逢星期一赶场，由于学校周围没有围墙，摆地摊的，支着桌子卖凉粉的，挑担的，常常会蔓延到教室外、操场上，甚至教师的办公室门口，一整天都弥漫着嘈杂哄闹声。只要到了星期一，学生看外面的热火朝天比看黑板的时候多。有调皮学生听着窗外喊"一串五角"，就会回"四角嘛"之类，引得全班哄笑。教职工称周一为本校的"黑色星期一"。最简单有效的办法是修筑一道围墙，但这样一个看似简单的事情，也因没有经费只能"望场兴叹。"

借着城镇化步伐加快的大趋势，上坝不久要乡改镇。扩建、提升中心小学，是城镇化建设必需的配套需要，终于提上日程后，计划中还准备提升成为"戴帽初中"，预计届时有学生近 500 人，教职工 40 余人，让全乡方圆几十里之内的学龄孩子能就近完成九年制义务教育。

中心小学欢欣鼓舞，虽然以后肩上担子重了，但事业也更有奔头了。不过，因为财政紧张，第一批款项拨下来，一算账，这笔钱，建一座四层教学楼后，学生宿舍楼建不起来；如果建学生宿舍楼，教学楼又没有了着落。

上级对此的答复是："先紧着急需的建，以后再筹款。"而哪样最急需，哪样不急需？中心小学在校委会上讨论来，讨论去，下不了结论。

安志到上坝乡进行仔细考察后，表示他可以满足学校扩建成"戴帽初中"所需要的一切经费。他回来后又电话联系对方，强调不管新建教学楼还是维修老教室，不管新建学生宿舍还是修筑围墙，一切从实际需要出发，只要需要就纳入规划。

打摆村离上坝最近，但相距也有十五六里。之前有一所初小，因为没有了老师，孩子们已辍学在家多年，一年四季任其"放羊"。

本村有个外出打工的老刘，上过一年高中，回到打摆村当起了代课老师。只有一间教室，却有两个年级，老刘教了一年级，让他们做着作业，然后再给二年级的上课。他在外见了些世面，知道文化的重要，又加上学生里有自己的两个孙子，所以认真负责。

打摆村小学情况单纯，安志去那里考察时，看到与大学生们发给他的相片一模一样的情况：教室石棉瓦屋顶长年漏雨，四壁透风，桌子板凳简陋，孩子们没有活动场地。

他和当地有关机构对接好后，打摆村只需拿出一个预算便可以开工。回到成州，预算就寄到了手上，他看后拿起电话联系对方：

"你再加一个小运动场，至少要安上两张乒乓球桌。要重新修厕所，男女学生分开。另外，你们那里没有升旗台，这个一定要做，每周一的国旗升旗仪式，全国小学都实行的。你们这里也应该实行。"

预算重新发来，他看后，立即把所需款项转了过去。

村里请来一个小型施工队，打摆村村民几乎全体出动帮忙。教室四壁换成砖墙，贴上瓷砖，地上也铺了瓷砖；新换了屋顶和门，窗户换成明亮的玻璃窗；新修了卫生间；修建了一个不大但够用的水泥运动场，再用水泥建了一个升旗台，立上了旗杆。

前后一周，工程就全部完工。那天，老刘站在那里看了又看。这间立在村头小河旁，不传出读书声无论如何看不出是个教室的老屋现在焕然一新，把运动场、旗杆连在一起，虽小，但一看就是所学校，这让老刘内心有了自豪感。尤其让他自豪的是这所小小的学校与"西南联大"挂上了联系。此后，小学校的完整校名是"打摆村南渡初级小学"。

老刘知道西南联大。虽了解得不多，但《荷塘月色》《背影》他都读过。闻一多先生作了《最后一次演讲》后被特务暗杀，留给他一辈子难忘的印象。眼下他设法找了一些资料进一步了解，打算在新教室开始上课的第一天，他就专门要给学生讲述西南联大和"南渡"。

在打摆村小学进行施工的时候，安志准备第二次赴云南专程赶往上坝乡。他启程前，校方来了电话："安老师，不敢劳您再跑，我们已经拿出了方案，由校长和副校长到成州亲访，当面与您谈。"

中心小学既有扩建，又有新建，工程量大，工期长，但又不能完全停下课来施工，需要有一个完备的方案，要谈的事确实颇多。

安志的志向是宏大的，命名为"南渡"的希望小学不是只资助一所两所，初步计划是八至十所，包括修缮、扩建、新建，如果届时他的精力允许，或许会资助更多。眼下刚开始运作，他想通过这两所学校就此积累一些经验，将以后的事情办得更好。

一个普普通通的"教书匠"，经济实力上何来这样的底气？关于这一点，他从没有对任何人说起过。

安志的父亲这辈只有兄弟两人，因为家境贫困，父亲让弟弟进学堂，自己出来挣钱。开始时跟着一个做日用品生意的亲戚跑腿打下手，由于头脑灵活，慢慢摸到一些门道。后来，他发现自己身处云南，做玉石玉器如果做得好，会比别的都更能赚钱，于是脱离了亲戚自己闯荡。

生意场上摸索久了，安志父亲知道世道变动时纸币和银元都会贬值，只有黄金和玉，尤其高档玉器能保值。慢慢用积蓄换了一个罕见的祖母绿翡翠项链、两只玻璃种翡翠手镯、几个翡翠戒指，老人家极具眼光地积攒了体积小而又值钱的东西。挣来不易，保留更难。"文化大革命"期间，父亲已经过世，造反派在各处大肆抄家，安志母亲偷偷做了一条空心腰带，把那几样小东西塞进去，然后绑在腰上。她想，还不至于搜身吧？要搜，就只有连命都豁出去了。抄家时，她站在边上，任由那伙人翻箱倒柜。家里的东西拿得动的都被抄走，家具之类被砸坏。等这些人走后，母亲悄悄摸一摸腰间，既气愤又轻蔑地松出一口气。

从那时起，这些东西一直绑在她身上，成了她身体的一部分。多年以后，完全风平浪静了，她才取下来放好。过世前，母亲把安志叫来：

"你父亲说过，黄金有价玉无价。有需要的时候，你可以拿去变现。不过玉的价格也会涨涨跌跌，价低时，会低到谷底，价高时，会高到天价，那时你再出手。"

安志的基因里遗传继承了父母的经济头脑，他不仅注意股市，更关注玉石玉器。观察到翡翠市场曾有好些年的低迷，20世纪80年代初中期开始有上升迹象，20世纪80年代末，开始节节高升，再后来竟然变成了"疯狂的石头"。他在那时拍卖了最贵重的那串祖母绿翡翠项链，那个价，就是母亲临终前对他预言的"天价"。他把其中一部分钱投入股市，凭着他的操作又赚来一部分钱，所有这些资金，成为他用来资助希望小学的最大本钱。

在父母长年跑外地做生意的时候，安志和叔叔形影不离，与爷爷奶奶在一起生活。长大后他讲："父母是衣食父母，他们挣钱供养爷爷奶奶，供我和叔叔读书。而叔叔是精神导师，我从小跟在他后面，受到多方面的影响。"

叔叔考上西南联大，成为外国语文学系学生。他回家常教安志英语，没事时带安志到联大校园里玩。到了1943年，美国空军来华，与中国人民并肩作战抗击日本侵略者，需要大量翻译人员。联大学生踊跃报名应征美军翻译官，安志的叔叔也在其中。

休息日，叔叔头戴一顶美军军帽，穿一身美军制服，腰间束着宽宽的皮带回到家里，看上去那样的威武潇洒、英气逼人，更成为安志眼里崇拜的偶像。叔叔教给安志的英语已很地道，任翻译官时与美国人密切接触，揣摩出某些发音上有细微区别，回家他会对侄儿进行纠正。这是安志后来说得一口地道、流利的美式英语的来源。"要教就要教给你最好的。""如果你以后做了教师，给学生也一定是教最好的、最正确的。"叔叔的这些话，一直记在安志心里。

20多年后，担任美军翻译官的经历，成为历次政治运动中叔叔身上洗不掉的污点。他学生时代就在西南联大参加了中共地下党，这也成了一个罪名，这些经历被荒唐的逻辑胡乱捏在一起，他被定性为"打入党内的美蒋特务"。

"文化大革命"期间叔叔被发配到一个荒凉的农场，安志有一次冒着风险去看他。在破败萧条得几乎没有人影子的农场，却处处充满看不见的阴森。耳朵里只听到不绝于耳的"邦、邦、邦"声，回荡在那个阴森中。安志想可能只有那里会有人，就循声找去。在一间空荡荡的大堂屋里，有一个人俯身在堆积如山的猪草堆里，在一块木板上，机械而又用力地，一下又一下地邦、邦地砍着那些草。

这个人就是他亲爱的如父如兄一样的叔叔。他在门口就看见叔叔的脸，那表情终生难以忘记。如奴隶一样带着苦难、屈辱、隐忍，还强力支撑着身体上的伤病。叔叔想不到侄儿会来，长期独自在那样的环境里受迫害，神情和感觉都变得迟钝了，当他从地上站起身来时，佝偻着被斗被打后已没法伸直的腰，与那个英武潇洒的叔叔已经完全判若两人。

叔叔患了胃炎，在牛棚里渐渐转成胃溃疡，有一天终于引起胃大出血。本来农场后山长期禁锢着两个人，如果住在一起相互可以有照应，但造反派恰恰不让他们住在一起。深夜，叔叔在休克过去前曾奋力地喊了几声，但声音是那样微弱，他和另一个人之间的距离是那样遥远。

一个鲜活的生命就这样在堆满猪草的黑暗破屋中，流尽了最后一滴血……

安志曾和前妻于静文反复思考，父母留下来的东西，是全部留给儿女作为传家宝，还是用来办些实事？最后两人商定，用来办教育，资助希望小学，并且商定资助的小学都冠以"南渡"名称，以此纪念西南联大。前妻过世后，安志把之作为此生必须要完成的宏愿。这里，寄托了对西南联大、对父母、对前妻，还有对作为他精神导师的叔叔的一份沉甸甸的纪念。

这天，上坝乡中心小学校长和副校长来见安志。校长姓伍，四十七八岁，身体壮实，初一看并不像日常印象中的文化人，倒像是位乡长之类的干部。但一等坐下来深入交流，谈吐之不俗让安志也击掌赞叹。

伍校长说："安老师，很对不起。您去学校时正好我出差。回来后我们开过几次校务会，又开了全体教职工会，把扩建学校的方案定下来了。现在带过来向您当面汇报。"

校长拿出来一叠打印好的图纸，安志接过，他先看了整体平面图。三栋四层教学楼呈品字形排开，前面是运动场地，旁边有几间平房，标明是办公室，隔着一片绿化带，四栋二层楼学生宿舍呈弧形排开，中间一栋二层楼是食堂，四周是一道把整个学校包围起来的围墙，为避开赶场集市，学校大门开朝东街，正好迎着太阳升起的方向，整体布局上不错。他再拿起效果图，一眼看去，除了三栋教学楼，学生宿舍和办公室屋顶全都盖的是茅草。他有点儿不相信自己的眼睛，再看了一遍，不错，是茅草顶。他顾不得看其余的图纸和概算，抬头问道：

"咦？伍校长，屋顶是茅草顶？"

伍校长看看他的副校长，脸上堆起敦厚的笑容：

"安老师，我们想，把屋顶做成当年的西南联大那个样。"

坐在一边的副校长说："是的，当年，西南联大就是茅草房的校舍。您

116

为了纪念西南联大，只要求把校名命名为‘上坝镇南渡中心学校’，我们在会上反复讨论了，如果能在实物上也体现西南联大的特色，这是不是更形象？"副校长说着，又把整体平面图拿过来指着说："除了三栋平房，一栋教学楼是现有的需要维修，其他的全都是新建。这要花费大量的资金。盖成茅草顶，一来更形象，二来，想为您节省点资金。"

"嘀！"安志一拍脑袋，"我一下没反应过来！"他的眼睛放着光芒，神情兴奋。顿了顿对来客诚恳地说："省钱这一层，不必考虑。我既要资助，就是有准备的。只是你们这个茅草顶的创意，让我想一想，想一想……"

安志在屋里踱着步。如果做成茅草顶，同时又命名为"上坝镇南渡中心学校"，西南联大的气氛凸现了，寓意更明显了。

"安老师，西南联大当年在那么艰苦的条件下，老师尽心教，学生尽心学，培养出那么多的栋梁之材，我们想从内容和形式上都来继承这种精神。让全校师生坐在这个茅草屋里，就想起西南联大，就自觉地学习西南联大精神。"

说话时副校长拿出两包东西："这一包是我们那里的土特产，您一定收下。这一包，您看看。"边说边打开那个包，展开，两根长长的茅草出现在眼前，"就是这种茅草，出自我们当地。那一带山上都有，韧性好，长度又适中。我们还议论过，不知当年西南联大用来盖教室的茅草，是不是就出自我们那里。当然，现在是没法考证了。"

安志接过那两根茅草，有近 1 米长，秆直，叶片紧圈着秆，如食指粗细，往秆下渐渐变尖。他沉静了一阵说："在古代，茅草是很神圣的，行军时侦察兵举着茅草，有情况就挥动，它成了军旗。侦察兵总是走在前面的，所以叫前茅。‘名列前茅’就是这么引申来的。后来用它来盖房，则是因为贫困。西南联大的校舍，就是用这个作为屋顶。"安志心里说不出的感慨，抚摸着茅草，然后抬起头来又说："如果考证下来是出自你们那里，就是这个茅草，那你这个茅草顶的方案可是更有意义了。"说完三人都笑起来。

"看来你们对西南联大熟悉，否则不会想到这一层。"

"在蒙自这一带，上年纪的人都对西南联大有记忆，他们会和年轻人讲起。我从小就听家里老人讲西南联大，读师范学院的时候，我们院长就是当年西南联大的学生。她经常讲起她的那些老师，那可个个都是名师呀！"伍校长说到这里，话匣子打开，刚进屋时的拘束一点没有了：

"安老师，您是知道的，西南联大文学院和法商学院当时在蒙自，一个学期后才迁到昆明。文学院和法商学院这些大师和众多学生在蒙自，是蒙自一段永远值得纪念和骄傲的历史。对于这两个学院，我基本能按它们的系，一个个说出那些名师的尊名。"

安志有点吃惊，他扬着头想了想说："那可不少呀！大师云集，先不说在昆明的理学院、工学院里那些泰斗，仅是在蒙自的名师就有不少呢，你真能记得住那么多吗？"他饶有兴致地望着伍校长，做了一个请的手势。

伍校长胸有成竹，微微一笑说："那您听好。"然后便不慌不忙开始如数家珍："当时，文学院分为四个系：中国文学系、外国语文学系、历史社会学系、哲学心理教育学系。中文系教授有朱自清、闻一多、罗常培、罗庸、魏建功、刘文典、浦江清。外国语文学系有叶公超、柳无忌、吴宓、杨业治、吴达元、燕卜荪、陈福田、莫泮芹。历史社会学系有刘崇鋐、钱穆、陈寅恪、郑天挺、姚从吾、邵循正、周先庚、王信忠、葛邦福、陈达、潘光旦、李景汉、毛准、戴世光。哲学心理教育学系有汤用彤、冯友兰、金岳霖、沈有鼎、贺麟、容肇祖、陈雪屏、郑昕、樊际昌、邱椿。"

在他一个个数着这些如雷贯耳的名字时，好似一道道阳光照在安志脸上，那张脸呈现出怡和、欣喜的光泽。他对伍校长说：

"你真了不起！歇口气，来，先喝口茶。"

伍校长喝了几口茶，说："下面是法商学院的了。法商学院分三个系，政治学系有张奚若、张佛泉、崔玉琴、邵循恪、王化成、赵凤喈，经济学系有陈岱孙、赵迺抟、周作仁、张德昌、戴修瓒、燕树棠、蔡枢衡、陈瑾昆，商学系有丁佶、李卓敏、陈序经。"

伍校长停住了。

"数完了？"安志问。

伍校长没有立即回答。约略停了一下后说："还不能说完全数出来了。因为现有的资料实际上还收集得不全面，有遗漏。一些名家曾在蒙自西南联大任教，但没有收录进来。比如著名考古学家、诗人陈梦家先生和他的夫人赵萝蕤，他们是由闻一多先生介绍到西南联大的。两人在蒙自出现时，那可真是郎才女貌，或者说两人都是才貌双全，回头率肯定是百分之百啊。"

安志一边为他鼓掌，一边赞叹说："伍校长，你太了不起了！真想不到，你怎么能记得那么清楚！"

坐在一旁的副校长答话："他没事就研究西南联大，经常有这方面的文章发表在报刊上。放假时人家休息，他要么专程跑昆明西南联大博物馆，要么去歌胪士洋行探究。而且，他这个人的记忆力真的是特别好。"

"或者因为我是蒙自人，上中学的时候，我就对西南联大感兴趣了。加上在大学，我的院长经常讲起西南联大，加深了兴趣，所以这成为我业余的一个研究方向。"

伍校长喝了点儿水，又说："我对教经济学的陈岱孙先生印象特别好，这与我的院长常说起他有关。她说，陈先生有三好：一是人长得好，用今天的话说就是标准的帅哥。二是课上得好，他讲课没有一句废话，每一句他在课堂上讲的话都是精练的，如果记录下来，就是一部完整的著作。他上课的时间控制得十分精准，上课前一分钟，他已站在讲台上，每次当他讲完最后一句，下课钟声就响了。第三是他对学生好，就像一个长辈，一个兄长。他平时不苟言笑，看去比较严肃，但学生都知道他的心肠特别好。

"我们院长所讲的陈先生的一个故事，至今仍让人回味不已。说的是那时西南联大的校舍有些是铁皮屋顶。不下雨的时候还行，下毛毛雨也还不太受影响，下大雨可是糟糕了。有一天，正是陈先生在上课，下起了雨，屋顶上开始时如同撒小豆子，过一会儿像下冰雹。那时，陈先生正讲到得意处，一开始他和雨声斗拼，雨声大，他也尽量把声音放大，但雨越下越大，他再讲多大声也拼不过那劈劈啪啪大雨敲打铁皮屋顶的噪声了，学生根本听不见了。先生一脸的无奈，他转身，在黑板上写下四个大字：'停课。赏雨。'"

安志陶醉在伍校长描述的情景中。和这些对西南联大有研究有感情的人在一起，听着这些西南联大的动人故事，他的内心如沐春风。这些交谈延展着他自己对西南联大的了解，加深着对西南联大的感情。他竖起了大拇指说：

"伍校长，你讲得真好！"

"哪里哪里，是我的老师讲得好，让我们记住了一辈子。"伍校长说得诚恳而谦虚。

安志也开始了动情地回忆："那时候，我正在读西南联大附小，我叔叔常带我到联大去玩，有一次碰见正在拆掉教室屋顶上的铁皮，我非常奇怪，问我叔叔，不要屋顶了吗？下雨的时候还不得灌好多的水进去呀？你们坐在教室里怎么办呀？叔叔说，屋顶肯定是要的，只是要换成茅草了。我问为什么，叔叔说，铁皮要拿去捐给前线，造飞机造大炮打日本鬼子啊。"

"是啊，是啊，"伍校长接口，"那个时候全民抗战，能支援前方的人力物力都尽量往前线送。"

安志说："另一个原因是当时联大的经费困难到难以维持的地步，于是把铁皮屋顶拆下来，半捐半卖，然后换成了茅草屋顶。"

一番谈论下来，主客之间已然成了知己和老朋友。接下去三个人继续审看图纸，把后面的图纸一张张看过、一项项讨论过。确定下来的事，双方都在自己的本子上作下记录。之后，安志把效果图抽出来摊开，眼光定定地落在茅草屋顶上，良久对其他两位说：

"只有这一项，容我再想想。"

方案中别的都好说，双方意见很好统一。唯有茅草屋顶，让他既兴奋又纠结。送走了客人，他把两根长长的茅草握在手里，望着笔直的茅草秆陷入沉思。当年，西南联大就是在这种茅草盖成的屋里学习、生活，是著名的"草屋大学"，眼前，在高楼林立的现代化的今天，是否要经自己的手，建出一所所独特的"草屋小学"？真的按这个思路做吗？

第十二章

　　刘开梅到达波士顿时，天气果然很好，蓝天丽日，阳光灿烂。飞机从云层里慢慢下降，然后稳稳地落到地上。

　　她往舷窗外使劲看了一眼，她还在思绪纷繁，得确认一下才不致昏乱：上飞机时是中国上海，现在是美国波士顿；送别她的是丈夫安志，下飞机后迎接她的是前夫郑……

　　刘开梅跟随着人流来到航站楼，左顾右盼一阵后掏出安志给她准备的卡片，走向一个工作人员模样的金发女子，指着卡片上的一行英文，中文意思是：我需要办理入关手续，请问在哪里办？金发女子把她带到一个窗口，然后她跟在几个人后面排队。

　　轮到她时，她已早早拿出安志给她准备的另一张卡片。听不懂里面那位官员在说些什么，她就指着第一行英文，中文意思是：我来探亲，我的女儿和女婿都在波士顿工作。官员不管她是否懂英文，继续咕噜咕噜地说话，她揣摩对方意思后指着第二行英文，意思是：我的女儿在美国已经 6 年，我这是第一次来探亲。官员眼光锐利地看看她，又看看眼前的电脑，终于在护照上写了几个字，然后盖上章。

　　"OK."他说。刘开梅估计可以走了，就用发音很不准确的英语试着说了句："Thank you."

　　把卡片放回包里时，她心里不由得庆幸："老安啊老安，要不是你替我想得周到，要不是这些卡片上什么都有了，我真是会一筹莫展呀！"

121

她往出口走，心里随即又紧张起来：是不是这一出去就会与他面对面？

女儿女婿，还有从未见过面的外孙站在出口处迎接她。

郑姗姗在她那一米八八高的夫婿面前显得十分娇小。她长发披肩，长相上像母亲，但个头却没有母亲高。女婿瑞特，稳重踏实，一表人才。他们的儿子可可，一个长得像洋娃娃一样的漂亮小男孩，正在调皮地一手吊在妈妈手上，一手吊在爸爸手上。

郑姗姗和瑞特分别给了刘开梅一个美国式的拥抱。然后刘开梅蹲下身来，抱住小外孙柔软的身子。可可在妈妈示意下，嫩声嫩气地用中文叫"外婆"，他用胖胖的两条胳膊环住刘开梅的脖子，小脸凑上来，再用湿漉漉的小嘴吻了吻她的脸。这一吻，触到了刘开梅心底最柔软的那一部分，她的泪珠流下来了。她哽咽着说：

"你们看，他对我一点不认生。毕竟，毕竟是因为我们有血缘……"

开车回家去的一路上，波士顿风光、与女儿女婿重逢，尤其是怀里抱着小外孙，这一切让刘开梅内心充满喜悦感、兴奋感。但是离女儿家越近，越被一种紧张情绪代替，她只觉得心脏在咚咚地蹦跶。那里，郑家山在等着他们。

女儿回国举办婚礼那天，他俩并肩坐在一起，挨过了那难挨的几十分钟，然后是入席，接受各处的敬酒，两人自始至终没瞅过对方，只是眼睛的余光里有一个模糊的人影，耳朵里会模糊听见对方应酬的声音。然后郑家山与王小维回了酒店，从婚礼上消失了，就像从没有来过一样。即刻后，她将和他面对面，这招呼该怎么打？他，又会是一个什么样的态度？

三人带着小外孙进屋时，郑家山一个人坐在沙发上，他站起身来。毕竟都有充分的思想准备，这次双方心理上要放松些。郑家山脸上硬挤出的微笑有点儿不自然，讪讪地对刘开梅说：

"来了哈。"

刘开梅也不抬头地轻声回说："哎，来了。"

他们大致照过面，眼睛并不看对方。郑家山毕竟先来这里，就主动招呼说："坐吧，坐吧。"然后各自找地方坐下来。

抬头一看，一同进屋的郑姗姗、瑞特和可可都没了影。为了避免大家都难堪，一进屋郑姗姗就把瑞特拉进了厨房，把可可也拉了进去。留父母单独在客厅，让他们自己去打照面。

经过了长途旅行，第一次来到女儿在异国的家，完全不同的环境和家人之间的重逢，让两人的心态较之从前有所不同。刘开梅坐下后静默了一阵，有礼节地说：

"你是前天到的哈？"

郑家山有些神情恍惚，摸着头说："不是前天，是……哦，不过，我都迷糊了，这个时差，时差……"他停了停，继续说："时差，让我也搞不清是前天还是上前天，还是……"简单的一个问题，他却回答得啰里啰嗦，说的和听的都心里明白，为了避免太冷场，他有意掺和进了许多水分。

然后，双方不再有话。

沉默中两人同时想起一件事，按道理要礼节性地问候一下对方的配偶。但在这样的场景和气氛里，不知为何都不太愿意，或者说，都在下意识地回避。所以又是只有沉默。

郑姗姗人虽在厨房，却在关注客厅里的动静。听着外面无声无息，便把可可打发出来。小人儿跑到客厅，这可解放了郑家山和刘开梅。他们几乎同时向这个可爱的洋娃娃张开双手，几乎同时喊着："可可，快来！"

刘开梅手快，一把抱住他："来，外婆好好看看你！"但是可可这两天与外公已经比较熟了，挣脱着跑向郑家山。刘开梅不舍的视线追随着移过去，在外孙扑到郑家山怀里时，她不由得往他的脸上瞥了一眼。二十多年了，那张脸变多了，怎么看都是 50 岁上下的人了，当年在麻场的知青小伙是不复存在了。

郑家山把孩子抱起来，贴着他的小脸，又指着刘开梅说："这是外婆，叫——外婆。"或许出于自然，或许眼前的场景让他有些忘情，他又像自言自语又像对刘开梅，说道：

"我们的外孙真乖，长得真可爱。"

一句"我们的"，让刘开梅顿时心里一酸。

晚餐时，精心准备的中式和西式食品摆满了餐桌，各种菜式的中间是一大盘当地特产，红红的波士顿大龙虾。那是郑姗姗专门打电话向人请教，在家里按中国菜要求做成的油爆大虾。

大家起身举起酒杯时，郑姗姗第一个发话："爸爸，妈妈，庆祝我们一家人终于在美国团圆！"

瑞特举起酒杯，用浑厚而生硬的中国话重复："爸爸妈妈，庆祝我们一家人在美国团圆！"他的中文不够用，这句话，他事先反复练习过。

刘开梅与郑家山举着酒杯。这既是一家人，又不是一家人。心里有团麻，堵也不是，畅也不是；喜也不是，悲也不是。但两人都尽力保持着平静。坐下来开始吃饭时，郑姗姗看看父亲，又看看母亲，眼睛里涌出了泪水，几乎是同时她又开始欢笑，毫不在意眼泪挂在脸上。

"爸爸，妈妈，从我两岁以后，我们一家人没坐在一起吃过饭。二十几年了，今天，一家人好不容易团聚，好不容易啊！"她一边用手抹着眼角的泪水，一边往郑家山和刘开梅的盘子里夹菜。郑姗姗现在比较成熟了，要换作几年前，说不定又会像婚礼上一样放声大哭。

吃着饭时，刘开梅只感意外连连，当然对于她来说都是想不到的好事。

先是郑姗姗说："妈，我看了你的护照，你的签证时间是 3 个月，你知道吗？爸也是 3 个月！这太好了！我原先还担心只给你们 1 个月，那样时间就太短了点儿。这样好了，我们一家人可以从从容容地在美国团聚 3 个月呢！"刘开梅这才知道自己要在这里待 3 个月，这意味着，与郑家山也要相处 3 个月。

郑姗姗继续高兴地向父母报告，因为她和瑞特都是美国国籍，作为亲生父母，可以为他们申请绿卡，以后他们可以长期居住在美国。

"我很高兴，"这回是瑞特端起了酒杯，站起来向岳父岳母敬酒，但不等中文困难的瑞特把想说的话说出来，郑姗姗已不顾礼节地站起来抢话："以后可可能够经常看见外公外婆了！他总是缠着我，问你们是住在哪里，为什么不来陪他。"刘开梅和郑家山站了起来，举杯分别与女婿相碰，再与女儿相碰，到对方面前时，1 秒钟的难堪后，举了举杯相互示意。刘开梅一扬脖子，把杯里的红酒一饮而尽。虽说有一个看不见的阴影笼罩在心上，但现在她身处一个全新的世界、全新的环境，围在身边的女儿、女婿、外孙，还有将来的美国绿卡，这一切让她心花怒放，生命在突然之间仿佛得到重生一般。只是表面上，她还得保持着必要的镇静。郑家山则比较淡然，脸上一直是那种老成持重的、客客气气的微笑，看不出他心里是不是也像刘开梅那样兴奋。

在发出邀请之时，怎样安排两对父母住下，郑姗姗和瑞特颇费了心思。他们在附近不远的地方租两套公寓，靠海，打算是妈妈和安爸爸住走廊这头，爸爸和王妈妈住走廊那头，既互不干扰，又可以相互有个联络。

现在，这样的公寓只租了一套，住进郑家山一人，刘开梅就住在女儿家里。

开始时，女儿早上去公寓把郑家山接来，晚上由瑞特再送回去。以后郑家山认为早上不用接了，他自己走来没有问题，但到了晚上，瑞特一直还是坚持送他到公寓的房间门口。

女儿家里，慢慢的，郑家山和刘开梅之间有了一些小接触。但一个星期过去了，相互都没有直呼过对方的名字。需要招呼对方时，就用外孙的叫法，"给外公"，"叫外婆来"，可可成了他俩之间必不可少的媒介。

瑞特与郑姗姗感情不错，有了孩子后，这个小家庭更显得温馨。郑家山与刘开梅的到来，一时间三代同堂，上有父母，中有儿女，下有孙辈，在中国的传统观念中，这是最圆满的家庭模式了。

在这样一个家庭中相处，不说话不打交道越来越成为不可能。刘开梅为了气氛轻松些，有一天问了郑家山一个问题，算是寻找一点共同话题：

"从中国过来，你这一路上是怎么办的？"

"我还好，他们给我找了一个回美国的老太太，不是一个班机，但是同一天。过了安检，进入候机室，她就把我带到飞波士顿的那个登机口，从中找到一个多多少少会点儿中文的美国小伙，然后这个小伙子从上飞机到下飞机都在帮我。"

郑家山说着笑了起来。这是见面之后最长的一次谈话。这之后，他们慢慢开始谈一些来到美国以后的感想，食品好不好吃，物价与中国比贵不贵，气候、空气质量等，在这方面两人有不少共同语言。

他们就这样在女儿家住着，过着美国式加中国式的日子。白天瑞特上班，郑姗姗近期并不工作，陪着他们，顺便带着孩子。大家做做饭，出去溜达，到瑞特休息的时候，就开车到海边，确切地说，到大西洋边，或到公园去玩。瑞特总是用中国话叫爸爸妈妈，郑姗姗更是成天爸爸妈妈不离口，像一个十几岁的小女孩。对于她，这是一段难得的与至亲的父母同时在一起相处的时光。

而身在其中的刘开梅总在暗暗思量，唉，什么爸爸妈妈啊，这爸妈之间隔着一条鸿沟沟，各人的背后还有另外一个家庭。所以这爸爸妈妈、外公外婆只不过是临时的，短期的……

有一天早上郑家山从公寓那边过来，那时只有刘开梅一人，他手里拿着个信封，说："这个，还给你。"

刘开梅迷惑地接过来打开看了一眼，是那张郑家山寄给她，而后她又寄回给郑家山的粉红色结婚证。这些天他们之间的关系融洽些了，有话也可以相互讲讲。刘开梅拿在手上不禁问道：

"这，不是找不到了，让寄回去给你吗？怎么又给我？"

"后来找到了，我那里有一份就够了。你以后还要办手续，少不得这个东西。"

她展开那张粉红纸，一张结婚证原件完整地出现在眼前：刘开梅，女，21岁，郑家山，男，22岁……早已逝去的青春爱情化为一缕熟悉的暖热气息，突然从遥远的地方飘来，在他们之间荡开。一时间两人都红了脸。

　　郑家山默不作声走到一旁去了。

　　他出发前，偶然在王小维的抽屉里发现了一个大信封，里面有当年他和刘开梅的结婚证。去成都办签证前，王小维称找不到，他心里就奇怪，此时既发现两张都好好地在这里，就自然地抽出一张带了过来。他哪能想到，在王小维的直觉里，这张粉红纸对她的家庭和婚姻暗含威胁，她虽不能毁掉它，但也绝不能给在刘开梅手里，否则，早晚会起祸端。

　　可可闹着要出去玩，郑姗姗和瑞特都不在家，没有人带孩子出去。看孙子又哭又闹，郑家山和刘开梅简单商量一下，决定带着可可到附近走走。于是，两人第一次单独带着小外孙出了门。

　　可可蹦蹦跳跳地走在他俩中间，他们各牵着一只小手，孩子的手软软的，温温的，那小身体里流淌的血液有他们的各四分之一，通过小手如电波一样把他们三人联结在一起。那是一种怎样的体会？天然的亲情，天伦的快乐。他们都体味到了一种从未有过的幸福感和满足感，脸上绽开了笑容。

　　"哈哈，你家祖孙三人，好一个其乐融融啊！"

　　他们的邻居，一位从中国东北来此定居的大妈，老远就笑眯眯地高声说着迎面走来。来到跟前，大妈摸着可可的头：

　　"你家外孙长得真可爱，女儿女婿又孝顺，这真是你家两口子的福气。"

　　他们听着，脸上不自然。大妈操着地道的东北话继续说：

　　"你两口子还要回去啊？别回了，就在这边生活吧！俺两口子也是过来和儿子一家团聚的，都10年了。"她用两个食指架成一个十字，"10年了，习惯了，挺好的！"

　　郑家山和刘开梅只是"啊啊"地应和着，邻居一口一个"两口子"，让他们心里一阵阵发虚，好像是在做贼。不敢答话，又不好走开，好在可可不肯原地站着不动，拉着扯着要往前跑。两人心照不宣地顺势移动脚步，向正要继续聊下去的邻居迫不及待地喊：

"拜拜，拜拜！"

过了可可的生日后，瑞特和郑姗姗应邀去芝加哥参加朋友的婚礼。他们计划带着父母同行，顺路观赏著名的尼亚加拉大瀑布和一路景色，到芝加哥后在密歇根湖度假胜地住两天，然后再往瑞特的朋友家去。

晚饭后，刘开梅收拾碗筷，在餐厅和厨房之间忙碌着。她来后便积极地充当了厨师，今天又做了一桌子的好饭好菜。一方面，她已经有若干年没有为女儿做饭了，而女婿又喜欢中国菜，她当然要在这里露一手。另一方面，在她的潜意识里，当年和郑家山是一家人时，他喜欢对朋友讲："我老婆厨艺不错，做的菜好吃。"隔了这么多年，在波士顿女儿家又相处到了一起，她莫名其妙地想让他能好好吃几天她做的菜。

那时客厅里正在谈论去芝加哥的事。郑家山问瑞特："这里到芝加哥有多远？"

郑姗姗在一旁当翻译，瑞特打开地图指着："如果我们不绕道的话，波士顿到芝加哥大约是 1600 公里。不过我们并不急着赶路，以看景观为主，计划连玩带走，三四天之内到达芝加哥。"郑姗姗知道瑞特想说的意思多，就耐心地站在桌边继续为瑞特充当翻译："爸爸，这不算远，下回你们再来的时候，我们去洛杉矶，那在美国的西海岸，我们得坐飞机。我带你们去科罗拉多大峡谷。"

瑞特兴致勃勃地抱来了画册和一些图片，刘开梅那时已收拾完厨房，也想凑过来看，但她起身后又缩回去了，坐在稍远的地方。这时可可跑来，她便抱着可可，听女儿继续翻译瑞特的话："美国值得看的景观很多，对于我来说，我认为最值得看的是科罗拉多大峡谷。那真是不可思议的地球上的杰作。我在 20 岁的时候去过。那种雄奇、壮观、美妙，令人难以忘记。

"据说从太空上看地球，能见到地球上有两道伤痕，一条是东非大峡谷，一条便是在美国的科罗拉多大峡谷。它总长 400 多公里，平均深度 1.5 公里。爸你知道吗？我们可以坐直升机一直下到谷底，然后再升起来，那种感觉和视觉，都是非常刺激的。"

瑞特和郑姗姗绘声绘色的解说，让郑家山不由得对那个大峡谷产生了神往。他兴致勃勃地说："那下次来时，我们一定去看看！"可可不知道要去哪里，看大人们讲得热烈，张着两只小手跑向郑家山："我也，去！"郑家山把他抱起来，一下一下举过头顶，"去，我们带着可可一起去！"

客厅里充满了孩子开心的尖叫和大人的笑声，刘开梅却黯然神伤。她悄悄退到阳台上。那时，一轮明月正从大西洋上升起，黄黄的，圆圆的，清楚地看出上面有团团的黑色阴影。那阴影让她想起身后的客厅。此刻这充满欢笑的客厅，要没有那如影随形的阴影，该有多好！她没有看到瑞特描述的那个大峡谷，但她却一直清楚这个家里有一个大峡谷。

她抬头盯着月亮，天空上那个又圆又大的发光体，此时显得更加圆实，它那 360 度的周边每一个点都很清晰、完满。刘开梅瞪着月亮发狠地、悄悄地说出了声：

"你，倒是很圆。我家的这个月亮，却圆不了！……"

第十三章

　　春天渐渐来临，区政府培训中心院子里已是草木葳蕤，种在盆里的花和长在地上的草都生机盎然，那两棵开放时满树纯白花朵的玉兰，枝丫上孕育满了洁白如玉的花蕾。

　　在这里工作十几年，杨进一方面是组织者、管理者，同时她又把自己当成一个普通学员。对有兴趣的东西，只要有时间就坐进教室听讲，并且像学员那样记笔记。

　　不过，进教室听讲、记笔记大多数时候是随机的，有空就去，她也不会特别在意一周中的某一天是谁来上课。但现在，她会尤其注意到周四这一天，只要有可能，会刻意提前做好安排，以让这个下午能坐进教室。

　　这天是田振邦来讲课的日子。她在最后一排的一个位置上坐着，望着黑板。她已经听过他的几次课，但只在这时，才开始有意无意地细看他：高身材，肩膀宽平，五官不算漂亮，但很清秀。眉宇间那种气韵，让人想起杨绛对第一次见面的钱钟书那句描述："蔚然而深秀。"脸颊两旁，粗硬、浓密的胡须桩从鬓角一直爬到腮边，整张脸便有了一种刚柔相济的生动。尤其那双眼睛，明亮而深沉，谦和而骄傲。恍然间，她感到这张脸似曾相识，仿佛很早以前就熟悉似的。想了想，当然从无此事，只是瞬间的一种感觉罢了。

　　现在坐在学员的位置上，她却再不能像以往那样专心听讲。从上次"笔记本事件"后，微妙的感受使她不能正视讲台上那双眼睛。当他转身写黑板时她不动声色地望着他的背影，当他回过头来讲时她不动声色地只望黑板。

下了课，常有学员向田老师咨询各种问题，或跟他随意聊天。杨进从不在这时候与田振邦讲什么话，一来这个时间留给学员，二来她实在也找不到话好讲。这个时候她往往转身回到办公室，或因有事了要忙着张罗。每当她离开教室的时候，会感觉有一双眼睛微笑着一边和人讲话，一边注视她的背影。

日子在忙碌中一天天过去，这样地过了两个多月。其间，她到外地出差，回来后是星期四，又到了田振邦来上课的日子，两人在走廊上碰了面。

"回来了？"他自自然然地打着招呼。

"是的，回来了。"杨进回答完，心里却有点儿纳闷，你一个星期只来这里半天，怎么知道这些日子我不在？

田振邦一边往教室走，一边仍然自自然然地说："你是 6 号走的，15 号回来的。对吗？"

"你怎么知道？"她终于问了。问完，意识到一些什么，垂下眼睛不再吱声，田振邦也不再讲话，走进教室去了。

这天她没有时间去听课，出差回来，很多事情等着处理。忙碌半天后想起往教室望望，早已下课，人去室空。她回味起那句："你是 6 号走的，15 号回来的。"奇怪了，他怎么会知道？凭什么？

晚上回到家，汤达声照例不在。女儿接近高考，学校实行了全封闭管理，过去是周末可以回家，现在周末也不能回来。学生如果有手机，由班主任收了统一管理。所以现在杨进别说看不见女儿，就连电话也不会有。

她一个人吃完饭便坐到阳台上，对面是成州大学的校园，一栋栋大楼已灯火明亮。大楼前面摇曳着树影，她的眼睛静静地穿过那些树影，依稀能看到其中一间间教室中晃动的身影。并不去想为什么要长久地往那里望，只是感觉心里会获得一种宁静、一种舒坦，既是在休息，也是在漫无边际地冥想。

要不是桌上的电话响了，她可能会这样一直坐下去。

是刘开梅打来的越洋电话，这是自到美国后她第一次打电话过来。杨进高兴地朗声笑着：

"哈哈，你好吗，美国人？"

"还行吧，马马虎虎。"然后问，"你好吗？"

"我？也好，也……不好。"杨进说得有点儿意味深长。

两个女人都有心事，问好之后突然不知道该说什么了，于是一阵没话。

"那个田老师，田振邦，来上课了没有啊？"过了一阵刘开梅没头没脑地问。

"唉，开梅小姐，咱不能这么昏聩吧？你出国之前，不是你把他带到培训中心来交代给我的吗？人家从那天就算到位了，课都上了十好几周了，你还问人来没来。"

刘开梅辩解道："唉，不是不是，我的意思是说他正常来上课没有？因为有时候他们也会有事不能来。"

杨进知道刘开梅心里有话，想说又不想说，所以另外找点儿说辞。另一方面呢，也在提醒临要离开还给你帮了忙。她很熟悉她的这些小伎俩。

"你呢，不愧是人事处的，待这么大老远，还在关心人家的考勤。"她说完，两人都轻轻一笑，然后把这个话题抛开，杨进直接发问：

"说说吧，你在那边过得怎么样？"

刘开梅并不直接回答，泛泛地谈些美国见闻，谈她对美国社会一些小小的观感："……也有中式自助餐，我们出去吃过，可能是为了迎合他们当地人的口味吧，味道做得都有点变味了。"她讲得慢吞吞，声音听上去沉闷，应付感很强。杨进正想她是不是因为不适应生病了，刘开梅的声音却突然从慵懒转为激昂：

"杨进，我在这里并不开心！"

杨进小小地吃了一惊，问："为什么不开心？"

刘开梅在那边欲言又止，过一阵后声音灰灰地说：

"算了，不讲了。过几天再打电话给你。我现在挂了吧。"

她先在那边把电话挂了。

五一节快到了，杨进接通知去市里进学习班。她在办公室一边忙碌着，一边看了看桌上的台历。学习班结束就是五一假期，而这天是周四，田振邦过来上课的日子，上完今天的课，要到五一节之后的那个周四，他才会在这里出现了。

她想跟他打个照面，哪怕从教室外走过看他一眼也好。她准备好了却不往外走，往走廊上注视着，看田振邦准时到了，便走了出来。

"你来了。我现在要走了。去进3天的学习班。"

"3天的学习班？"田振邦回问，看她匆忙的样子，站下，想说什么没有说，笑笑点点头。

节日前夕，由区政府出面，为成州大学和安吉区包括培训中心在内的有关部门、企业举办联谊会。所有在中心任过课的教师都在邀请之列，包括田振邦和安志。地点在成州一家有名的酒店。五一节和春节由区政府出面召开联谊会，这是安吉区多年来的一个保留节目。杨进从来不热衷于此种场合，她就是个踏踏实实干实事的人，每次来只是因为工作上的关系不好不来，但这次却不同。

四月底，天气仍显得冷凉。一向喜欢素面朝天，这天她着意化了淡妆。穿一条灰蓝色的裙，同样是灰蓝色的长外披里面穿一件浅蓝色毛衣，然后用一条雾霾蓝的坠感十足的长条丝巾随意往脖子上一绕，丝巾两端自然垂在胸前。整个衣着格调清新，知性优雅，站在那里如同春天里的一棵临风玉树。

当她神采奕奕地走进会场时，虽没有四处张望，却已经感到了失落。仅仅凭感觉，这坐满了人的会场里没有她想见的那个人。

她选了个差不多是最后一排的位置，看见了前面的安志。安志转过头来两人相互点了个头，然后开始开会了。眼睛扫视一遍会场，确实没有那个人的踪影。反正每次开会都有人迟到，每当那扇装着格拉斯艺术玻璃的门吱呀一响，有人推门进来，她都以为是他。每次都弄得心里一阵颤动，但每次都让她失望。

直到会议结束，才意外地听主持人在台上说：

"成州大学的田振邦教授因为去欧洲考察，而且是今天一早出发，所以没能来参加我们的联谊会。但他特意留下了贺卡，让我转达——"主持人举着一张精美的贺卡对着大家亮了相，然后念道：

"向今天到会的各位，向培训中心共同工作的同仁，致以节日的祝贺和最良好的祝愿！祝各位身体健康，工作顺利，阖家幸福！"

大家噼里啪啦地鼓掌，杨进却感到了彻底的失落。此时此刻她才明白了见不到他的原因，同时又加上了意外的感动。那句"培训中心共同工作的同仁"，只能是指她。她甚至认为这张贺卡是专为她而留——此时，她只有这样想。

她用手撑着前额，不为人注意地抹了抹眼睛，那里因为情绪的大落大起而不由自主有点儿发潮。她感觉这段时间来，情绪变得特别脆弱、敏感。但是，主讲老师要出国，所有学员是必须及时通知到，并且另外做出安排的！这是一件大事，他为什么不通知到她呢？

联谊会接下去的饭局、舞会之类她是没有兴趣参加了，一个人赶紧走出酒店，回到培训中心。

小高是培训中心的另一个工作人员，杨进来时，他还没有下班，一向待人谦和的杨进压着一股无名火，面无表情地问他：

"你知道田老师出国吗？

"他上周四来上课的时候就告诉我了。说他在国外共三周，加上路途，可能要二十三四天。这期间他不能来上课。"

"你为什么没有和我通气？"杨进的语气少有的生硬。

"这几天你不都在市里进学习班吗？今天学习班刚结束，我想今晚给你电话的。"

小高指指放在杨进办公桌上的工作备忘录，那上面记录了几月几日，长班任课的田教授来交代了什么事。杨进看了记录，等他回来后，每周来上课时加一个小时，如果还是讲不完，内容上就只有适当压缩。长班与学校的一个学期基本同步，到放假时就结束，不可能拖延到假期上课。

按理，田振邦本人应向她照会，但居然没有，给小高讲也不是不行，但小高居然也没有及时转告。如此，她完全想不到他并不在会场里……她觉得自己今天是多么可笑，如同扮演了一次小丑的角色。

过了很久，她才真正冷静下来。从时间上说并没有误事，还来得及通知到全体学员。回想起来，那天田振邦是像有话要说，是自己说进学习班忙着走了。如此说来，一切都在正常范围，是自己的内心深处有了异常。

她的桌上有一张报纸，上面有一幅压题"人生"的大图片。近景是圆球般的月亮和月下的大树，远景是月光清辉下的朦胧原野，下面是普鲁斯特的名句："我早已逝去的幸福和业已愈合的悲伤，都像这月光一样，近在咫尺，却又遥远、模糊。"她久久地望着这张图片，只感觉心像月下风中的树叶。不管普鲁斯特指的是什么，属于她的那份"早已逝去的幸福和业已愈合的悲伤"正在模糊而又清晰地，向她走来……

街上挂起了彩灯，节日的气氛里杨进感到了空前的孤独。想一想，是因为这个城市中少了一个人，因为这一个人不在，整座城市便好像空虚了。她不想回家，家里没有人，她愿意留在办公室加班，做一个工作狂人。

很晚，她才下班回家。还没打开房门，就听见屋里的座机响个不停。拿起听筒，是刘开梅。

一拿起电话，就能从声音里听出刘开梅的内心矛盾。一方面，想对好朋友炫耀到了美国，见了世面，心情不错，但她真实的心情又是烦躁痛苦的。她拿起电话就会在这两者中徘徊，炫耀一下呢没有心情，倾诉一下呢又有顾虑。她的性格本来就并非耿直透明一类，在这种心态下说起话来更是弯弯转转，不知究竟想表达什么。

杨进在她纯属浪费时间的不着边际中终于听不下去，直截了当打断她的话：

"你上次来电话不是问田振邦到没到吗，你不是说他们有的时候不能正常把课时上完吗？"

刘开梅想了想，不记得是否说过这话。杨进又说：

"不管你有心说的还是无心说的，还真给你说中了。他真有事了，出国了。"她没有意识到，自己在不自觉中又重复了一遍："他真有事了，他出国了。"

刘开梅在那边沉默，对她来说这完全不是事，不需要关心。再说，杨进是不是有点儿怪她？但无论哪种情况，这个话题对她一点儿不关痛痒。

杨进却继续说下去：

"看来啊，以后不能请这种类型，名教授，大忙人。因为周期跨度长的这种班，他们自身的时间不能保证。"

她没有一点儿怪罪刘开梅的意思。提起这个话头，只是希望对方和她谈谈田振邦，谈他的什么都行，希望刘开梅能对这个话题感兴趣……但对方根本不接这个话头。等这边刚一讲完，她突然接腔，语调听上去很是沉重：

"杨进，上次我就给你说了，我在这里并不开心。"

杨进只得转换一下心情，放下本身的心事，去了解对方的情况。

"不是好好的吗？为什么不开心？你现在是叫作，在美利坚合众国探亲，女儿也很孝顺，你应该在那边好好地体验一下异国生活才是。"

"你可能知道了，我这边，只有我拿到了签证，到美国来了；你不知道的是，平口那边，只有她爸爸拿到了签证，他一个人到美国来了。"

杨进吓了一跳。天，怎么是这样一个情况？安志没有去美国是刘开梅走了以后她才知道的，而郑家山那边的情况是此一刻才听说起的。想起几年前的郑姗姗婚礼上，刘开梅把她一推，让她去接待，她本人连照面都不愿和郑家山打。这样的两个人怎么相处？

"我们当然不了解。你不说谁知道？只当是安老师一个人没签到证。除此之外，你们是一大家子在那边团聚呢。"

"……就是我和他，单独到美国来了……杨进，你想想啊，我们住在女儿家里，每天在一起生活。女儿是亲女儿，女婿是亲女婿，外孙是亲外孙。只有老公不是亲的，是别人的……我这个月亮圆不了啊！"

电话里，说到这里的刘开梅已经痛心疾首，嗓子发哽。

"每当我的外孙叫着外婆外公，我的女儿和女婿叫着爸爸妈妈的时候，尤其刺痛我的心。是的，我们是外公外婆，我们也是爸爸妈妈，但我们不是一家人！杨进，你替我想想，我是什么心情，啊？"

杨进觉得人生好稀奇古怪，二十几年不见面不来往的一对前夫妻，突然之间在异国的家庭中单独相遇了。但说什么我这个月亮圆不了，这肯定是一个残月呀！你和郑家山变成两个家庭了，就算女儿家中处在一起，那也是暂时的，签证时间一到不就回来了，又各人过各人的日子？当然，这种情况是会有一点儿遗憾。但事已至此，只能接受这个现实。——依着自己的秉性，杨进对此事的全部感受和看法就是如此，她很想顺着这个思路劝劝刘开梅。

还没开口说，脑子中突然想起了安志。今天联谊会时碰到他，离得远，她又忙着回培训中心，没有谈什么话。更早的时候有一天，她曾碰见他，明显地感觉安志人有些消瘦，心里想着是不是由于刘开梅不在家，生活上少了照料，不善做饭的安志过得有些没有规律。两人站着聊了一阵，安志问：

"开梅最近有没有电话给你？"

"最近没有，她难道也没有给你来电话吗？"

"刚到那边的时候来过一次，说她平安抵达。然后这么长时间没电话了。"

杨进心里有点儿隐隐的不安，也有点儿奇怪，但她没有多想。由于总是很忙碌，更由于自身的善良，她对人性之恶是缺乏想象的。只认为是因初到国外，新奇的生活、新奇的环境，让刘开梅眼花缭乱而忽视了与安志的联系。于是当时她说：

"没事的，她住在女儿家中，安全什么的不成问题，你放心好了。"

想到这里，杨进对着电话说：

"你没给你们老安打电话啊？他有一天在路上碰见我，问起你，问你有没有打电话给我。"

听提到安志，刚才还在情绪激动讲话的刘开梅沉默了。越洋电话的信号一直畅通，电波里却长时间无语。好一阵后，听见她很勉强似的说：

"好的，我……会给他电话。"

那口气，听去怎么让人感觉怪怪的？

第十四章

郑姗姗一家计划去芝加哥的日子到了。

按瑞特平时的习惯，这样的出行开房车，吃住行都在车上，这对于一个家庭是理所当然的选择。但现在情况却是这样特殊。郑家山与刘开梅按目前的模式住在家里不外出，尚有各自的空间，一旦都上了房车，就不那么妥当了。

郑姗姗建议丈夫开另一个小车，白天在路上，边看风景边游玩，晚上大家都住酒店。瑞特采纳了这个意见。

小车里，瑞特开车，郑家山坐副驾驶位置与之并排，郑姗姗与母亲坐在后排，可可的儿童座椅安放在她们俩之间。

一路走走停停，有想看的地方就下车，然后再不紧不慢地开车前行。路上，郑姗姗小声告诉母亲："我生可可的时候，完全是按他们美国人的习惯，没有像中国产妇一样好好坐月子，所以落下一些妇科毛病。我和美国人的体质不一样，她们适应按他们的习惯生孩子，我不适应。我的基因和体质是中国人，我就得按中国人的习惯。不是说，在上个月子里落下的毛病，在下一个月子里才能纠正过来吗？我希望以后要第二个孩子的时候，你能在我身边。"

刘开梅拍拍女儿的手，满口应承："姗姗，你生可可时妈妈没能在你身边，你生第二个孩子时，妈妈一定在。"她想，那时候，她肯定已在郑姗姗身边了。

快到尼亚加拉大瀑布的时候，还很远，就听见水声的轰鸣，并且能在蓝天下远远看见溅起的大片白色晶莹的水雾。再往前走，接近大瀑布时，刘开梅看见了游船，远看过去，船甲板上周围一圈都是橙红色的一团一团的东西，像大朵的花开在甲板上。

　　到了岸边，办完手续，郑姗姗带着孩子在岸上等，瑞特带着郑家山和刘开梅随着游客，顺着修往湖边的栈道一步步朝下走。走到半途，守候在路边的工作人员给每人发了一件橙红色的塑料雨衣。穿上这雨衣后再上船，远远看去，就成了一船的橙红色大花朵。

　　尼亚加拉瀑布同时属于美国和加拿大，瀑布呈巨大的马蹄形。在属于美国的一侧，据说最好的观景角度是坐船进到湖里，在湖里面小拐一个弯，到瀑布底下，再往加拿大那一侧看过去，会有非常壮观的景象呈现。

　　他们乘坐的游船正往这个小拐弯处的瀑布底下而来，巨大的瀑布轰鸣声让人对面讲话都听不见。排山倒海似的水流从高处奔腾泻下，水珠水雾像密集的雨点劈头盖脸打下来，带来的冲击力把游客身上薄薄的塑料雨衣鼓荡得像气球。郑家山兴奋得只顾抬头东张西望，却顾不上一阵狂气流打来，一下掀翻了雨衣帽子。眼看他的头马上要被淋湿，刘开梅一把揪住他的雨衣帽子，再顺势一拉盖住了头。在急速的动作中，她的手触着郑家山的大脑袋，也触着了他的头发。对这样一个举动，郑家山先是感到意外，略一迟疑后，小声对她说了两个字。大瀑布下听不清，但看口型，明白他说的是"谢谢"。这两字一出口，刘开梅顿时不爽，她立即别转身子背对郑家山，心里是又怨又怒。

　　观赏完瀑布上岸，只见尼亚加拉河在身边不歇地流淌，泛起的白沫如无数欢乐的小精灵，相互交融成一条弯弯曲曲的白浪。白色的浪花一轮紧跟一轮，后浪推着前浪，争先恐后地涌向前方那个巨大的落差，然后轰然一跌，飞流直下，激起高高的白色水雾，在蓝天下闪着耀眼的银光。对岸绿树丛中的屋子顶上飘着加拿大的枫叶旗，这边则插着美国的星条旗。举目四望，一水之隔，两岸皆美。

"爸爸妈妈快来！我们在这里拍一张全家福！"郑姗姗忘形地高声招呼。

郑家山和刘开梅不忍拂女儿的心意，犹豫一下后移步过去。对别的家庭来说，在如此美景前拍全家福，实在理所当然，何况他们从来就没有给过女儿一张全家福相片。勉勉强强听从郑姗姗的张罗，一家五口人集中站在了一起。可可居中，郑姗姗和瑞特并肩相互搂着腰，郑家山站在瑞特旁边，刘开梅站女儿旁边。

郑姗姗找了个路人，那是一个对摄影显然很在行的中年男子，当他自身也摆好了一个很上镜的摄影师的造型要按快门时，刘开梅突然从五口之家的队列里跑了出来。摄影师愕然，队列里的人也愕然望着她。

刘开梅只是摆手："你们照，你们照。"并且对摄影师做着一个"请"的手势。这位很专业的临时摄影师只好拍了几张四个人的照片，临走把相机交给郑姗姗时，迷茫地望了望在一边萧索而立的刘开梅，脸上做了一个表示非常不理解的表情，又耸了耸肩。

刘开梅心里有气。其实这些时间以来，她和他之间已经随和很多了，彼此只要不去想太多，表面上都能云淡风轻地相处。刚才郑家山那一声"谢谢"和他的表情，让她突生怨恨。她想起了当年，郑家山的大脑袋拱在她怀里，她摸着他的头发和粗壮的脖颈，说他脖子像"马脖子"，头发像"马鬃"……往日的温情还历历在目，而今，拉个雨衣帽子，却引来一声冷冰冰的谢谢，这不是在有意提醒他和她之间是有着距离的吗？她跑出一家五口的阵列，不仅仅因为这不是一家人，不适合拍"全家福"，更因为她心头对郑家山窝着一股说不出口来的幽怨。

热度高涨，张罗着拍全家福的郑姗姗虽感到扫兴，但没有说话。她内心只想着再拍，再照。移步转身，背后又是一景，郑姗姗又开始努力张罗：

"这个背景比刚才那个河水还好！来吧！都过来，全家福！"

瑞特举着相机招手找人帮忙，郑姗姗拉着可可，一边向着爸爸妈妈招呼。没想到的是这回郑家山直接摆手，他客客气气地，但是态度坚决地从瑞特手里拿过相机：

"你们四个站好。我给你们拍。"

拍照时，郑姗姗的笑容十分勉强。一拍完，脸上挂不住了，眼泪奔涌出来。如果刚才她还只是扫兴，现在她感到了深深的伤心。如果说在波士顿，父母之间的隔阂由他们小心隐藏起来，一家人也装作看不见的话，那么这出来的一路上，尤其是在拍相片这个问题上，那个看不见的巨大隔膜就清清楚楚地摆在眼前了。

她侧身站向一边，抽抽泣泣地哭着。

刘开梅假装看风景，别过脸去，郑家山面带愧色站在一边，一手拉着小外孙，一边用眼瞟了瞟刘开梅。毕竟曾做过几年夫妻，他心里其实有几分明白。

瑞特走到郑姗姗身边，他们交谈的话清楚地传过来。不知由于情绪激动没有注意说话对象是瑞特，还是她本身就想说给爸妈听到，她说的全是中文：

"……我就这么一个心愿。这过分吗？就算以前是各在一边，无法拍，拍不了，现在明明都来到面前了，仅仅只是要求站拢来拍张相，竟然还是这么难！比登天还难……"

瑞特尽力耐心地给予开导："爸妈有为难的地方，这个就不要勉强了。现在一起出游很难得，高高兴兴地吧！你如果这样，他们心里不好受。"

刘开梅侧眼看去，过了好一阵，郑姗姗恢复了平静。大家又重新坐进小车里，继续往前赶路。

接下去的行程中，哪怕又到了好几处风景优美的地方，郑姗姗再也不提全家合影的事。

三天后，他们到了芝加哥，直接来到密歇根湖畔，住进预订好的酒店内。

密歇根湖是美国的五大湖泊之一，湖区有不少避暑休假的风景区。他们住进的房间是个套房，有三个房间，大的一个房间里有两张床，其余两房间各有一张床。除此外，有厨房、燃气炉，房间里有餐桌，橱柜里有炊具，甚至还放着少量食盐、白糖之类。这是为家庭式度假的客人专备的。

住了两天后，他们准备离开，瑞特的朋友家在离芝加哥几十公里的一个小镇，他们准备当晚住到那个小镇去。

早上，大家准备好后就要出门上车了。只见刘开梅用手捂着肚子从自己的房间走出来，愁苦着脸对郑姗姗说：

"我昨天半夜就觉得胃肠不好，天不亮起来上了几次卫生间。现在，我又得去了。"过一会儿她出来，仍然还是捂着肚子，脸还是愁苦着："怎么办？还是不行。"说着转身又进了卫生间。

其余的人站在房间里等着，希望她会赶快好起来。她再次从卫生间走出来，为难地说："如果我这样子去参加你们朋友的婚礼，肯定是不行的。我看我只能待在这个地方，不去为好。"说时用手捂住了腹部。

郑姗姗见母亲腹泻，看上去还比较严重，不由得担心。在美国只要用到抗生素一类药时，在药店是买不到的，必须要找医生开处方，手续麻烦。刘开梅安慰女儿说：

"那倒是用不着的。我来时带着药，就在包里。在中国我只要发生这种腹泻，用氟哌酸就可以好了。"

郑家山转身倒来一杯温开水，很自然地递到刘开梅手上：

"那你就快点服药吧。"

看着刘开梅服药，他站在那里默不作声，在想什么又有点拿不定主意，最后还是说出了此时的想法：

"这样吧，如果，如果你妈去不了，我也不去了。我完全不认识你们的朋友，你们大家都说英语，我像个傻子似的坐在婚礼上也难过。再说了，她一个人留这里，也不妥当。"

"我肯定是去不了。"刘开梅放下喝水杯子，又捂住腹部。

女儿和女婿商量，朋友的婚礼是今天下午就开始，看这情势，也只能这样办了。于是，瑞特去办继续留住的手续，郑姗姗则开了车出去。一会儿，她买来了汉堡、大米、青菜、牛肉、土豆，甚至还有方便面。

"我们要在那边待到明天晚上才能回来。这两天你们愿意自己做饭就做，不愿意做就吃现成食品。有什么情况打电话，我们会随时赶回来。"

安顿好后，女儿一家三口开车走了。

刘开梅和郑家山站在门口，一直到看不见车的影子，这才转过身来。相互望望，表情都不自然。接下去是他们两人在这个地方独处了。这情况来得有点儿突然。

站了一会儿，刘开梅打破沉默。

"谢谢你留下来陪我。这里不比波士顿，波士顿比较熟了，这里如果我一个人，还真的是害怕。"

郑家山往里屋走，一边简短地丢下一句：

"我当然不会让你一个人在这里。"

一上午，郑家山只看到刘开梅去了一趟卫生间，她似乎已经好了。到了中午，她娇娇弱弱地说：

"饿了，好想吃东西。"

"你想吃什么？我来做。"

郑家山的意思，不是吃那些汉堡或是面包，而是吃现做的中国餐。

"我……我想吃以前在水县我们家里，那种牛肉火锅。"

郑家山心里一颤，脸上的肌肉也跟着紧了一下。

水县有条"牛肉一条街"，经营牛肉的店铺一家挨着一家，卤牛肉、炖牛肉、牛肉全席……连空气中都飘漫着牛肉味道。在这种环境影响下，他们两人都喜欢牛肉火锅。刘开梅的说法是牛肉胆固醇比猪肉低，郑家山的说法是过一过"土豆烧牛肉的共产主义"。刘开梅刚才这句话一出，他们似乎闻到了牛肉一条街的气息，似乎回到了水县那个刚参加工作，有了工资，比在乡下当知青时宽裕得多的小家庭里。

144

两人谁也不方便看谁，都默不作声地动手做起来。郑家山切牛肉，刘开梅洗菜、削土豆。郑家山想起了什么要去翻橱柜，刘开梅看看他说："不会有花椒的。"郑家山翻了翻，确实没有花椒。他还想继续翻找，刘开梅又说："姜，也不会有的。"郑家山把厨房箱柜都翻遍了，喃喃地说："确实没有，在这个地方。"

两人的心在这一刻有了相互感应。各自继续着手里的活。多少年了，他们没有如现在这样围着一个灶，配合着做那个久违了的牛肉火锅。尽管明白不可能做出当年的味道，却都在煞有介事地努力。

吃完饭，两人坐在阳台上往外望。这个酒店的房子里里外外都设计成白色，阳台上放着一株绿色植物，正在开着粉红色的小花。放眼望去，可以尽览宽阔、蔚蓝的密歇根湖。无言地欣赏了一阵后，郑家山转过头来，先开了口：

"我还是叫你开梅吧，像从前那样。"

刘开梅心里一动，但不吱声。

"你看我们现在，哪是当年能想象的。居然会坐在这么一个地方晒太阳，看风景。而且，还会拿到绿卡。以后，可以安安稳稳在这里成为长居长住的'美国人'。唉，人生如梦，如梦人生啊。"

"是的，真的如一场梦。"刘开梅一直注视着在说话的郑家山，此时用梦呓似的声音回答。

一只白色游艇从远处驶来，在波光粼粼的蓝色湖面上，那幅画面更显得美，他们望着那个方向。郑家山平时话不太多，但此时似乎想说的很多。

"想起那年我们在麻场，回家的时候，乡邮局说是晚上有一个货车过来拉木炭，可以让我们搭车，条件是把全部木炭搬上车。我们想都没想就同意了。又冷又饿地坐在乡邮局门口等啊等啊，天黑尽了都不见货车来。"

刘开梅接下去说："可怜我们就这样等着，直到半夜，才见那车歪歪倒倒地开来了。那时候我们已经又疲惫又瞌睡，但是不得不打起精神去搬木炭。"

"那时我真不想给他们搬。但不搬车就不开，不开我们就回不了家。那些木炭足足有 1000 多公斤吧？就我们两个人，加上杨进 3 个人，要不是又来了两个想搭车的老乡，还不知要搬到什么时候。又脏又灰，搬得灰头土脸，我回到家，才看见满脸满脖子鼻孔里都是黑的。你也是这样吧？"郑家山最后这句话，不知是明知故问，还是真想不起来当时刘开梅是否如此。

刘开梅想起来，她当晚住到杨进家里了，所以这一细节郑家山是有所不知。"这还用说？你又不是不知道。好不容易回到城里，离我家还有十多里，没办法我去和杨进住她家。天不亮进到她家屋里，看到我们一身黑灰，脸上鼻孔里也全是黑灰，嗓子也哑了，把杨进的妈妈吓了一大跳。"

"唉，想想那时候，……那时和眼前，天壤之别！"

麻场、木炭，拉近了彼此间的距离，更增加了相互间曾有的熟悉感。郑家山是因为对比强烈才谈起往事的，面对当初的妻子，这回忆自自然然来到心头，那是他和她共同的记忆。当时他们是亲密的情侣，之后便组成了家庭，此时，恍惚中，感觉和面前这个女人仿佛还是一家。如果真是这样，又能与眼前的美国生活结合成一体，那岂不是人生的一大美事！但，想归想，也只是想想而已。世间有的事，可以想，但不可以做。

刘开梅则不然。

早在成都签证时，当得知"邀请人只能邀请亲生父母"，她内心就有一束奇怪的光划过，那时她捕捉不住它，后来慢慢清楚那是上天给她的一个信号。这两个多月来，她对郑家山，早已由恨转为想把他紧抓在手心里。眼前，这是绝好的机会，只要伸手，就可以抓住！然后她要像矗立在哈德逊河口的自由女神那样，举起那束到手的光，去照亮自己此后的人生。

仿佛有只巨大的铜锤"咚"的一声在心里重重砸下，这让她自己也吃了一惊。

但那仿佛拍卖师的铜锤，一锤定音。

"家山，我们都不小了。"她开口说起话来，声音自己都感觉有点儿异样，但坚定地继续往下说，"眼前的幸福来之不易，你我都要珍惜，是不是？"

不等郑家山回答，她那有点异样的声音直接问道：

"你说，我们，能不能像真正的一家人一样生活在一起？"

郑家山回过头来，眼睛定定地盯住刘开梅。这两个来月，好几次他悄悄留神她的脸，只那么一瞬间就把视线移开。他只感觉刘开梅保养得好，变化不大，不像这个岁数的人。现在，分手二十几年来，他第一次这样长时间地正面盯着她，好像需要重新认识她似的。

"开梅，老实讲，我也这样想过。"郑家山说得缓慢而诚实，然后转了弯，"但是，现在我们都各有家庭……"

刘开梅不容置疑地吐出一句话，嘴里带着一股冷气：

"离。我们都把那边的离了。回到这边复婚。"

此时的她已有一股锐不可当的气势，站起来走到郑家山身边，用一只手按住他的肩膀："我们是结发夫妻。姗姗是我们俩的亲生女儿。以后和女儿一家生活在一起。只有这样，才能找回本来属于我们这个家庭的幸福！"

郑家山没有看刘开梅，低下脑袋，一只手插进了自己的头发里。

密歇根湖上安静而温馨，芝加哥这个"风城"今天没感觉有什么风。那只白色的快艇还在不远处游弋，不知何时，又飘来了许多五颜六色的舢板，蓝色的湖面被点缀得更美丽可人。只是，这一切对他们已完全失去了吸引力。

"我要告诉你，安志那里，我搞得定。只要我说离，我和他就离得了的。只看你那里了。"

郑家山没有说话。

刘开梅也不穷追，坐回原来的位置上。

"看看，这里是美国。没几个人能有我们这样的机会。你刚才说到绿卡，我问姗姗，她已经在为我们申请了。绿卡一下来，我们就是这里的长住居民了。但是你仔细想想，光有绿卡，没有一个属于自己的家，那怎么安身？"

郑家山本已抬起头来在听她讲，这时又把头低了下去默神。看来他没有认真想过绿卡和家这些问题。

"绿卡和家，这可是一枚硬币的两面，少哪一面都是不行的。绿卡咱们得要，家咱们也得要。这才是你我后半辈子的完满人生。"看看继续低头沉思的郑家山，刘开梅把身子往前探，伸出手去压在对方手背上，盯着他的脸一字一顿地说：

"复婚吧。我们必然地需要复婚。"

郑家山沉默，他不得不同意刘开梅关于绿卡和家的看法。不作声地抬头望着湖面上又是好一阵后，他转过来，很小心地说：

"我再想想。我回去后，可以和王小维……商量离婚。"

刘开梅觉得他的话说得不是那么肯定。看来郑家山还是当年那样，做事不大果断，不像他长得五大三粗的那个外表。

此后，两人就在沉默中坐着。

这沉默不是无话可谈，是各自在考虑回国后会面临的种种局面。毕竟，在来美国前，各自有一个多年生活于其中的家庭，有一个多年朝夕相处的伴侣。

湖面抹上了夕阳的余晖，后来余晖也收尽，暮色开始浸向阳台，再后来阳台上那开着的小粉花也变得模糊了。

"我们去做晚饭吧。"刘开梅提醒。其实郑家山已没有食欲，想不起晚饭。

"那时候，我们之间有许多误会。"一边做饭刘开梅一边说。当年两人离婚的主要原因之一，是郑家山有绯闻。按理如果与张姓女人真有意，离婚后就与之结婚了，因为那本是一个单身女人。但郑家山结婚的对象却是经人介绍的王小维。这个在以后刘开梅多少感觉错怪了他。此时她走到正在切菜的郑家山身后，果断地抱住了他的腰：

"在那个事情上，我有点儿错怪了你。"

郑家山停下了手中的活计，站着犹豫了一下，然后转过身，也拥住了刘开梅。她贴在他的胸前，絮絮诉说，以前她不喜欢他那四平八稳的慢腾腾的性格，而且，她认为他不大管家，经济上有小金库，又是个出名的"烟枪"。

"你以后能不能把这些改了，我们好好过后半生。"她抬起头深深地望了郑家山一眼，仍然又贴在他胸脯上。

郑家山贴着她的头发，说："其实我改了一些。现在我的烟已经戒掉了，这个你也看见的，我根本就不抽了。"

说着还是又做饭，吃完饭后依偎在一起。尽着各人所能想起的，当年该讲没有讲，在这个场合想讲的话，痛痛快快说了个清楚，自己离婚后的许多经历也说给了对方听。切切细语中，前嫌尽烟消云散，两人心里都感到舒坦而透明。他们奇怪，当年，为什么不能像现在这样好好地交流，却总是在无休无止地争吵？如果当年能如现在这样，哪会有后面的变故？

当晚，在密歇根湖畔这座白颜色的酒店中，在远离中国的另一个国度，两人自然而然的，像没有离婚前那样，住到了一起。

情意缠绵中，刘开梅撒娇地缩在郑家山怀里，做出一个害怕样子，然后轻声笑着说：

"哇，有人来查房了。"

"查什么房？姗姗他们办好了手续，我们是合理合法地住在这里面的。"

"我说的是这个，"刘开梅用脚拱了拱把他们盖在一起的被子，再往郑家山怀里贴紧，神情暧昧地说，"在中国有时是会查房的，不是合法夫妻的两个人住在一起是不行的。"

郑家山难为情了。正不知怎么才好时，刘开梅又说：

"这个也不怕。知道为什么吗？"

她翻身下床，走到随身小包那里，从中拿出个皮夹，再抽出一张粉红色的纸，举到了郑家山眼前：

"因为啊，我们有这个！"

那是他们当年的结婚证。

"你还记得吗？我们去办证的时候，借了一辆破单车，你载着我，乡下的路不好走，咱们骑得又急，然后摔了一个大跟斗。我一屁股摔在地上，这里碰破了一块皮。"她把他的手移过来放在当年碰破皮的地方，但此时郑家山的心思在这张粉红纸上。

去办结婚证那天，自己才是个22岁的小伙子，有过从未感受的激动；想起二十多年来几经曲折，经历了几个人的手，现在居然这张证书会到了芝加哥，而且在此情此景中展示出来，意义非同寻常，这似乎在昭示：他郑家山和刘开梅的缘分没有断。再想起女儿、女婿、外孙，这缘分，真是想断都断不了。

他把那张粉红纸拿在手上看了又看，然后转身紧抱住身旁这个女人，附在她的耳边："我回去后，尽快和王小维了结，然后我们尽快复婚。我们会拥有一张新崭崭的结婚证！"

如果在此时之前，他对与刘开梅做出的决定还心存犹豫，内心还在彷徨不定的话，此时他已完全下了决心。

重大决策确定好了，美妙的憧憬，让他俩的心贴得更近。当年两人感情最好的时候是在麻场乡下，在那间当成"家"的生产队社房，屋外晚上只有稻田的蛙鸣和村里此起彼伏的鸡叫，但在简陋的屋内，二十来岁旺盛的荷尔蒙和单调的农村生活，却让两人每晚放纵地进入极乐世界。

眼下这里虽是美国的芝加哥，屋外是密歇根湖而不是麻场的水田，他们却已忘形地彻底沉醉在社房时代的二人世界里。

第十五章

风掀动书桌上方的白色窗帘，安志坐在书桌旁的电话机边，正在和伍校长通话。

当地教育局和希望工程工作机构在之前已和他们商量过如何设计和施工，现在他们进一步仔细商量，为施工不影响正常的教学，如何利用平日的假期，还有寒假和暑假，以减少大面积施工对上课带来的影响。同时，安志按照协议书已向对方汇出第一笔资金。

在他放下电话时，一个小女孩和她奶奶来敲开门，安志认出她们曾经来过。奶奶问："刘老师回来了没有？"安志一面让她们进屋坐，一面回答："没有呢，她人还没有回来。"奶奶说："小孙女吵着要来学琴，我就带她来看看，不进屋了。这是我的电话，如果刘老师回来，请她给我说一声。"说着把一张写了电话号码的小纸片交给安志，然后带着孩子走了。安志把小纸片放到客厅里刘开梅的钢琴上，用一个别针别住，站在那里陷入了沉思。

两个多月了，她只打过一次电话回来，然后就如泥牛下海杳无音讯。这里是他和她的家，两人是正式办理了结婚手续的夫妻。十几年来，双方都已适应了这个家庭，他希望这个家延续下去，毕竟，他的年纪大了。虽然他看不见大洋彼岸目前是怎样的境况，但他隐约明白，仅仅由于一次签证，原本平静的生活钩出了潜藏的危机。家里的电话是开通了国际长途的，那主要是为了刘开梅母女的交流，他从来没有主动往那边打过电话，现在，尽管心头压着阴影，他仍不愿，也不会去拨动那个号码。……

他从钢琴旁走过来拿起了电话，是打给汤达声。

得知他们夫妻两人都在家，他说：

"太好了！我马上过来，找你们商量点事。"

安志到了杨进家，坐定后，开口先问汤楠，他一向喜欢这个孩子。

"楠楠要高考了。听说她只准备考北大？"

"是的，她一直就是这个想法。"

"我看，这孩子没有问题！"安志乐观地肯定。

"她以前各方面都不错。现在……不大好说。没多久高三学生就要开始填志愿了，到时候看吧。"杨进回答。

夫妇俩忙着沏茶，汤达声问："老安，你是无事难得登门的，有啥重要事？"

资助希望小学，除田振邦和一些学生知道外，他未对任何人谈过，此时得从自己最初的想法上说起。

"我想趁有生之年做一点儿事情。主要形式是在云南老家，也就是西南联大曾经办学过的地方，资助希望小学。现在已经确定好地点和学校。"

"原来是这样。这可是做好事啊。"汤达声有一点儿言不由衷。

杨进诚挚地接过话来："这是大事，好事，你要早说，我们也加入进来。"

安志摆摆手："还有人想加入，我没同意。"看杨进夫妇不解，他解释说："这是我，和亡妻于静文的一个心愿，所以都没有告诉别人，也不打算吸收别的人参与。"

杨进想了想，试着问道："是不是这样理解，这是你和于老师的一个独资项目，以你们的名义进行，也以你们的名义命名？"

"确实是我独资。不过是以'西南联大校友'的名义进行，至于学校的命名，每资助一所，都加上'南渡'两字。以此来纪念西南联大抗战期间南迁办学的历史。"

"哦，我明白了。"杨进似有所悟。

"老安，既是独资，为什么不用你的名字命名，或者，加上你前夫人于老师的名字？不是有很多以捐赠人名字命名的吗？比如逸夫楼、田家炳书院啥的，那挺有纪念意义的嘛。"

安志笑笑，对说这话的汤达声说："之前我儿子和女儿也提出这个意见，但我还是就用'南渡'。这是于静文生前和我商定的，所以就不改了。"

安志说着展开手里的图纸，先拿出总平面图："你之前是在建筑设计院的，这是你的本行。恐怕这些年都没有接触图纸了吧？"

汤达声嘿嘿笑着，和杨进饶有兴致地去看图纸。他边看边晃着头说："唔，作为乡镇上的希望小学，规模不小啊，动作挺大。"然后转过头来说："老安，这得花去你很多银子啊。"他不看图纸了，坐过来问道：

"刚才听你讲，'每资助一所'，你这意思，资助的还不止一所啊？"

安志笑了笑说："的确，我的计划至少是8到10所，包括修缮、扩建、新建。希望在我有生之年，能完成这个心愿。不过，这些话我只是在这里讲。"

汤达声心里算了算账，慢慢地说："仅这一处学校，就这个规模，得要个6位数。"他又开大拇指和食指："这么多，能下得来吗？"

"预算还没出来。得等着方案定了。"安志说，"不过，我给校方和有关方都谈清楚了，一切按实际需要来。比如学生宿舍，要达到背包入住，就是背着书包来就可以住进去，那里面一切生活设施、生活用品，包括被子床单洗漱用具都要备齐。教学楼，要达到背包能学，就是背着书包来，坐在里面就能好好地学习，一切设施，包括电脑、电视都要有。"

说完他又补充："所有资金不需要当地政府匹配，结算时全由我兜底。这些都写在协议书上了。"

"那要到达7位数，"汤达声对安志竖起了一根食指，"绝对突破这个数。"他心里在替安志算账，多年积蓄加上股市的钱，就算安志在股市上赚了不少，但资助这一所学校也就差不多了。

"老安，你这是做善事，做公益。但还是要留点钱给自己，养老还得靠自己不是吗？"

"放心。做这些事，都是在能力范围内。说起来，要感谢先父先母，是他们留下了老底，我才有能力这样做。"

汤达声先是点了一下头，表示明白了，然后马上又摇着头说：

"做公益，那可是一个无底洞，有多少都可以投得进去。就算有老底，你还打算都往里砸啊？"

"你算是说到点上了。"安志望住汤达声，"做公益，不止一种做法。我不会像有的公益人士那样。比如有一位值得尊敬的人，他靠自己唱歌演出的收入，资助了100多个贫困生。他把最后一分钱都用到这些学生身上了，甚至连自己有病都没钱就医。而他资助的学生中竟还有人不满，因为他生了重病没法演出没有收入，没有能按时给他们寄出钱。他最后在贫病交加中去世了。"安志说到这里感叹地摇头，沉默了好一阵。然后才接下去说："像这个样子做公益，我不太赞成。我的观点是，有能力的时候，一定要做。但要有底线。我是有底线地做。"

"'有底线地做。'你这样讲，如果给有的人听去了，你的形象会不会打了折扣？在不少人心目中，伟大的公益人士都是鞠躬尽瘁，死而后已的。"

"我只是想尽一份小小的绵力。不在乎形象。再说了，一说做公益，是否，就非得要把自己做得倾家荡产才叫伟大？"

"我赞成你这个观点！你是真的大智大慧！"安志一讲完，汤达声夸张地竖起了两只手的大拇指。

"扯远了。"安志的神情平静而蔼然，"今天真正要来听你们意见的，是这个——"他站起身来，抿嘴微笑，眼睛发亮，从那些图纸中抽出一张，然后隆重地两手把它平铺在桌上，神情好似对人亮出一个心爱的宝贝：

"你们看，学校建成以后是这个样子，这是效果图。除了教学楼外，其余的学生宿舍、办公室，想都盖成茅草顶。这个想法是上坝乡自己提出来的，我还真是没有想到。茅草顶，就是像当年的西南联大校舍那样！"

"茅草顶？！"

汤达声和杨进一边忙着低头去看图纸，一边同时发出了惊呼。

"是的。茅草顶。"安志又是微微一笑，"只不过，这事我一直没拿定主意，需要商量，所以特别来听你们的意见。"

汤达声只一瞬间就把视线从图纸上移开了，脸上有种似笑非笑的表情，并不说话。杨进则比较兴奋，她看着图上的茅草屋办公室和学生宿舍，好像又看见了父母留下的老照片里西南联大的那一排排茅草屋校舍。

"嗬，这个创意很大胆，有特色！"她赞叹，稍微停了一下，又说，"只是，让我想一想，想一想。"

汤达声已完全不想再看图纸，走到一边坐下。

"老安，你砸出这么多真金白银资助希望小学，刘开梅知道了能乐意啊？"

安志也坐下来，几分不太情愿地回答：

"这个，与她无关。"

在他心里，父母留下的这笔财产，只有前妻于静文能与他平等地共同支配。除此之外任何人与此无关，包括再婚的妻子。如果对方大度，他有些事或许会与之商量，但刘开梅恰恰不是一个大度的人，因此，他从来连提都不对她提起。

他望着汤达声说："我和她，毕竟是半路成家。之前各有儿女，各有自己的经济体系。从一开始我们就双方说好，婚后，生活方面统一安排，而且我可以多付，多出，但婚前财产各自支配，另一方无权干涉。"

"既是如此，她管不了你啊，但你也是拖到现在才出手是不是？"

"退了休才有精力跑嘛，但我退休后又被返聘。当然，这些只是一方面。另一方面，等股市上的资金慢慢退出来是一个原因，刘开梅一直在盘问是另一个原因。虽说好无权干预对方，但两人每天相处在一起，要想完全避开也难，尤其如果对方是个喜欢盯着经济方面不放的人。这一点，你和小杨你们这样的家庭不大能理解。如果她知道我有这样一大笔钱，要拿去水泡不见一个地资助希望小学，你想想，她会和我闹成什么样子？"

汤达声用手扶了扶他的细框眼镜，无言，但做了个表示无奈的表情。

杨进在一旁听着，觉得汤达声总在问人家的隐私，就走来把话题岔开：

"安老师，开梅给你来电话没有？"

"没有。"

"我是说……最近也没有吗？"

"没有。"

"这些时间她也没有给我电话。不过，她已经去了两个多月，应该很快就回来了。"杨进说时望着安志，安志却一个劲地往图纸上摊着手，催促说：

"看吧，看吧，尽量提出你们的宝贵意见。"

"你讲的那几处屋子盖成茅草顶的想法，我猜你是很喜欢、很欣赏。但我也像你一样，又喜欢又矛盾。容我再仔细想一想。不过安老师，真的是很佩服你，你是在尽心尽力为贫困地区的孩子办事。"

安志略带歉然地摇头："不能这么说。比起西南联大的校友来，我做得很不够。联大校友中，不懈地做着传承薪火、传承文化的人很多。国外的校友是这样，国内的校友也是这样。比如说北京有个校友叫关英，他们早在20世纪90年代中期就开始了西南联大希望小学工程，比起他们，我差远了。"

"在20世纪90年代中期就开始了？他们是怎么做的？能详细讲讲吗？"杨进觉得自己太孤陋寡闻了，安志便尽自己了解的情况做起介绍来。

安志所说的北京校友关英，是西南联大化学系1944级学生。1995年时，关英先生已经退休，可以安享晚年了。当得知中国还有数百个贫困县，每年还有100多万儿童失学时，坐不住了。她联络了王亦娴、杨义、张家环、周绵荪、徐惠英、鲍纫秋等西南联大校友，他们都有一个共同的情怀：想继续为国家为社会尽力，不想仅仅满足于含饴弄孙。不久，他们联合发出了支援希望工程的倡议。分散在海内外的联大校友纷纷闻风而动，仅仅3

个月时间，倡议就获得 1200 多位校友的响应。

在此后的 10 多年时间里，西南联大希望工程在云南红河县设立了春蕾班，建立了"西南联大希望小学奖学金"，设立了以捐款人个人名义设立的奖学金多项，建起了以捐款人名义命名的希望小学计几十所，还有由捐款人独资修建的教学大楼。1998 年特大洪水，西南联大校友捐建了若干所帐篷希望小学。2008 年汶川地震，北京校友会又为灾区希望小学捐款。而西南联大校友为希望小学捐赠教学辅导光盘，供教室和学生住宿用的桌椅、床、学习用品、文体用品，则已不计其数……

安志做完介绍，对杨进说："你看，比起他们，我是不是做得很差？所以你真的不能那么表扬我。"然后他话锋一转，联系起了成州：

"成州没有组织校友会，没法广泛发动。资助希望小学，目前我只是个人行为，就算是先行一步吧。先摸索点儿经验，以后就会做得更好了。"说完停了停，眼睛转到图纸上，"眼下，究竟是否采纳校方意见，真的做成茅草顶？方案完全定了才能做施工图和预算，然后才能动工。所以这事你们得帮着我尽快确定。"

杨进站起身来，招呼着安志和汤达声走到桌上的图纸那里：

"我的感觉，校方的这个方案创意很好。真这么做，可能是全国第一家这个款式的希望小学，会十分有特色。"说到这里她望着安志，"只是会有一个问题，如果校舍盖成茅草，在特定的地方，比如说西南联大旧址，那是非常合适的。但如果在这个镇上，一个没有特定氛围的地方，单独地盖几间茅草顶校舍，可能会不协调。"

汤达声接话，口气不屑，还有几分不客气：

"这算什么创意？我一点儿不认为好。那样做肯定不合适。知道的呢，是学西南联大；不知道的呢，会说，哟，这个资助建学校的，怎么就资助个破茅草屋，是不是钱不够了呀？"

杨进不满地看了汤达声一眼。心想，讲话这么难听，对西南联大那所"草屋大学"有感情和没有感情的人说话，从发出声音来就是不相同的。虽说不否认到时候，确实会有人这样看这样讲，但当着人家安志，你能不能换一种说法，换一种语气?

安志没有说话。他沉思着的脸上看不出表情。屋里的三个人一时都无话。在沉默中，杨进感受得到安志对这个方案情有独钟，内心不愿放弃。换成别的人也许就不再讲了，顺着捐资人的意思算了。但她个性认真，不把话说透觉得没尽到责任，虽然从感情上说，她也希望做成茅草顶。她小心地又说：

"还有一个问题。茅草盖在屋顶，日晒雨淋，久而久之容易生霉，变黑，那时候就得重新更换。另一个问题是防火性能差。我在乡下住过茅草房，对这一点是了解的。"

安志注意地听着，站起身来，还是没有说话，只在屋子里踱着步。

他思考的不仅仅是一所小学，而是如果盖成茅草顶，那么他资助的所有小学都将打算做成这个款式。凡自己资助的小学，名称全部冠以"南渡"，这内涵了西南联大，如果外观能再全部或部分盖成茅草顶，就会出现一批，是的，不是一所，而是一批，外观上和内涵上都具有西南联大特征的希望小学——这是一个非常诱人的设想! 任何人走到这些小学，懂的人一看就会联想到西南联大，想起那段历史，想起那些大师；不懂的人，会因之而去关注西南联大，了解西南联大——这样的效果正是他梦寐以求而不得的。

杨进看他长时间踱步，想来一时决定不了，而刚才说起的"西南联大北京校友会"和成州还没有组织成立联大校友会一事，她已经听进了心里，觉得是个早晚要落实的事情，于是就重提起这个话题：

"如你刚才所讲，北京的西南联大校友建立了希望小学基金会，那成州是不是也可以建立这样一个基金会呢? 那样的话，校友、后人都可以参与。捐助希望小学，这不是一个长期的工程吗? 而建立基金会，是不是先要成立'西南联大成州校友会'，然后所有活动都以这个名义进行? "

安志站了下来看着杨进说："你说得对。这是一个长期的工程。组织机构怎么建，怎么开展活动，确实得从长计议。"

他们开始讨论这个话题。到最后说好了，成立基金会的事，下一步主要由安志联络几位老校友牵头倡议，今天算是提个思路，一步步理清再进入实际操作。在他们两人讨论这个话题时，汤达声一直没有发言，也没有吭气。

时间过去了不少，又回过头去望着桌上的图纸时，安志似乎受了些启发：

"包括是不是建成茅草顶，其实也是一种探索。我本人并没有想到这样做，校方这茅草顶的方案一出，一时间直抵我内心，和这里——"安志用手抚着自己的左胸，心脏那个位置，"和我的心，真正是达到了暗相符合，无形中契合到一起了……所以，我很为这个方案吸引。"他抬起头来望向窗外，眼睛里满是神往，"建成茅草屋，以后走到我捐助的所有学校，就能看到那样一片房子，有如回到西南联大。啊，多么令人向往……"好一会儿后他从窗外收回目光，惋惜地慢慢说："但是，考虑到周边的大环境，整个的气氛；另外还有安全问题，八月秋高风怒号时，会不会掀起茅草；还有易生霉、发黑……看来，"他说到这里时抿住嘴轻轻摇头，"是不是，这个想法，只得放弃。"

杨进等安志又沉思了一下后说："建议你，还是走常规路线，比如水泥预制板加上做防水的屋顶。然后可以在学校外观、造型上多下一些功夫。"

安志点点头。

"虽然，要我放弃这个方案，如同抓住一个梦想，然后又亲手放弃一样。但是，茅草顶啊，还是……放弃了吧。"

第十六章

　　穿过市政府大院，杨进来到招待所会议厅。这里将召开专题会部署当前全省职工培训工作。杨进明白，接下去，任务会更繁重，"就等着比现在更忙吧"。她在心里想。

　　多年来，区政府培训中心如同一辆战车，她如同拧在车上的一颗螺丝钉，日复一日跟随这辆战车前行，已习惯于全身心投入工作和快节奏的生活。虽然曾经，每周四会给刻板的生活带来一阵清风，但眼前，这阵清风断了，"他有事了，他出国了。"

　　会议还没有开始，过厅外墙上的风景画牵住了她的视线。一幅埃菲尔铁塔，一幅塞纳河风光，她在画前驻足。奇怪了，以前从没在意过这些画，但今天不同。尤其塞纳河，一幅初秋河边景色，远处一座多孔桥，暗绿的河水闪着波光从桥下涌动而来，浓密的、渐成金黄的树木静候两岸，树梢后冒出哥特式房屋的上部。岸边，一只红色小船停靠在石台阶下，一时间，她整个人竟活生生有了飘然穿越，身临其境之感，似乎自身刚刚下了小船，正沿着那台阶拾级而上，然后到达从树后冒出尖顶的房子。

　　五月下旬的一天，不断处理密集事务的头脑中忽然地感觉到了情绪异常，尘封的心扉似乎蓦然开启，久违的激情似乎朦胧浮生。这是为了什么？想想，一定，是他平安归来了，而且一定是已经回到了这座城市里。

　　一个人在什么时候对另一个人产生感情，以至对之产生神奇的感应，是不大能用常理来解释的。在刘开梅无意间把一个培训中心需要的教师带到办公室，从那时起，她就不知不觉走上了一座拱形桥的起端，感情正在那个起端慢慢积蓄成一个点阵。

她强迫自己忘却这个人和与之有关的一切，有时也好像真的忘却了，她也感到轻松了；但这时，作为一个人，活下去的动力也好像凝滞了，枯竭了。她终于体会到自己心底深处，对一份真挚情感的渴求，竟然是与生存的本能并列的。在马斯洛的需要层次论中，生理的需要，确切地说，生存的需要列在第一层次，安全的需要列在第二层次，归属和情感的需要，是被列在第三层次上的。但在她这里，却出现了例外。

想起曾经的一天，一个人在广场上听到的那句低语："你的一生中，会遇见一个人，你们只能以心相守。"为什么会有这么神奇的预言？她很想重新听一次，但再不可能了，只成了神秘的记忆。

经过无数次内心的挣扎，她做出了这样的决定：坦然对自己承认这份爱，接纳这份爱，让它伴随自己；但，永不表露。

爱，是可以不说的。关于这点，在多年前母亲讲的那段亲身经历中，她就从精神上接受过洗礼。况且，她天生地从母亲身上遗传了某种品质。母亲的故事一直在影响她，那位壮士一直生活在她心中，并且是那样奇特地似乎你中有着我，我中有着你。

这或许是杨进特殊的家庭影响、个性等综合作用的结果。但在社会生活中却也不少见。对此表述得最为精辟的要算余秋雨先生。他在《霜冷长河》中谈到关于年龄和爱情问题时，曾提到一个俄国故事，说大抵人到中年，终于会发现自己此生的那个"唯一"的出现，"但这种发现多半已经没有意义，……再准确的发现往往也无法实现。既然无法实现，就不要太在乎发现，即使是'唯一'也只能淡然颔首、随手挥别"。

现实生活中，杨进对自己的发现当然也只能淡然颔首，随手挥别，但在精神世界里，她默默把他保存了下来。

从此，田振邦在她的世界里分成了两个。一个陌生而遥远，只在符合工作要求、符合普通人情世故的规范礼义内相待。一个在她的内心世界，

161

在这里，她用心灵去感受对方，这成为她精神的，甚至是生命的支撑。而她不怀疑自己能将两者各存一隅，如楚河与汉界，相互不会僭越。

出国考察回来后的田振邦仍然逢周四下午继续到培训中心，他在这里上课的时间还有一个多月。

他总是按时来，在上课前几分钟到达，然后准时进入教室，就像他在大学课堂里那样严谨。下了课照样是和学员有交流，杨进经常在忙于各种事务，因此他们交谈的机会不多。

一次，上课前在教室外，两人站在玉兰树下聊了一阵。田振邦说：

"这次出去考察，主要是高等教育，参观了欧洲好几个国家的多所高校，也参观了一些政府部门，了解一些他们在教育方面的举措。在法国的时候，我特别留意到了成人继续教育这一块。"

杨进微微一笑问道："合着，你对成人继续教育有兴趣？"

"坦白地讲，以前没有。到你们这里上课，让我接触到了这方面，自然地产生了关心。尤其是在巴黎的时候，无论是参观大学或是政府部门，我都特别留意了这一方面。法国在成人继续教育方面形成了一个完备的体系。有一天，我还专程去参观了位于塞纳河畔的一个成人培训机构。真想什么时候和你好好聊聊，或许可以受些启发，或许有些东西可以借鉴。"

"培训机构，塞纳河畔？……"杨进的心跳加快起来，一丝妙不可言的惊奇、欣喜在心里冒出来，但她不能去顾及，因为那只属于自己的"隐私"。眼前，她得正儿八经地回答他的所谈。

大概念上，她所从事的培训属于成人继续教育中的非学历教育，讲求"短、平、快"，与国外的成人培训可能会有诸多不同。她也一直在关注国内外同行的相关信息与理论，以便深化自身的认识。但是至于"受些启发"并进一步说到"借鉴"就比较难，因为那受到多方面的制约。她觉得，他所站的位置还是太高了一点儿，或者说，他毕竟长期在高校这个象牙之塔，难免的不是那么接地气。

"我当然很想听听。只是，"她小心地选择着用语，"这里，虽是作为区一级政府的培训机构，但我们在其中只是基层的工作人员，主动性不多。"她说着，突然有句话就冒了出来："再说，有可能，我不定什么时候就会离开这里。"

这本是她秘而不宣的想法，不知为什么就说了出来。田振邦并没有特别在意，听完只是有点儿诧异。

两人说话时都不时看手表，注意别错过了进入教室的时间。杨进一边瞄了手表，一边改换了话题：

"你到底是哪天从国外回来的呀？"

他想了想说："5月24号吧。"

"你是指回到中国，还是指回到成州？"

"回到成州。我23号回到北京，24号从北京飞成州。"说完他笑笑，"你问这是什么意思？"

"考勤嘛。"杨进略带俏皮地一笑，指着腕上的表提醒，"到时间了。"

他点点头转身进了教室。

她则踩着飘飘欲仙似的脚步往办公室走。

她有奇异情绪的那天，就是5月24号！当时感觉，他不仅回到了国内，直接就是回到了成州。现在证实了，确实如此。更神奇的是，她被塞纳河风光的画吸引，感觉身临其境的时候，竟时值他正在法国，而他去参观的培训机构，居然就在塞纳河畔！说不定，就是那条小船停靠的台阶上的某栋房子。她在心里高声称奇！惊叹！除此外别无解释。

转眼一个多月过去了。最后那天上课的时候，杨进暂时排除了所有事务坐进教室。她在靠墙的一个空位上坐着，以貌似平静的表情和目光，罩住讲台上那个人。能感觉到，那个人只要目光和她相碰，似都会有一丝不易觉察的变化，但她的表面始终是平静的。

本届长班的最后一课终于讲完了。田振邦对大家讲了几句告别的话后，她站起身来，走到讲台上，和他站在一起。这是她工作上的程式，每当长班的最后一节课，除了特殊情况，她都必定要在教室出现，讲上几句话，和学员一道送别授课老师。此时她的最后一句话是程式化的：

"……现在让我们用掌声，感谢田教授4个多月来为我们付出的辛苦劳动！"全班学员长时间地用力鼓掌。

田振邦走出教室了，学员们要送他到门口台阶下的车边。既是如此，杨进就不准备走下去了。田振邦和她握手道别，刻意背对那一帮学员，她只感觉到自己的手被握得那么紧，又那么久。

站在台阶上，目送他的车开出大门。此后，他不再每周一次到培训中心来。他们没有了工作关系，也就没有了来往。

她回转身往办公室走，才觉察到眼睛里似要涌出泪水，她命令自己淡定，冷静，这可是办公场所……手上还在感觉被紧握的力度，是一段工作结束时的不经意告别，还是他也像她一样心怀不舍？

接下去要办几个短训班，工作日程就特别紧。周一联系谁，周二什么会，周三审查什么资料，每天都安排得满满当当，她一天一天在忙碌中度过。到了周四，不觉回过头去看棕色笔记本的上周记事："下午田振邦课"，然后目光就停留在那里。如果现在还是上周就好了，一会儿他就会出现在这里。但，这只是过去时了……

就在这时，桌上的电话响了。

十分意外地听见是田振邦。想来，他可能有讲义或书本之类掉在这里了？

"杨进，这几个月来，我成习惯了，每到周四下午要去你们那里。今天也是准备着过去，突然间才想起课已经上完了。"

杨进闭上眼睛，用手撑住了额头。他来电话就已是意外，这么说是更想不到。而且，他怎么把称呼改为直呼名字了？之前都是客客气气互称"老师"的。

她不作声地听着那不紧不慢，有如小河流水一样的声音，真希望小河

164

就这样一直在耳畔流动，流动……这个声音又说：

"一直想和你好好聊聊，但从来都是来去匆匆。这样好不好，找个地方，我们坐下来，地点由我定，时间由你定，好吗？"

没有想到对方会发出这样的邀请。"不去，当然不去。"这是她的第一反应，而且毫不犹豫。原因很简单，越是在心里思恋这个人，越是不能接受这样的邀请。

或许田振邦在杨进的沉默里听出了些什么，又说：

"要不，再请上小高，三个人一道，我请你们吃饭。"

杨进在这边禁不住笑起来，接口道：

"要不，还请上，全班学员？"

她觉得这样说对方可能会误解，随即说道："他们不是很喜欢你，有几个特别黏着你吗？你看啊，上完课那天，送你要一直送到车边，再目送你的车开出大门。平时下了课，要等着和你边走边聊。培训中心来过很多老师，没有一个享受过你这样的待遇。"

田振邦感叹起来："实实在在地说，去你们那里上课，一开始真觉得是个负担。但后来我感觉出了自己的被需要。在基层，管理干部确实有待提高，而他们中的许多人，自身就在渴求这种提高，希望在这方面能多学一些，多懂一些。这一点很让我震动。我和学员中的不少人建立了联系，他们有问题会找我，我也会随时为他们提供咨询，做参谋。"

这越来越像谈工作了。不过杨进明白对方说的是切身感受。

"几个月下来，学员说他们有了很多收获，但其实是双赢。不光是他们有收获，我也有了意想不到的收获。"

杨进沉默地听着。无论他讲什么，她其实只是在听着他的声音。有一阵，她闭上了眼睛。

"你在听吗？我说，我自己，也有了意想不到的收获。"

她没有接话，比如问对方，什么意外收获？

她仍然是只听不说。电话里禁不住问道：

165

"怎么样？杨进，你哪天有时间？"

其实在半开玩笑地说请上"全班学员"时，已经是一种委婉的拒绝，但对方似乎没有明白，所以她有必要给讲清楚。但此时，不知该怎样称呼他了。她的名是单字，称呼"杨进"，只感到熟络，不会感到生硬。而双字的人直呼其名就显得生硬，但她又不能去掉姓只叫他"振邦"。于是仍用了老称呼：

"田老师，谢谢你。我近期还是很忙，以后，以后再找时间吧。"

话筒，缓慢地从耳畔摘下，接着硬生生地、不偏不倚地扣回了电话机。失落与惋惜如看不见的雾从心里漫出来在周围飘散，但，必须如此，也只能如此。

安吉区每年有一批干部到外地挂职，本年度的五十来名挂职干部集结完毕后在市里经过了动员大会和集中学习，区委、区政府要求出发前还要进行一次集中培训，也就是要安排一场有针对性的讲座或是报告。任务下达给组织部主办，培训中心具体承办。

这种不定时下达的任务是常事，在已经忙碌的工作中又加重码。但杨进只能来者不拒，接到任务便开始筹划。

首先得确定主讲人。请谁来讲呢？最直接的是请市委组织部或是区里的某位领导来讲，但是她脑子里突然灵光一闪，为什么不请他来给他们讲讲呢？这也是合适的，对口的。不是吗？

她为这个想法激动。如果真能这样，他就会重新走进培训中心的教室，她总算又能看到他，听到他的声音了。

人的理智与感情，如同堤坝与洪水。堤坝总是牢牢地桎梏住洪水，坝内任你泛滥，但无论如何不能溢到外面……而这浩荡阔水却不会安于桎梏，既不能洪流滚滚地奔出堤坝，那就不为人所觉察地寻找缝隙，寻找孔洞，"管涌"堤坝，以让它最终坍塌。

杨进并未觉察这将是自身感情的一次"管涌"。

她整个人为此振奋起来。以着这个由头，名正言顺给田振邦打通了电话，首先他得能来，如果他不能来，那就什么都不必多考虑了。她讲明情况和要求，特别声明只是半天的一个讲座，不会耽误他太多时间。

"我可以来。"他在稍微的思考后就肯定地给出了回答。

"那，具体时间我再和你定。对挂职干部要讲什么，你当然是心中有数的，对吧？讲座的具体标题你慢慢思考，但大致准备讲什么内容是否可以先告诉我？我需要先写进方案里。"

他略一思索后说："针对他们是到各地各单位进入管理层，我会结合当前的宏观形势，比如很快就是改革开放30周年，比如目前国际上的一些态势，然后给他们讲诸如信息沟通、领导艺术、危机处理、群体中的人际关系这些方面吧。"

杨进开始写方案。主讲人身份、讲座内容、形式、时间地点等。

方案送去时区委和区政府正在开联席会，一看来讲的是省管专家田教授，所讲内容又切合各级管理干部，当场决定：干脆，请田教授到区政府礼堂讲。除了去挂职的，让区委和区政府的机关干部，还有各基层单位的管理干部，当天能来的都参加。

一场原本只在培训中心教室进行的普通讲座，隆重地移到了区政府礼堂，杨进也因此招来了一大摊子的事。打比方说，原来只请一桌人吃饭，人员和地点都现成，现在要请的是一大厅的人，人员牵涉面广，而地点场合要另行布置。

她打电话告诉主讲人这个变动，他回答说：

"我给几十个人讲和给几百个人讲都是一样的，顶多内容上做一些调整。但对于你，这可是从小麻烦变为大麻烦了。"

他意识到这是由于他出面主讲而招致的，而杨进如果当时不找他就不会有这些麻烦。这样一场两三个小时的礼堂报告会要牵涉到一系列问题，比如场地布置、灯光、音响、多媒体设备等。如此这般的耗时费事却还要积极地筹划、准备，连田振邦都表示了不理解。

"你不会是为了表现自己吧？"他半认真、半开玩笑地在电话里说。

她只能报之以沉默。

而他多多少少把她的沉默理解成了默认。

总共才是半天的讲座，杨进却为之忙碌了整整 3 天。

那天下午，一切准备就绪。听众开始进场时，杨进站在礼堂外面迎候主讲人。望着人来人往，却没有主讲者的身影，不禁担忧：他不会有什么意外的事来不了吧？不会像有次在培训中心迟到了一小时吧？他是个大忙人，虽然好心答应了，但临时有什么事就会出偏差了，那可就砸了！

快到约定时间的时候，田振邦提着个笔记本电脑出现了。终于松出一口气的杨进迎上去招呼：

"你来了！"她脸上洋溢了笑意。

"是呀，为了你的仕途来呀。"他冷不丁回答。

杨进一愣，什么话？这话太意外，太不着边际，这是从何说起！但大事当前，只当没有听见，赶紧公事公办地带着他走进会场。

礼堂里坐满了人。区委区政府的好几位头儿也来了，与田振邦握手，稍事寒暄后请他走上台。讲台布置得规范而大气，背景宽大的蓝色字幕醒目地打上了主讲题目和主讲人姓名，演讲席上安放着一大丛由盛开的香水百合、月季等组成的花束和两支麦克风。他在那花束和麦克后坐定，向大家问好，然后，开始侃侃而谈。

杨进在前排坐下，但仅一小会儿，不时打来的电话就扰得她没法安坐。

"经委还有十几个人要来听，还有地方坐吗？"

"田老师讲完后安排了互动时间吗？"

"现在音响的声音小了，需要调一调。"

……

讲座结束以后，尽管反响十分好，杨进却高兴不起来。忙碌几天，坐下来仅几分钟，连想静下来好好听听的可能都没有。而进礼堂前那句莫名其妙的话，让她非常委屈、非常恶感。在培训中心时他也曾出言不逊，刘开梅几次说过他傲气，说话刺人。看来他这样说话不是只一时，只对一人，这是个性。这样的个性必然容易得罪人，而他从不觉察。估计也没有人提醒过他。谁来提醒他呢？看来只有自己了。她拿起电话，想想放下。再拿起，拨到最后一位数又放下了。在屋里来来回回走了一阵后，毅然走到电话边，迅速拨响了他办公室的号码，接电话的是他本人。

"你今天为什么要对我说那么一句话？"她平静的语调里含几分冷峻。

"什么话？……哦，我是随便说的，你不要当真。"听去，他的心情不错。

"你倒是随便，我怎么能不当真？那意思，我还是利用你，来为了我的什么'仕途'？"

她想告诉他，官场、权势，于她从来没有吸引力，而且，她就要离开公职，独自去闯南方了，但这不是几句话表达得清楚的，只好不谈这个。

顿了顿，下面这些话不知怎么一来就冲出了口，而且说得义正词严：

"告诉你，把你请来做讲座，只是因为我自己想听。我只想听你讲。我只想安安——"

她完全没料到自己竟会公然抖出了这番话。岂知这些话是只能对"精神世界"中的那个人说的，不能在现实中说。但既已出口，她并不怀疑自己能在符合"规范礼仪"的范围内把话讲完。

不幸的是，说到这儿时，猛然一下悲从中来，所有压抑的情绪，所有无言的思念，还有那些说不清楚的委屈，都在猝不及防的瞬间爆发。她喉头哽咽，眼泪如山泉那样汩汩而出……情绪冲动中，一个意念突然像闪电那样刷地一亮：把这些眼泪，把混着哽咽的心里那些真实的情感，原汁原味地送到电话的那头去！然后什么都不想，一切听其自然吧！

如果真这么做了，她的生活也许会发生一些改变。但是，不能……不能啊，她几乎是本能地移开了话筒，用另一只手紧紧捂住了急剧抽泣的鼻子和嘴巴。

隐隐听到电话那头传来田振邦试探的、温软的"喂，喂"声，从来没有听见过他的声音会如此温存。但她说不出话。过了一会儿，又传来他试探的掩饰不住着急的"喂"声，她还是说不出话。

田振邦不知这边发生了什么事，听不见任何声音，拿着电话又不能放下，好不容易又传来了声音，听去除了有点沙哑外，和刚才没有什么异样：

"——我只想安安静静坐在下面，安安静静看着你讲。不是有一阵没听见田教授讲课了嘛。什么挂职干部针对性培训，什么信息沟通危机处理，统统不过是冠冕堂皇的理由，统统不过是冠冕堂皇的借口。你现在明白了吧？

"你说的那句话太伤人了。你看，你连对我这样的朋友都是这样讲话，对其他人想也差不多。这样下去你会得罪很多人。你是有权威的教授，大家都尊重你甚至于怕你，我现在说的这些话，是不可能有人来提醒你的，只有我，我这个叫'咸吃萝卜淡操心'。喂，你听得心里不高兴了吧？"

这席发自肺腑又不失得体的话送过去，内心感觉好过了许多。但不知对方的感受会是什么，毕竟这些语言和平常不一样。

传过来的话有些断断续续：

"不，不。我很感谢你，真的很感谢你……我是个大大咧咧的人，除了在课堂上严谨，平时说话不注意，我有觉察，但从来没有一个人像你这样提醒我……你总说起学员们对我的拥戴，还有学生也是很拥戴我，但其实，有的时候，我感到孤独……在群体中的孤独。这或许，与我的说话方式有关……能够有你这样一位朋友，我感到幸运。"

同样很得体，而且发自肺腑。杨进听见这席话也是完全出乎意料。不过，他好像在流泪？不会吧？但至少，是他感动了，触动了，否则说话声音不会如此！

放下电话后她还在继续想，难道，他内心有着和她一样的感受、一样的情愫？

回忆起两人接触的日子，零零星星的一些碎片在头脑中闪过，每个碎片都如同或浓或淡的云朵，透出朦胧的亮色，她只是不能去证实。这份情感因为不能求证而游离、不确定，也因之更加刻骨铭心。

相对于人的本能和本性，这也许抹上了一层悲剧的色彩，但在杨进看来，恰恰也是最美的情感所在。

活了40多年，她才蓦地明白，自己骨子里追寻的，其实不是一个人，而是一份情。追寻一个人，是想得到这个人本身；追寻一份情，只要感受到那种朦胧与游离，就已是足够的存在。

第十七章

到朋友家参加完婚礼，第二天傍晚时分，郑姗姗一家三口驾车回到密歇根湖畔的旅馆。

第一眼看到父母，就感到他们有明显的变化。两人都显得精神焕发，脸上微微放着红光，眼睛比平时明亮。自从到美国以后从来没有见过他们有如此的精神面貌。

晚上，吃过父母两人配合着做出的中式牛肉火锅，收拾完碗筷坐下来，刘开梅和郑家山相互对望了一眼。刘开梅细声细气地说："姗姗，有件事，给你们讲一讲。"然后转过去对郑家山说："你给孩子们讲讲。"

郑家山满以为刘开梅就直接讲了，谁知让他来讲，马上推托道："你讲，你讲。"

其实，郑姗姗心里似已猜测到几分，她还是装得什么都不知道的样子问："讲什么呀？怎么搞得有点儿神秘兮兮的？"

刘开梅脸上尴尬，却也不再推托，当着女儿和女婿直截了当宣布，我和你们的爸爸经过慎重考虑，商量好决定了，准备各自回去离婚，然后来美国复婚。这样我们就可以成为真正的一家人了。

刚一听完，郑姗姗便像弹簧一样从沙发上跳了起来：

"Oh，my god！太好了！太好了！"她两手合掌紧紧抓在一起，激动地抖动，对着瑞特飞快地翻译，也不管瑞特听后不相信自己耳朵满面惊异与意外，她转过身来拉住刘开梅声音抖抖地说，"妈，这样一来，真正是一家人了！终于可以真正地团圆了！"

她又笑又乐地在屋里转了个圈，仰着脖子张开双臂喊："我早就盼望这一天了！天哪！我盼了好多年好多年了！"

眼泪顺着喊声流下来，她一手搂着爸爸，一手搂着妈妈，站在他们中间又是笑又是哭。

刘开梅搂着女儿的腰，想为她擦去泪水，嘴里说着："姗姗，不哭。要高兴才是。"

郑姗姗用手挡住母亲伸过来的手，突然就对着丈夫高声尖叫：

"相片！瑞特，快给我们拍相片！拍，拍拍！"

瑞特脸上还带着迷惘的表情，却也赶紧翻腾出相机，咔嚓咔嚓，换着角度拍下好几张。郑姗姗不满足，又拍了几张后，瑞特指着灯光：

"晚上，室内光线效果不太好，明天，在室外我再为你们拍！"

郑姗姗迫不及待让瑞特一张张翻看刚才拍的相片。她生平第一次看到自己和父母同框的样子。这个从稍稍懂事起就盼望有一张和父母相亲相爱的全家福，以便拿出来给小朋友炫耀的女孩子，在业已奔 30 岁的时候，终于遂了心愿。

"爸爸妈妈好了！我们家是真正的一家了！"看完相片，郑姗姗像刚才那样又笑又喊，喊完后走向可可，弯下身子用英语说：

"可可，我们为外公和外婆庆祝好不好？我们来为他们鼓掌！"说着先自开始鼓掌。

可可在妈妈的带动下欢快地拍着小手。只有瑞特，他现在总算搞清楚了眼前这一幕的含义，拍完相片后一直冷静地站在一旁，此时犹豫一下后，礼貌地、轻轻地鼓了几下掌。

夜已深沉，可可进入梦乡，郑家山和刘开梅各自回房休息。郑姗姗和瑞特躺在床上，睁着眼睛望灯光淡淡的天花板，谁也没有说话。郑姗姗是由极度兴奋转而为沉思，瑞特却似一直在思考着某个严肃的问题。

过了一阵，还是翻来覆去不能入睡，瑞特欠起身子说：

"姗姗，或者我们起来到外面说会话？"

"去阳台上行吗？"

瑞特把食指放到嘴边上说："嘘，我们到外面去吧。"

他俩起身披衣，关好房门，慢慢往湖边上走。

密歇根湖上月光明朗，湖水波光粼粼，不远处有谁在拉着大提琴，仔细听去，是舒曼的《梦幻曲》。优美的旋律飘荡在空旷、安静的环境，听上去美丽而忧伤。

瑞特背着手，郑姗姗抱着手臂，两人沉默地漫着步。瑞特先开始说话：

"姗姗，你有没有觉得，我们家里正在发生戏剧性的一幕？"

"你的意思是指，我的爸爸妈妈要复婚？"

瑞特没有正面回答，自语般地说："从我来讲，已经习惯了这种局面。就是说在平口有一对爸妈，在成州有一对爸妈。这次邀请来美国，我们一开始就是：平口，邀请郑爸爸和他的夫人，成州，邀请刘妈妈和她的先生。但是现在，目前，成了这样一个局面。这是我无论如何想不到的。我认为，事情被搞得复杂化了。"

郑姗姗只听不语，他看了看她，继续说："现在，郑爸爸和刘妈妈决定要复婚。如果这两个人还都是单身，那肯定是好事情。问题在于都不是。郑爸爸的妻子或是刘妈妈的丈夫会怎么想？离婚以后，另外的那两个人，他们怎么办？"

郑姗姗沉默了好一阵后，语调缓慢地开了口："瑞特，老实说，刚听见爸妈要复婚的时候，我光顾得兴奋了。你知道，这一天我已经等了若干年。小时候，因为他们的离婚，在我心里留下抹不掉的伤痛和阴影，我从来羡慕人家一家人生活在一起，认为那是人生最大的幸福，但那对于我只是个泡影……现在，这终于可以成为现实了。虽然我已经长大，并且有了自己的家，但这对于我仍然是非常重要的。"她说到这里停住不说，过一会儿后以更缓慢的语调说，"之后，细想一下，觉得这中间，还是存在不少问题……可能……"她没有再说下去。

"不光是存在不少问题,"瑞特望望月光下的郑姗姗,停住了话头,仿佛在决定要不要讲出后面的话,然后还是直接说出了口:

"最主要,会伤害到另外的两个人。"

"你是说安爸爸和王姨?"

"是的。当然会伤害到这两个人。"瑞特的语气决然。

郑姗姗站下来,很快地反问:"那你说说,我们该怎么办?我们能不能去对我父母说:你们之间,不能产生感情!你们,不能复婚?!"

瑞特扬着眉毛,抱着胳膊抬起眼睛来,怔怔地望着天空。良久,耸耸肩,望着郑姗姗说:"当然,我们也不能这样。"

两对眼睛相互望望,又开始漫无目的地走动。

郑姗姗慢慢开口说:"我想,没有任何一个离异孩子不希望自己父母的复合。但是,我从来没有想通过他们到美国探亲,然后促成他们复婚的意思。我也像你一样,早就只能承认了爸爸属于一个家庭,妈妈属于另一个家庭。从决定发邀请信请他们四个长辈都来美国,到签证只签到两个人,这事的从头到尾你都清楚……事情的走向是自然发展的,是出乎我们预料的。我和你一样,被这事情的变化搞得有点儿找不着北了。"

两人再一次陷入沉默。

郑姗姗了解瑞特,知道瑞特在这事上和她的看法不会完全一致。她更多地站在自身和父母的一边,站在从小失去家庭温暖想要父母复婚一边。尽管如她刚才所说,这个局面的到来是突然的,不在她意料之中的,但毕竟来了。既来了,她当然就希望如此。而瑞特则会冷静地考虑全局,考虑涉及的其他两个人,会更理性地看待身边发生的事。

他像是自语似的说:"四位长辈里,另外两位我都只见过一次。以后都只是电话。对你的亲生父母郑爸爸和刘妈妈,我都只能问个好,别的基本没什么说的。但对安爸爸不一样,我和他可以用英语自由地交谈。他是学历史的，他对于美国历史的了解程度远远超过我。我喜欢他的博学、风趣，他对于我就像是一位老朋友。

"他还告诉我，这么些年里，他在炒股，中国的股市我一点儿不了解，但风险多多是肯定的。但他赚到了一些钱。他对我说，再准备更多一些钱后，他要在中国云南贫困地区，做一些儿童教育方面的事情。"

郑姗姗听着，沉默不语。她之前对安爸爸的了解，远没有瑞特多。

"安爸爸说过，他要做的这些事与中国一所叫西南联大的大学有关。当知道我从威斯康辛大学毕业，他告诉我，我的母校有一个美国人 John Israel，中文名字易社强。他用了 20 多年时间实地考察、走访、研究，撰写出一本书《战争与革命中的西南联大》。安爸爸在美国有不少朋友，他们给他寄了这本全英文的书。现在，这本书也在我的书架上。我看了，说真的，我为易社强自豪，据说日前为止这是研究西南联大最好的书。通过这本书，我了解了中国的这段历史，了解了战乱和困难中的中国知识分子，他们真的很了不起。"

"你是什么时候看的那本书？"

"我去年就看完了，现在时不时还在翻看。"瑞特说，"还不止于此。当我通过这本书对西南联大有所认识后，我才知道，其实在美国有不少与西南联大有关系的人。他们或者是当年的老师，或者是当年的学生。比如有位老太太，她住在马里兰州，叫刘缘子，毕业于西南联大外国语文学系。现在她 90 岁出头了，还在坚持义务教育，她在美国有上千名学生。"

瑞特所说的刘缘子，是著名的翻译家、作家。刘缘子父亲刘大白，中国新文化运动的先驱及新诗运动代表人物之一，曾任国民政府教育部次长，当时的教育部长是蒋梦麟。

刘缘子先生博学，一生读书无数。作为作家，思维敏捷，文笔清新流畅。作为翻译家，能熟练运用四门语言进行翻译。她的心地极其善良，20世纪 60 年代在中国时就热心于义务工作，到美国后同样热心于义工服务。她到火车站为不熟悉情况的人指路，到复健中心帮助患者康复，而服务最多、尽力最大、时间最长的是到多个社区义务进行语言学习的教授。她教中国人学习英文，教美国人学习中文，时间前后长达 20 年之久。

瑞特由于对西南联大有浓厚兴趣，了解也颇多，继续对郑姗姗滔滔不绝：

"一个偶然的机会，我还听说了一件让我吃惊的事。位于得州的布利斯堡美国国家军人陵园里，有五十余位中国空军飞行员的陵墓，他们中有来自西南联大的学生。这些年轻的空军出身大都富有、高贵，本身也都非常优秀。抗日战争时，为了拯救国家报名参加空军，被送到美国接受培训，后来在空难中以身殉职，安葬在了美国……我很想找机会去看一看。

"再后来我还了解到，还有不少联大人的子女后辈在美国，他们被称为'联二代'或'联三代'，大多学有所长，事业有成。我认识了其中一位，每到西南联大的纪念日，他会回中国去参加纪念活动。这些年，他们会特别地汇聚到昆明，因为那是当年西南联大的所在地。他告诉我，当昆明发出邀请时，几乎每一个联大后代，包括还能走动的联大老人，都会不远万里，到昆明去聚会。"

郑姗姗听到这里时插话："我家和西南联大也是有点儿关系的。我妈妈的表舅曾经是西南联大的老师，后来到了马来西亚，他回过中国，就是为了寻访西南联大。"

瑞特骤然兴奋起来："哎呀，我怎么从来没有听你说过？这么说来，我们也算是'联二代''联三代'？"

郑姗姗没有答话，不置可否。

"我对西南联大的中国知识分子有很深的敬意。他们在那样的年代为中国保留了文化火种。而安爸爸想做的事，就是让这所学校的历史和精神能够继承下去。既然我的学长 John Israel 先生做了那么多，安爸爸也要做那么多，我也在想，我们是不是也做点什么。"瑞特说得兴致勃勃，越说越投入。

郑姗姗沉着脸站了下来，落在他的后面，然后以克制不住的不满重重地喊道：

"瑞特！"

瑞特诧异地回过头来。郑姗姗使劲做了一个吞咽的动作，尽量降低刚才提得那么高的音量，低下声音来说：

"瑞特，你把我叫出来，不是为了谈论西南联大吧？"

"对不起，我是扯得有点儿远了。不过这是因为我们谈论到安爸爸的时候自然联系起来的。"瑞特耸了耸肩，又搂了搂郑姗姗说，"我对中国和西南联大的事感兴趣，因为我娶的是一位中国妻子。不是吗？"

郑姗姗望望他，觉得自己失态，缓和局面说："以后，我会看看你说的这本书，如果有可能，我也会去认识一下你说的这些联大人。既然你对中国的西南联大有这么多的了解，作为我，一点儿不了解是不好的。"接下去她叹了一口气，"——但是现在，还是谈爸爸和妈妈的事吧。"

他们并肩往前漫步，郑姗姗说：

"回到眼前，最现实的还有一点是，能办到绿卡的只有我的亲生父母，将来只有他们能在美国生活。你也看到的，如果他们不复婚，我们又怎么能像真正的一家人那样生活在一起？"

瑞特现在沉默了。他实在不知说什么才好。这些时间，虽说是岳父岳母驾到，但他们各自属于一个家庭。岳父母在他和姗姗的家里那些别扭与隔膜，他当然有深切的体会。他自小成长在一个和睦、单纯的家庭，对这样复杂的家庭关系还是第一次见识。

"我也想到了，接下来，会因为我的父母要复婚，引起一些连锁反应。但是作为我们，是问心无愧的。因为在这事上，我们没有去提出任何主张，也没有去推波助澜。这个事情说到底，完全是一种顺其自然的发展，是在于他们凭感觉的自我决定。"郑姗姗说完后小心翼翼地望望瑞特，看他有没有表示特别的反感。

瑞特心情有点儿沉重。对安志这样一位长者，他从内心里尊敬他、喜欢他。不能想象，在完全无辜的情况下，突然听到妻子要离婚，这位长者会受到怎样的打击。

　　还不止于此，按郑姗姗的说法，这事似乎顺应着某些"情理"，但在他看来，这显然是只考虑自己而不惜伤害他人，是很不道德的。

　　他非常为难，既不能赞成，又不好反对。他站了下来，用手托住自己的下巴，眼睛直勾勾地望住地面。

　　湖边依然隐隐传来大提琴的曲调，听去好似比刚才还忧伤。

　　看出瑞特的脸上没有表情，郑姗姗就接下去说出了她此时的决心：

　　"既然，我们不能阻拦，那就……让他们按照自己的想法，去做想做的事。"

　　瑞特没有发表意见。他在心里不安而又无奈地想：

　　"我还能说什么？只好，走着瞧了……"

第十八章

这段时间，杨进的女儿已在填报高考志愿。

填完上交后，汤达声认为妻子放任女儿，一意孤行填坏了志愿，杨进却认为读大学的是女儿，学什么专业，填什么学校，要尊重女儿自己的意志。两人为此有一场很不愉快的争吵。汤达声心里很失落，三天两头吃住在单位，不回家。杨进每天忙碌，也赌气不问不管。

这天她下班刚回到家，却十分意外地见到了上门来的久不见面的刘开梅。

之前只知道刘开梅回成州了，但一直没有见面。今天却不打招呼就自己上门来。其实刘开梅回国后不仅没有见杨进，和其他人也没有来往，回到成州后她进入一种非常的秘密忙碌状态，除了郑姗姗，没有人知道她在忙什么。刚回国没多久，她又一次去了趟美国，然后又回来了。

此时她突然来到杨进家，神情很低调，外观不似以往那样注重妆容，人也显得憔悴。坐着小聊一阵，杨进感觉出相互之间产生了生疏感，她像一个不熟悉的人上门来进行一种礼节性的拜访。

在得知她不久又要去美国后，杨进问：

"这么说来，你是准备到那边去定居了？安老师这次和你一起去吗？"

"你知道，他现在签不到证。只有我先去了，拿到绿卡，然后我就有资格邀请他，这样他就可以过去了。"

杨进相信了。问：

"语言怎么办？"

"学呀，既要在那边生活，当然就只能学学英语啦。"

"安老师不用学。他英语是现成的，棒棒的。"杨进语气中满是佩服。

刘开梅立即岔开了话题："楠楠要高考了，她最终是决定考北大还是清华？这可是大家一直看好的。"

杨进不想多谈此事，笑笑说：

"她还是一心一意考北大。其他学校都不考虑。"

刘开梅也不再问。她太明显地让人感觉神情疲惫，心不在焉了，话说到这儿便起身告辞。杨进站起身送她出门，望着她的背影心里想："恐怕是这几趟跑得有点儿太累的原因？"

仅过了几天，那是一个星期天的早晨，杨进突然接到刘开梅电话，口气听去毫无感情，近乎冷酷：

"我和安志离婚了。"

没等杨进回过神来，冷酷的口气继续说："我把工作也辞了。我今天又要去美国。这一次去，基本就住在那边了。"稍微停了一下又说："自我探亲回国后，一直没有回过我与安志的家，我是住在亲戚家里。"

几个重磅消息让杨进惊骇。电话里又在说："我回来后，因为要办各种手续，中国美国地跑，所以你们没有见到我。我和他之间已经谈好了。我帮他找了一个人，这个人可以照料他的生活。"

那口气越听越冰冷、凉薄。说话人齿缝间似含着冰碴子，那不是发声，是冰碴子在口腔中喳喳作响。听的人只觉得心里阵阵发冷。

这么重大的事，刘开梅选择打电话，当然是为了避开当面谈的尴尬和难堪，同时还想避开杨进会对她进行的当面质问。

杨进拿着话筒，心沉下去，再沉下去。她有很多话想问清刘开梅：离了？！你跟他生活了十几年，说离就离了？！为了什么？你帮他找了一个人？是个什么人？是作为他的妻子还是保姆？他接受吗？你明明前些天还在说你先去，然后再由你邀请他过去，现在怎么突然成了这样？你纯粹就是说假话骗人！

但是她说不出口来。面对对方家庭和婚姻的突然变故，她才意识到原来自己是什么都不好说的。那毕竟是私事，能去干涉别人吗？而且刘开梅对她也是在糊弄，她感到非常气愤。这些都暂且不说了，震惊中突然醒悟过来，刘开梅抛出来的一系列行动后面，是不是牵涉到另外一个人？于是她压抑住起伏的情绪，一样也以冷冷淡淡的语气直接问道：

"那么，郑家山那边呢？"

"他也离。他和王小维离了，我们俩在那边复婚。"刘开梅的声音仍是冷冷的，冰冰的，既然你问到，告知你一下，如此而已。

整个通话过程，刘开梅只在谈到"找了一个人可以照料他的生活"那句话时语气明显高调，仿佛在这一点上可以证明自己的能干、周到，也仿佛在这一点上，她觉得对得住良心一些。

杨进拿着电话沉默。里面却在说：

"杨进，我心里的话只对你讲过，现在，我要去圆我的月亮。可能很多人都会骂我。但我知道你不会。因为，只有你理解我。"

杨进想对着电话喊："就算理解你，绝不等于赞同你！"还想喊："你这样做不道德，你这样对安志不公平！"这些话在胸腔里翻滚、冲撞，但她却一句也喊不出来。知道喊没有用，骂也没有价值，不会改变这个冰冷的现实。仿佛看到刘开梅面前铺开了一条路，她正在这条路上不顾一切地狂奔。满心满意里只有她的需求、她的目标，丝毫不考虑别人、不顾及其他，也没有什么可以成为她的阻拦。

从刘开梅倾诉她的"月亮圆不了"，杨进虽多少有点儿感觉怪怪的，但多半是站在同情的角度，还觉得这种处境很无奈。如果能深入一点儿，联系刘开梅平时的为人和性格，她应该会想到，对方是不是想在"圆月亮"这事上有所动作。但她完全没有往那方面想，原因是明摆着的：刘开梅和郑家山，都已各自有家，这就是现实，雷打不动。但现在，这个雷打不动的现实轰然间就倒塌了，这家庭，说散伙就散伙了！她本人，说走就走了！

杨进放下电话时，心情异常烦乱。这个吊诡的刘开梅，所作所为的是什么？居然她一直没有回家，她就是安了心回来离婚的！安志，安志怎么办？心地善良、生性平和，已年逾七旬的安志，他怎么能经受住这个？

　　刘开梅说她今天要去机场，杨进完全没有为她送行的意思。既是如此，最好不要见面。她现在只关心安志怎么样了，顾不了和汤达声争吵后已几天不说话的僵局，她马上给他打电话。

　　汤达声听了杨进的叙述，十分吃惊，说："上次一二·一纪念日去他们家那天，我就老觉得安志的心态不对，他一定那时候就有所预感。那天听他那么怀念前夫人，我就觉得会出什么事。唉，早知道刘开梅是这样一个人，绝不介绍给他，现在真把人家老安给害了！"

　　"你回来一趟，这事都发生一些时间了，我们一直蒙在鼓里，安老师那里我们得尽快去看他。"

　　"现在开着会，我是走出来接的电话。会开完，上面有部门要来检查，我得明天才有空了。"

　　"明天星期一，我有会走不开。"

　　"要么你现在先去看看他？"汤达声说。

　　杨进决定自己一个人先去看安志。想起厨房里炖着一锅鸡，就连肉带汤全放进一个圆形手提保温桶里，提着出门往安志家走去。

　　安志家里有成大的一男一女两位老师在座，见面之下，虽叫不出名字，但都面熟。

　　安志气色不太好，之前脸上白里透红的皮肤发暗，但外表与之前没有大的差别，尽管是在家里，衣服依然整洁，灰白的头发三七开，整齐地梳往两边和脑后。在杨进还不知怎么开口的时候，他先开口了，声音与从前一样平和：

　　"你来了，刚才达声来电话，说明天来看我。"

　　杨进递过手里的圆形保温桶："这个你应该喜欢吃。"安志接过，打开闻了闻说:"好香!今天我就吃这个了。"看看桶里后又说:"呀,你把一整只鸡都带过来了?"杨进说:"没事。我那里方便,随时都可以再做。你把它放冰箱,可以多吃两天。"

坐在一边的女老师摇头:"安老师,你就算把这个当菜,那饭怎么办?还去食堂打?"接下去摇头道,"唉唉,又过上单身汉生活了。"

杨进坐下来,局促中不知道该怎么提起话头。安志却善解人意,自己也坐下来,然后不紧不慢地说:

"手续,办了有几天了。她没有回来住过。办完手续拿了她的东西走了。"

杨进明白,手续,是指的离婚手续。他们正式离婚了。

"老安,你不该去办手续,你根本就不能同意离!"坐在那里一直没吭气的男老师说,语气很愤愤。

"确实,你太便宜她了!她那是无德要求,你为什么要同意?"女老师接过话去。

这二位的话来得猛,来得尖锐。这些时间刘开梅在成州大学,又是离婚又是辞职,已传得满城风雨,引得舆论汹汹。

安志平静地坐在那里,任他们发表意见。

杨进很小心地说:"我们一点儿不知道,她一直没透露。今天早上才从电话里讲,我这才非常意外地得知。"

"大家现在都很担心你。"女老师说。

三个人都把同情而忧伤的目光望住安志。

"你们都不用担心。不就是,又成单身一人嘛!又不是没有经历过。"安志一边说,一边站起来给杨进倒水。

实际上,他病倒过几天。第一天整天不吃不喝,第二天吃了一些水果。第三天他想吃饭了,也能撑起来了,好想喝一碗有瘦肉有青菜的粥,但他一个人从不买菜,此时就算有肉有菜,也苦于不会做,也做不了。他倒进一碗方便面在水里煮,再往里面打上一个鸡蛋,这是他能为自己做得最好的病号饭了。吃完后有了力气,慢慢走到窗前,对着天空沉思。

"安志，你得挺过来。"他对自己说，"你还有，重要的大事要做。"

凡此这些，是只有他自己一个人知道的。

"这个，跟于静文老师过世那回不一样。"男老师说，"学校里的人都觉得刘开梅太不道德。大家对她的评价，客观地讲，人还是聪明能干，但是为人差，甚至很差。只是因为安老师的关系，所以大家宽容她。到了这个时候，她的人品就全都暴露无遗了。"

女老师接过话去："她太工于心计，还有她的吝啬，到了令人发指的地步。她当初从水县调来，业务不熟，人事处的林老师给了她很多指导，大事小事处处帮她的忙，她平时也是一口一个林大姐。后来林老师的儿子结婚，大家去吃喜酒送红包，她也去了。那时候安老师出差，她是一个人去的。"

安志对这事还真不知道，第一次听说。

"她送了红包，外面写上安老师和她的名字。里面装的是多少钱？你们猜。"

在场人没有说话。

"10 元 6 角 8 分。"

"天哪！"杨进皱着眉头喊出了口："她怎么可以这样？！"

"这是真实的，刚在人事处听来。你们看，10 元 6 角 8 分，她还好意思取了 168'一路发'的意思。"说完她对着安志，"安老师，现在她不是你的人了，我也就直说了。"

那位男老师说："我侄女以前在水县，和刘开梅认识。她说，刘开梅每回叫人来家里吃饭都是一个款式。她自己躲出去，让来人动手，差不多做好了她才会回家。而且她留在家里的东西又少又差，怎么看都不像是用来请客的。我侄女说，请到的人呢，还不好不去，一方面照顾她的面子，一方面大家也不在意于吃，只是借此聚聚。"

杨进想起上次来这里吃火锅，就是这样的相同"款式"。她之前只是感觉刘开梅心计重，小伎俩多，没想为人会吝啬到了如此地步。

面对着这些议论，安志脸上却并无难堪，反而是深有同感地摇着头。

他对杨进说："这位是赵老师，这位是胡老师，教研室的同事，在一起几十年了。"又对那两位说："这是安吉区政府培训中心的杨进老师。"

三个人相互点点头，就算是认识了。

"你应该制裁她！不离，一直拖住她！"胡老师又回到刚才那个问题。

"是呀"，赵老师说，"拖住她，就是不离！"

"心已不在，留之何用。"安志用缓慢的语气说，"总说留人要留心，工作上如此，感情上也是一样的。"

"她总要有个理由，她找的什么理由？就为了去美国定居？"胡老师想深问。

安志轻轻地摆了摆手："一个人要离婚，她总能举出各种理由。"

"无耻！"赵老师狠狠地从鼻子里哼出一句。

屋子里沉默了。又说了些安慰的话，大家起身告辞，杨进也只得站了起来。

走到楼下，赵老师说："这个刘开梅，你们知道她是怎么调到成大来的吗？"

杨进不敢吱声。自己和汤达声把当初在水县的刘开梅介绍给了安志，她一直以为因为夫妻关系就调来了。

"老安曾给学校打报告，希望解决夫妻两地生活问题。上面回答两地生活的多了，一时半会儿难以解决。直到他快退休，很多人劝他，你是属于'两打'的有功之臣，有什么要求，赶紧趁这个时候提出来，再不提就没有机会了。"

"什么叫作'两打'？"杨进没听过这个名词。

"打江山，打基础。打江山，是指参加过解放战争的老干部，我们学校有几位；打基础，是为这个学校的创建、发展做出贡献的。安老师就是属于这种。建立一所大学，如果教授没有足够的指数批不下来，学术、教学、科研，必须要有这个支撑。安老师和他的前夫人都是 20 世纪 50 年代的大学毕业生，正教授。建校之初把他们调了过来，支撑起这个学校。"

杨进觉得长了见识，再问："后来又怎么办的呢？"

"系里帮他打报告，就盯住'两打'这个点，上上下下地帮他跑，这样才在退休前把刘开梅调来，还安排的好部门。这都依赖了安志的面子。后来我们说你早该利用'两打'这个有利条件呀。安老师实打实地说，'当初调我来，确实对建校是有利条件，但我从来没想过，这对调动家属也是个有利条件。'"

赵老师摊开两手："你看，他就是不会为自己谋利！太纯良，太绅士了！"他的掌心狠狠往下一翻，"这个刘开梅不仅对不起安志，也对不起系上和学校！"那样子，如果当事人此时在眼前，他说不定会给她一巴掌。

说完话，三人准备在此分手。

杨进站着犹豫了一下，对即将离去的两位说：

"我还得再上去，你们先走吧。"

安志见杨进返身回来，脸上露出欣慰的表情。他们都有不少话，刚才当着旁人不便讲。

此时，杨进被招呼重新落座，却又与安志一时相对无言。

杨进先打破沉默："安老师，我现在心里满是内疚和抱歉。用汤达声的话说，早知她是这样一个人，当初绝不把她……"

安志重重地摇手："哪能这么讲！你们是好意。况且决定是在于我和她。人和事都是在变化的，谁能知道得了以后的那么多，是不是？"

杨进又沉默了一会儿后说："目前为止，大家都仅以为她只是为了去美国定居。不知道有复婚这一层。否则，对她的谴责会更多。"

安志点头，慢慢地说："关于她要复婚这一层，除了我，到现在只有你们夫妇知道。其实，去成都签证那天，她过了，我被拒了，我心里就有了些感觉。那天晚上我梦见于静文。她好像是专门来对我说话，但是我听不清，就问，你是要对我说什么话吗，她说，'小志啊，你又要一个人过了。'

这回我听清楚了，人也醒过来了。从那时起，我就有思想准备。我只是不能确定，她是不是真的要这么做。"

杨进听得鼻子里发酸。

"如果你不同意离，她是没有办法正式复婚的。因为即便她拿到美国绿卡，她也仍然还是中国公民。"杨进想想又补充道，"哪怕，她心不在这里了，但是只要你不离，她是不能为所欲为的。"

安志当然明白这点。如果他不去和刘开梅办离婚手续，刘开梅在中国的法律上不能与前夫正式复婚。

"但是为什么，你连复婚这层内幕都不愿说破？刚才胡老师问起，你也不愿细说。"

"刚才你也说了，大家要是知道这层，对她的谴责会更多更深。我想她走了就走了吧。知道了这一层，更让众人置喙，何必呢。"

杨进心里在想："她对你都这样了，你还在……"

安志慢慢地说："我了解她。对于她来讲，机会一来，复婚，在美国生活；或者倒过来讲，在美国生活，复婚。这两样都是她想要的。碰到了这样的机会，她哪能放弃？"

机会是不止一个人会碰见的，但是否人人都要如此，都像刘开梅那样？杨进禁不住说：

"我不明白，她和她前夫，因为在美国女儿家中碰到一起了就一定要复婚吗？就算是旧情复发，那也得要考虑到别人，考虑到现实。'发乎情，止乎义'，这话是怎么说的？"

安志没有回答。杨进望着沉默的安志，心里自己回答了：人和人不同。对于有的人，是这样；对于有的人，不是这样。

还有一个问题杨进不明白，刘开梅提出离婚，安志肯定是受了重创，受到很大打击的，但她并没有碰到障碍，得逞得很顺利。安志究竟是怎么想的呢？

安志为杨进续上茶水后又坐下，现在他终于能把憋在心里的话都说出来：

"刘开梅探亲回来，只给我打电话说她回到成州了，但不回来住。由于有预感，有思想准备，于我并不算太意外，虽然在感情上难以接受。她3个月里只来过一次电话，已经是一种疏远；回来后不回家住，是进一步的疏远。她这一切是很有预谋的。"

说到这里他端起桌上的茶杯，想喝但没有喝，他的手有一点颤抖。停顿了一下后接着说："自打2月底送她上了飞机，一直到前些天，我和她一次照面没有打。你知道她是怎么来和我谈话的吗？前些天，她突然回到这里来了，说有要事和我当面谈。

"她坐在这里，先给我描述到美国后他们一家人在一起的生活，又描述她从中所感到的缺憾，也讲了些她与前夫前嫌尽释的事情。谈了很久。末了，她说，'我希望，我家的这个月亮能圆满，希望你成全我。'"

安志说到这里，眼前出现了当天刘开梅坐在这里谈话的情景，说不下去。呼吸起伏得明显，他第二次端起杯子，但喝不了水，手颤抖得比刚才厉害。

杨进不敢看安志。她从来没有看见他这个样子，他的行动从来几乎像年轻人一样稳健。过了一会儿，杯子终于被安志举到嘴边，喝了水。

"她说什么？希望你成全她？"杨进这才小心地问，她已经眉头紧皱，神情错愕。

她完全能想象，听到这话时，安志内心会因说话人的极度自私和无情受到怎样强烈的刺激！唉，世上竟然有这样说得出来、做得出来的人！

见安志不说话，过了一阵再轻轻地试着问：

"那么你呢？你就——"

安志已经恢复了平静，他的眼睛明明亮亮地看着杨进："我连犹豫都没有。我当时就回答她：'好。我成全你！'"

屋子里是无声的。"我成全你"四个字如四只铜球，虽是砸在如绵深厚的沉默里，却似砸得地板有沉闷的震动。

"但是你为什么，要这样的成全她？"杨进还是不太明白。

安志长叹出一口气，眼睛望着墙壁上的某个地方，良久慢慢说：

"这，与她去找了别的什么第三者，然后回来和我谈离婚，有那么一点区别。所以，我成全她。这是一种真正意义上的成全，对她家庭完整的成全。就让她没有障碍地去复婚吧。"

杨进内心感到了阵阵震颤，一时间说不出话来。她睁大眼睛望着安志，望着他磊落的眼神，望着他灰白而整洁的头发，脑子里突然浮起了当年和刘开梅一起在母亲面前听过的故事，也想起了刘开梅对此的言论。

"安老师，你让我想起了一个人。"她说时有点哽咽，"他，是当年西南联大参军上前线的学子……你在很多地方与他相似。他也像你一样，在这样的一些重大的时刻，最后的时刻，还在为别人着想，而且想得这么细、这么深……只可惜的是，刘开梅她不配！"

"小杨，这些话，我只和你谈，其他人我都不谈。你对别人也不必谈起。对于我这样想这样做，并不是所有的人都能理解。"

杨进深深地点头："我知道，安老师。"

两人在沉默中坐着，过了一阵杨进小心地问：

"她在电话里对我说，帮你找了……一个人？"

"荒唐！简直荒唐！"看得出来，此举让安志十分反感甚至愤怒，"这只说明一点，她和我共同生活十几年，对我完全缺乏了解。还说明一点，她这个人对待婚姻，对待家庭，特别地草率。她那天带来了一张女人相片，说是她从前的同学，现在单身，还有这人的电话、地址，说如果我愿意，第二天她可以把这个女人带来。"

"我对她说，你把相片地址收好。不用操这份心了。你可以走了。"

"然后，她收拾她的东西，打包，找人背了下去。就这样走了，我和她也就此了断了。"

杨进举目环顾这个家，最明显的是客厅里那架黑色的钢琴不在了，抬走了，屋子里似剩下一个音符拖着单调的尾音：了断了，了断了……

"当年，之所以会和她结了婚，有两个原因。"沉默了一阵的安志又开

190

始说话，"当初，她想通过婚姻调回成州，我明确给她讲，我这个人不会拉关系、走后门。只能说打报告上去，顺其自然。我请她考虑。她说，对别人我要把这作为条件，对你我不要求，就按你说的，顺其自然吧。这是一个原因。"

杨进听到这里忍不住插话："汤达声当年来说这事的时候，首先强调必须是能协助她调回成州。她对你，连这也不要求了？"

安志点头："是这样的。她当初可以说是积极、主动，姿态放得很低。"他停了一阵："第二个原因，我和她第一次见面聊天，说起我老家是云南，她就说，她刚去了云南一趟回来。我以为去旅游而已，后来知道，她有一个表亲，曾经是西南联大的青年教师，女方是云南人，也考上联大读书，后来去了马来西亚。老了，回来寻联大故地，她母亲让她陪着去了昆明、蒙自等地。"

安志的情绪已经完全恢复平静，他望着杨进诚恳地说：

"我和前妻感情深，她过世后多年，有不少人介绍，我都婉谢了，不想考虑。汤达声带来刘开梅，恰好又听了她陪表亲寻联大故地的事，觉得她远近也是一个与联大有关系的人，心里就有点儿触动。这是一种感觉，说俗点儿，当时就算是一种缘分。这是第二个原因。"

一丝释然来到杨进心里。这么说来，当年给刘开梅和安志牵线，从某种程度上讲，成功的真正原因，是基于安志内心的西南联大情结。牵线的不光是她杨进和汤达声，还有另外一个红娘，那就是——西南联大。

告辞安志往回走时，杨进才想起刘开梅的班机肯定已经起飞了。她意识到，她不会再在成州出现了，她们也很难再见面了。这么说来，那天神情憔悴的刘开梅来家里小坐，实际是来向自己告别。以后的某一天，她会志得意满地打电话来报告：

"杨进，我和郑家山在美国复婚了！"

杨进抬头望望空寂的、灰沉沉的天空，飞机是早已远去，只是不能确定，远飞去的那个人，是不是真的会有那么一天。

第十九章

八月，果树的枝头压着累累硕果，站在树下能闻见醉人的清香。这是一个收获的季节，对于参加高考的学子，收获的是寒窗苦读换来的一纸录取通知书。

从填写志愿到收到录取通知书，杨进家里过得很不平静。

早在填报高考志愿之前，汤达声就向女儿透露，希望她报考医学院。这想法最早来自于他的姐姐、姐夫。成真美容院经过多年打拼，规模、设施、技术，较之刚开业时已今非昔比。"成真美容"也早就改名"成真整形"。一个人只要愿意，来到这里从头到脚都可以进行整形。拉双眼皮垫鼻梁早已是常规，而垫下巴、隆额、削下颌骨、颧骨整形也已见怪不怪。如果再来个发际线前移或后移，植上美人尖之类，一个人完全可以改头换面了。由于业务开展越来越多，摊子越来越扩大，从长远考虑，汤家不仅让儿子小昆进了医学院，毕业后已在成真整形供职，同时非常希望汤楠也报考医学院，将来与小昆一起接下这个摊子。

到了填报志愿的那两天，从来不操心女儿的学习，更不关心女儿的生活、成长诸多问题的汤达声一反常态，守在汤楠身边，说了很多动员女儿学医的话，几乎巴不得代替女儿去填了表格。

"一句话，你得要学医。随便填哪个医学院都可以，只要是学医就成。"

"要是考不上呢？"汤楠不紧不慢地怼了一句。

"考得上考，考不上也没有关系啊，下次再考医学院就是了。"他心里当然明白，眼前的学霸女儿哪有医学院都考不上的。

"你不是一直想考北大吗？北大也有医学部。或者你就填北大医学部，考上了，既满足你的心愿，也满足家族接班的需要。姑姑、姑父和我创业成功，挣下这份家业，将来要有人继承。别的孩子想有都没有这个条件。"

汤楠回敬父亲说："那是他们的家业，我去继什么承？"

"我不在里面嘛。我很早就加入进去，并且入了股份。"

汤楠不想与爸爸争论家业问题，一直说只考"西南联大三所中的一所"，尤其是北京大学，那是平时口头上说，现在马上黑笔落白纸了，她慎重申明志向：

"文科生的最高梦想就是北京大学文科。我最喜欢的就是北大中文系，汉语言文学专业。那边有小昆哥就行了，我不想学医。"

"小昆一个接班人不够啊。以后那么大一个摊子，你姑父、姑姑、我，老早就指望着你加入进来呢。"汤达声说得少有的殷切。

"为救死扶伤去学医还差不多。为了锦上添花，那更不是我的意愿。"汤楠没有商量余地。

汤达声看着说服不了女儿，就走进屋去，让杨进出来。杨进在志愿问题上心里有矛盾，一方面想尊重女儿的心愿，另一方面将来确实有一个接班的现实。她出来后想了想，接着刚才汤达声的意思对女儿说：

"趁姑姑姑父在医院，手术时一直在主刀，你可以直接跟他们学，这是个好条件，确实别人没有这个条件的。"

"我知道。"汤楠对妈妈说话语气要柔和得多，"退一步说，如果学医，我想把病人从死亡线上救回来，或者是让站不起来的人能够站起来。"她对着屋子里面提高了声音，那是说给爸爸听的，"我不是说做整形不好哈。但是，如果只是把塌鼻子垫高，把秃顶种植上头发，我已经讲了，这不是我的志向！"

汤达声马上从屋里转出来："谁给你讲，做这行只是把塌鼻子垫高，把秃头植上发的？你太不了解这个行业了！你既志向那么大，你知不知道这个也是救死扶伤的，也可以有人因此而重获新生的？"他于是讲到一个被火烧伤脸部从而破了相的女孩，一度只想轻生，经过几次手术后，照照镜子，终于觉得自己可以见人了，想重新走进学校了。

汤楠默不作声听完这个故事，仍然毫不动心地说：

"反正我不干。我不想学医。"

汤达声闭口不谈了，打算出门。他不是想通了应尊重孩子的意愿，而是自己不想再费劲，想把任务交给杨进，他相信在这点上妻子会和他一致，而且肯定能说服女儿。他把她招呼到里屋悄声说：

"你呢，一定要想办法说服她。她不学医怎么行？将来那一摊子怎么办？不管怎样她就得填医学院！她平时不是总听你的话吗？"

汤达声临出门前交代女儿："你妈和你谈，你好好听啊。"他心里暗暗地觉得有把握，有自信，等他回来，女儿学医的志愿肯定也就填好了。

汤楠目送爸爸出门了，转过身来，做出一个讲悄悄话的样子对走出来站在身边的妈妈说：

"除了专业不对我的胃口外，还有个原因，我不喜欢姑姑他们接触的人。那帮常年客户大都是些暴发户，以后总和那种素质的人打交道，不舒服。"

杨进一听，女儿在这方面的感受与自己是相通的，没有因为年龄有代沟。她本人对常年来往于汤家的那些客人自然是早有认识，深有所感。她点点头，笑笑说：

"唔，是的，我有同感。"

汤楠撇着嘴，摇着头说："那个圈子里，女人多半矫揉造作，男人多半财大气粗，或者喜欢装得财大气粗。一个字：俗。那可不是我想要的圈子。"

说起那个圈子，包括了汤达声的姐姐、姐夫，表姐夫一家，最主要还有常年客户和这些客户带来的朋友，大多是珠光宝气的阔妇人和其丈夫。

经常的聚会就是吃吃喝喝，打麻将，天南地北一阵胡聊。其中还有一个共同习性，或说嗜好，似乎这才是每次聚会的主要目的。

杨进只在汤达声的要求下，推辞不掉时才去应付应付。

其中有个汪姓女人，在成真整形经过了垫鼻、拉双眼皮、腹部抽脂等手术，其夫原先几近秃头，现在则是一头浓密的黑发。不久前他们为院里拉来了一个大老板，他的太太决心在 3 年内经过七八次大的整形手术，以彻底改变外观。

汪太太任何时候都化着浓妆，喜欢搔首弄姿。这天她走到杨进面前，摸着自己的脸蛋：

"你看我现在皮肤是不是比以前还好？这一年多时间都是你姐亲自在给我做保养，一般人她才不会给做保养呢。也就是对我吧。"

杨进知道这种人不好得罪，便说："还真看出来了，和去年看见你的时候相比，脸上的皮肤是越发的紧致，而且更白更细。"说得汪姓女人越发的扭起腰来。

20 世纪 90 年代中后期这帮人在酒店聚会时，进到包间各人会把手机摸出来放到茶几上，一字儿排开，示威似的。外人一定不大明白，手机为什么要拿出来并排列队？其实那是成心在进行无言的炫耀。你拿出来了？我也拿出来，看谁用的什么牌子，谁的最名贵。在那时候，手机是稀罕物。

往后不比手机了，比名牌时装，可以长时间地相互从一件大衣、一套西服，炫耀到一条皮带。后来喜欢聊豪车，聊自己买的别墅。那天也是如此，从中透出了位置、房价、面积、带不带游泳池这些信息，满足了自己又刺激了听者的神经后，又开始聊起了手表。一个举起手腕不经意似的说，我这个是劳力士，另一个举起手腕言之凿凿，我这个可是真的宝珀。一个说，我有一块怀表，价格过 3 万，先前那个说，我还有一块腕表，12 万的，今天没戴出来。汪先生这时候力排众议，举起自己的手腕：

"你们看看我这块表，光是表带，就花了 36800 元。"

几个人伸过头去看汪先生的手腕子，各种复杂的眼神和表情。

杨进在这时候站起身来，走过去加入了他们。她的左手腕上戴着一块女式表，深蓝色的表盘，黑色的指针，淡黄色的数字显示。

　　"我这块表好看吧？"她举着手腕，微笑着。

　　众人把目光集中在那块表上，无不点头称赞："小巧精致，造型很好。""这表戴在你们女士手上恰好合适。"

　　"那你们猜猜，多少钱？"

　　几个人摸不着头脑，他们想猜说，3万？5万？8万？

　　"68元。这是一个电子表。"

　　所有人都不作声了。杨进洒脱地一笑，走开了。

　　她听不下去才站起来过去说话，有意无意揶揄一下他们。在她看来，穿衣，是穿风格，不是穿价格；用品，美观实用就好，犯不着脸红脖子粗地争相堆砌那些完全是意在攀比的数字。

　　吃饭的时候，汪先生嘴里咀嚼着食物，一边从瓷盘里拿出一张餐巾纸，以一个熟稔的动作撕成两半，一半自己抹着嘴，另一半递给太太，汪太太很自然地接过去抹着自己的红嘴唇。一会儿，汪先生夹住一块鳜鱼，不小心鱼掉在了盘外，他赶紧要夹起来，汪太太狠狠地拍了拍他的手，"不要了不要了！别在这里丢人现眼！"声音很低，说得很急，语气很严厉。

　　杨进就坐在他俩的旁边，把这一切看得清清楚楚。眼前这些一个劲摆阔的人，在曾经的艰苦生活中养成的某些习惯还在，只是自己不觉察。那并不是什么坏习惯，但他们一旦觉察，便赶紧以暴发户的思维掩饰之，生怕被视为穷酸而让这个圈子瞧不起。

　　杨进心想，自己的女儿，自己了解，这汤楠就和自己是一个秉性。女儿现在和这圈人接触不多就有反感，如果以后长期打交道，那会怎样呢？想来基本会和自己一样格格不入。或者，她以后变得和这些人一样了。那算是好事，还是坏事？就算想不到那么远，至少眼前女儿是不愿意学医、不愿意和这个人群打交道的。人各有志，就不要强迫女儿了。再说这丫头，又哪里是一个可以强迫得了的人？

站在女儿身边，面对一大堆让人眼花缭乱的招生宣传和专业介绍，看着早已心有主见的女儿，杨进决定放弃说服，放手由汤楠自己去决定她的专业志向。

汤楠对妈妈的默许心领神会。好不畅快地哗哗哗在志愿表上一气呵成，为防爸爸回来后有变，赶紧快速上交了老师。

如此一来，杨进在汤达声以及姐姐、姐夫面前都不好交代，而汤达声回家后两人好一场争吵，自然也就在所难免。

汤楠在所有表格上都只填了一个志愿：北京大学，中文系，汉语言文学。

这位姑娘不是对学校和专业缺乏全面考量，更不是轻率对待填志愿，在她看来，自己肩上有种近乎神圣的责任。关于这个深层想法，爸妈都未必了解。

从杨进来说，虽然父母都受过名牌大学教育，但到了她这代人，却碰上了进大学要讲家庭出身的年代。汤达声家庭出身还算好，20世纪70年代初期进了大学，最后的定位为：工农兵学员。杨进在恢复高考时参加了高考，可惜那时，十年浩劫折腾下来百废待兴，各地师资方面奇缺，因此在当地这一届所有参加高考的学生，凡"高分、高龄者"，不管你的志向如何，录取后一律分配读师专，快速接受两年的教育，然后尽快充实到各地的教育第一线。

"虽是师专，但我们是恢复高考后的第一批师专生，要求非常严格。在师专两年，4个学期的考试，等于参加了4次高考。"杨进对女儿说，"加上一直都在坚持自学，所以现在像我这样的人，全是单位的骨干。"

"需要文凭的是社会，不是个人。个人需要的是真才实学和多方面的才能，这才是一个人在世上的立身之本。你要记住：文凭不等于水平，学历不等于能力。"

汤楠确实记住了这些话，而且记得很牢。不过眼下她对文凭与水平、学历与能力的内在含义没有实际体验，更没有父母那一代的坎坷经历。作为一个成绩优秀的高中毕业生，未名湖畔的北京大学已经在向她招手，她，当然的非北京大学不去！

一本录取线下来了。成州考生汤楠，以 6 分之差落选北大。

另一所在东北的"985"大学准备通过调剂志愿录取她，给出的专业是中文系汉语言文学。

早上 10 点钟，老师来电话："汤楠，这所学校你去还是不去？如果不去，北大也没上线，你很可能因为志愿填报不当高分落选。"又强调说："今天下午两点钟之前必须回话。不去人家就录取别人了。你尽快和父母商量吧！"

去还是不去？一家三口在有限时间内开始了紧张思考和紧急商量。汤达声和杨进赶紧查找了这所大学的相关信息，结论是主张去，因为这是一所好学校，况且专业也是汤楠想要的。

听到消息的时候，汤楠已经关上门悄悄地流了一回泪。一个心高气傲的学霸，竟然落选于自己一直向往的北大，眼下却由另一所从来没有考虑过的学校半途调剂录取，还必须在几小时之内给予答复。她在心理上完全接受不了这个现实。但接受也罢，不接受也罢，第一次体会到现实就是这么残酷。

哭过一阵后，擦干眼泪，走出房间，先看了看墙上的挂钟，然后面对神色焦急的父母坐了下来。

"我想放弃。明年再考。"

"明年再考的话，你想不想考医学院？"汤达声生怕女儿高分落选，他不情愿女儿重读，但又还对女儿学医抱着点希望。

"我还是只考北大，只学这个专业。"汤楠虽脸色苍白，口气却坚定。

汤达声立即没有商量余地地说："那就不能放弃！哪有放弃之理？又不是没有考上，考上了，就去读！"

汤楠心里有气，就回敬说："你不是说过，考得上考，考不上也没有关系吗？现在为什么一定要我去读？"

"一根筋填的都是北大，那叫孤注一掷，都是你妈由你任性的结果！"对杨进任由女儿填志愿的事，夫妻俩已争吵过，现在面对这个后果，汤达声禁不住再怪罪一番，也好出一口心头的恶气，"好在，你考分高，通过调剂录取了，还是一所'985'，有什么不去读的？"

还没等坐在一边的母亲说话，汤楠回身进了自己的房间。把门一关，往床上一靠，然后抱着脑袋。高考以后，她就常会这样抱着脑袋思考事情。现在心里虽然说不出地难过，但已经不想哭了。

高三上学期的时候，从与母亲做过那次长谈，当天她就给陈铭写了信，从此果断与陈铭断了往来，连在路上碰见也不打招呼。有一天陈铭在路上等着见她，她看都不看，侧过身就走，陈铭在后面"哎，哎"地喊，见她完全没有回头的意思，只得悻悻走开。

以全区第一、全市第二成绩考入高中的汤楠，在学习上一直保持着领先。高考阶段，学生都高度紧张，她依然显得轻松。很多高三学生晚上做习题到凌晨一两点，5点钟又起来背英语单词，她从来晚上睡觉不会超过11点，第二天总在7点钟起床，回到家里几乎从不温习功课。有时杨进问她，"你不复习一下功课吗？"她撒娇地回答，"人家在学校已经复习得够多了，就不能休息一下呀？"就这样，每次考试下来成绩仍然在别人之上。为此，还引来一些同学的忌妒。

但高考毕竟是一场严酷的竞争，她思想上"轻敌"了。当她的同学在争分夺秒地学习，她在悄悄给陈铭写信，每天晚自习3个小时，她的同学"双脚不点地"，她却曾溜出去与陈铭散步。老师找过她，说她与后面同学的差距在缩小，同学只要一努力，马上可以跑到她的前面。老师还说，这后面的同学不是一个两个，而是一群。果然，尽管那次和妈妈长谈后她超常努力，高考也发挥不错，毕竟，一直在不懈努力的同学，无情地把她甩在了后面。同届考上北大、清华的都有，唯独没有大家一直非常看好的她……

因为紧急考虑去不去这所大学，中饭拖到 1 点多钟了还没有吃。杨进抽时间简单做了饭，着急地望望墙上的挂钟，示意汤达声去叫女儿。汤达声却坐着做手势让她去。杨进对他做手势，你去，汤达声回一个手势，还是你去。然后使劲摆摆手，拿张报纸遮住了脸。

她心烦意乱地走到汤楠房间门口，知道她是不会出来吃饭的，而且这一喊还不一定会甩出句什么话来，但下午 2 点前必须给学校回话，还有，好一阵了，房间里没有动静，孩子该不会想不开发生什么事？

轻轻地敲了门，声音尽量轻柔地喊："楠楠，出来吃饭了。"汤达声把报纸从脸上移开，不作声地观望着。

屋里悄悄地没有动静。杨进慌了，一边敲门一边提高了声音喊："楠楠！"

汤达声也赶紧从椅子上站了起来。

门随着打开了。汤楠神色平静地走出来，又平静地坐到餐桌前，然后动手拿碗筷。杨进和汤达声对望一眼，眼神里满是意外。

一家三口默不作声地吃饭。快要吃完的时候，汤楠慢慢地说：

"我决定去读这个学校。"

说完望望墙上的挂钟："我不会复读高三明年再考。我这就给老师回话。"

杨进和汤达声又相互对望一眼，只听汤楠又说：

"我不是因为录取进了某个大学，就得去读，不是那样。而是因为我想通了，是我的原因造成这个结果的，如果复读，让你们再负担我一年，这对你们不公平。"

没想到女儿会讲出这样一番话，这好像不是她这个年纪的人能想得到的，但这话明确地从女儿嘴里说出来了。

杨进想了想说："不存在负担的问题。如果是从怕增加家里负担这个角度，这是不用你考虑的。"

"我知道。虽然你们没发大财，但以你们的能力，再供我上高四不成问题。问题是，我自己已经浪费了一些时间。如果复读，再浪费一年，这是错上加错。所以，顺着读上去，以后，我会有别的主意。"

做父母的不知道女儿有什么主意。杨进不由得想起来，汤楠4岁多那年，她有一天正在看一本哲学，汤楠跑来吵着也要看，小手抢过书，指着书名说：妈妈，这个叫什么名字嘛？杨进一个字一个字地教她念：马克思主义哲学。汤楠稚气十足地跟着念完，又天真地问：什么叫马克思主义？杨进犯难了，怎么给她解释这么深奥而又抽象的概念呢？她的思绪还在课本的内容中缠着绕不出来，吞吞吐吐地说：马克思呢，是一个人，他的名字叫马克思，马克思主义呢，就是……就是，她为难着。

汤楠一直望着她的窘态，然后十分干脆地替她解惑：

"马克思主义，就是马克思出的主意！"

"哦？"杨进一下豁然开朗，把女儿抱了起来，欣喜不已地伸出了大拇指："对！你说得对！马克思主义，确实就是马克思出的主意！"

平时她总是启发汤楠，动脑筋好好想想，你能想出什么好主意？汤楠就会歪着小脑袋认真地想。此刻她把主意和主义混为一谈，但对一个4岁孩子来说，还有什么比这更"恰如其分"呢？

"你有什么别的主意？"此时在饭桌边，面对已经长大了的女儿，杨进试探地问。

"我一边读本科，一边准备考研。到时候，我考北大的研究生。"

"也不一定要考什么研究生！"

汤达声刚听完就决断地反驳，以致杨进想制止也没来得及。在她看来不管去读本科还是将来考研，相对于孩子的内心情绪，这比什么都重要，既然汤楠这么懂事，就不要再反驳她以引起新的争端和矛盾了。

但汤达声在想法上与她显然有距离，不管不顾地说：

"不一定非要把北大清华看得那么神圣，盲目崇拜！本科没考上还要去考研究生。北大怎么了？北大毕业还有去卖猪肉的呢，你们不知道？！"

汤楠的脸色早沉了下来，耐着性子等父亲讲完，神情庄重地说：

"爸爸，对不起。你居然很不了解你的女儿。北大、清华，不是把它们看得神圣，更没有盲目崇拜。只是因为我的外公、外婆，一个清华，一个北大，最后他们都是西南联大毕业。我之所以只填这个志愿，是因为我外婆当年在北大就是读的这个系这个专业。你们只有我这么一个女儿，我呢，就是想续下这根文脉。如此而已。"

她说完站起来，想想转过身补充：

"你和妈妈，你们那个时代条件不好，所以一个工农兵学员，一个大专生。我处在一个好时代，有好的条件，如果我不能做到这一点，我就枉为外公外婆的孙女，我就对不起我的前辈。当然也对不起……你们。"汤楠的眼里泛起了泪光，她一边走向电话机，一边倔强地总结道："这个就是我的全部想法，就这么简单。"

第二十章

离开了成州的刘开梅再次飞到美国，仍住在女儿郑姗姗家中。

她现在一身轻松。与安志解除了婚约，没有障碍了，与单位解除了工作关系，不用想着回去上班了。现只是在热切地等待。只要郑家山再回到美国，孜孜以求的那个月亮就圆了，这朵迟来的花就从此绽放了，关键，还是绽放在美利坚合众国的土地上。

但郑家山在平口的事，远不像刘开梅在成州办得那么干脆利落。

他的家在平口一个高档小区，宽敞、明亮、舒适。儿女们各有住房，平时这里就只是他和王小维两人的安乐窝。表面上，他回到了平静安乐的生活中，内心却时时如同一只热锅上的蚂蚁。

如果仅是寻思怎么跟王小维开口，说我们离婚吧，虽说这口实在难开，但倒也简单些。问题是回到家，看到王小维忙进忙出的身影，或是看到她默不作声地坐在桌前嗑葵花籽，他就会对离婚产生迷惑和动摇。有时他牙一咬，就这样：离！去美国，过一家团圆的好日子！有时心又软下来，这里也是家呀，这个家也很不错呀，王小维又没有什么过失，说离，不把她害惨了？他对自己也觉得不理解，在美国想得好好的回来离婚，为什么回到家，就左右摇摆了呢？

当年他离婚后，认识了年龄相当的王小维。她的前夫因病去世，独自带着一儿一女生活，家里打理得干干净净，人能说会道，身材长相也都不错。几经考虑后两人结婚，20余年来感情一直比较好。这样的一个家庭，就算下了决心离，这口怎么开呢？他处心积虑，尤其拿不准王小维会是什么反应，他害怕她承受不了。

虽然每天照样去上班，表面上与以前没有两样，但他总显得神情恍惚，下班回到家目光散淡，做什么都心不在焉。

王小维近期也是心情烦躁。久已不嗑的葵花籽，现在经常大包买回来坐着嗑。她绰号"葵花大王"，只要那包东西往面前一放，只听见葵花壳细细碎碎、不紧不慢的炸裂声，久久不绝于耳。她心脏不大好，葵花籽吃太多血脂升高，这些年她早就不这样嗑了，但近期又高调回潮。

郑姗姗曾把电话打到父亲的办公室，说的是办绿卡需要他专程到美国一趟，他没有办法响应。他没办法刚从美国回来不久，又说要一个人去美国为了办绿卡。王小维肯定会问：我还一次没去呢，你又要去了，要绿卡了？什么意思呀？那肯定得吵架，这架一吵，对谈离婚肯定是一种干扰。所以他的绿卡手续也拖着。对于他来说，绿卡并不重要，重要的是与王小维的婚姻究竟怎么办。

一晃几个月过去了。他回平口时才进入夏天，而现在，楼下的树叶子都已经开始发黄了。离开美国时，他与刘开梅约法三章，回国后不要直接联系，更不能直接打电话，一切还按原来的老样子，有事还是通过女儿转，这样有一个过渡时间。他能想象刘开梅这些时间一定在紧锣密鼓地进行她那一方面的行动，但他自己一直没有实际行动。

九月初的一天，接到女儿电子邮件，不长，却字字让他惊心：

"妈妈已经和安伯伯正式办理了离婚手续。她已经回到美国。现在就等你了。"

郑家山脑袋里嗡嗡一响："开梅，你真把婚离了！在美国等着我了！"

过去女儿提到安志总是称呼"安爸爸"，现在改称"安伯伯"了！他的心狂颠一阵，直愣愣坐着发呆，心里明白，他与王小维，离也得离，不离也得离了，而且死活都得尽快开这个口了。

这天是休息日，两人都不上班。早上，天有点儿阴沉，还飘起了毛毛雨，屋外骤起的风也有了丝丝凉意。

饭后，郑家山勤快地收拾碗筷，又一遍一遍地抹着桌子，一边悄悄用眼睛瞄王小维。他选择了早饭后开口谈，晚上谈是不妥的，如果王小维想不开冲出门去，晚上比白天麻烦得多。

王小维正坐在那里嗑葵花籽，一把接一把，屋里只听到细碎而清脆的炸裂声。她不像是在享受那份脆香，像是在进行一场战争。嗑得狠狠的、急急的，巴不得把那堆小东西尽快消灭。郑家山看看她，嘴巴想动，但动不了，只得心事重重地坐在那里。直到地上堆了一地的壳，王小维衣襟上、衣袖上也满是葵花籽壳，桌上已空空，她得胜似的站起身来开始打扫战场。

那时，郑家山终于声音有点沙哑地开了口。

"小维，"他叫着她，透着一点心虚，但他明白必须把话说下去，"我们的儿女都大了是不是？"这是他想了很久才决定下来的开头。

"什么话，他们大不大怎的了？"

"我们的儿女都大了。不管是王雷，王秀，还是珊珊。我的意思是说，儿女大了，他们自身都有家庭了，其实也就不大需要这个家了。你说是不是？"郑家山平时说话不多，但今天这些话来得流畅。

"你什么意思？他们不需要这个家，他们本来就单独过了呀。不就是时不时过来走动走动。"王小维打扫完，本想慵懒地靠在沙发边，这时回过头来注视着郑家山，"你到底想说什么？"

郑家山稳住阵脚，慢慢地说："小维，当初我们俩结婚，我是想让王雷、王秀有个爹，让珊珊有个妈。虽然珊珊一直由我的老爹老妈带着，但让她有个家有个妈也是我结婚的目的。现在这三个孩子自己都成了家，有了孩子，所以我想……"

说到这里他停住了，最难说出的话就在嘴边，他沉默了。

"你想什么？"王小维盯着郑家山的脸，心里开始乱起来。

郑家山还是沉默着。

"你说呀！你想要什么？你要急死我呀？"

郑家山想继续沉默，让王小维自己去领悟他是要和她离婚。转念一想这不厚道，既是自己提出来，还是由自己明明白白说出意思。当然，他绝对不敢提刘开梅已经离婚，已经在美国等他这个事实。

他终于嗫嗫嚅嚅地把意思讲清楚了。王小维整个人先是一愣，而后搞清楚对方意思后，哆嗦着嘴唇问：

"你说的是什么？我没有听错吧？你和我离婚，然后你去和刘开梅复婚？"她用手捂住胸口，说话声音抖得如同筛糠，"你，你你把我当什么了？你的良心到哪里去了？你能说出这种话！"

王小维浑身都在止不住地发抖。到好不容易稍稍平静，能成句地说出话来时，她边哭边说道："你别以为别人都是瞎子。你回来后，就像丢了魂一样，成天对人爱理不理。告诉你，从我和你去签证，从那个破领事馆出来，我就知道我这个家庭要来事了。亲爹能去，我不能去；成州那边，不就是亲妈能去安志不能去吗？那么好，还有什么事不会发生？！"

她的脸色已变得惨白，讲话显得费力，但她还是挣扎着要把话讲完："早先我还想，也不至于吧。她和你总共才过了三四年，我和你过了二十三四年。二十几年哪！郑家山！你这么说分就分，说离就离，你把我当成什么了？"

王小维伏在沙发上放声悲哭，肩膀一抽一抽地抖动。过一会儿她撑起身子来：

"天啊，你怎么是这么一个人啊？就这么一趟美国，回来就想把好好的一个家拆了，一下就想把人甩了！知道的，是你要去和前老婆复婚，不知道的，还不晓得我王小维是怎么了，会遭人休了。你杀了我得了！我不想活了！"

郑家山慌了神，他只是想着提出来看反应，没想王小维的反应会这样激烈。

"我只是提出来，商量，你看，我都是明明白白放到桌面上和你讲的，这只是商量啊，并不是说……你冷静冷静，你要是不愿意，我们就……不离。"

王小维顾不了满脸泪水，用一只手捂住胸口说："不离？不离你怎么去和你前老婆结婚？你想担重婚罪名，我还不想给你做二房呢！"她喘了口气，又挣扎着说："有她没我，有我没她。你嘴上说不离，心里还是想着离。我这些日子总是心烦，总觉得会有事。天啊，还真是的！原来你们早就商量好了，都打好主意了，我啊，我真不如死了算了！"她越说越悲愤，越说话越显得气喘不上来，眼泪已不流了，整个人只感觉五雷轰顶似的要崩溃。

突然她痛苦万状地两手乱抓，似乎想抓住什么东西，身体开始抽搐，接着便倒了下去。郑家山赶紧弯身去看，她脸上沁出大颗大颗的冷汗，脸色灰白，不断想要恶心呕吐。他慌忙不迭地拉住她的手，一声声喊着："小维，小维！你冷静，你冷静！"但王小维的状况越来越可怕。

郑家山最怕的就是这个，本身有心脏病，要出了人命怎么得了？他不敢有丝毫犹豫，赶快打了120。

本来只想两个人之间进行一场谈话，谁知才一开口便闹了个满城风雨。120把王小维拉到医院后，儿子儿媳，女儿女婿，王小维工作单位的领导，都闻讯赶到了医院。经过抢救后，王小维情况有所好转，看到儿子和女儿站在床前，流着泪，把满腹委屈，用断断续续的、细细弱弱的声音开始对他们讲起来。刚刚讲完，护士进来了："不准说话！静养，静养！"不过那时王雷他们已大致搞清了母亲突然发病的原因，以及事情的来龙去脉。

一周后，王小维从医院出来。医院诊断她是情绪受到强烈刺激引起心绞痛，差一点儿转为急性心肌梗死，所幸的是送医及时。医生强调回家后万万不能再受任何刺激，否则产生的后果直接危及生命。

郑家山陪同王小维回到家里，小心伺候，不敢再提半个字。其间王雷等要求来看母亲，郑家山知道来了肯定会一家子大吵，说服半天，好不容易他们才同意等情况进一步稳定了再来。

几天后的一个傍晚，王小维的儿子儿媳、女儿女婿一起来到郑家山家里，坐了一屋子的人。

"我们就算是开个家庭会议吧。"王雷以一种权威的口气说。

当年母亲与郑家山结婚时，他才是个小学生。此时他好似一下晋升为了这个家庭的大家长，并拥有了相应的权威。

郑家山坐在角落里，不说话。这些天他照料王小维，人很疲惫，此时他不仅势单力孤，而且还有负罪感。

"郑叔，我平时很尊重你，这么多年，我就是把你当一个父亲看待的。下面，我要讲的话不大好听，不过，这也是你逼出来的。"以往，这几个孩子一直称呼郑家山"叔"，此时，王雷加上了姓。

"过去，没看出你是这么一个不讲感情、不讲道德的人。你把我妈当成什么了？一件衣服？想穿的时候穿，想脱的时候脱？我们几个都在这里，我们不会容许你欺负我妈。"

郑家山还是沉默。屋里空气沉闷，带着一丝敌意，平时相处尚好的一家人现在变得十分陌生。

"郑叔既然想去和刘姨复婚，我们也不拦你。你心不在我妈，我们留你也没用。但得有个条件。"

条件？郑家山听到这里有点儿意外，这小子想出什么花样来？王雷向他的几个家人看了一眼，回过头对着郑家山：

"你看这样吧，郑姗姗她不是能办绿卡嘛，让她帮我妈、我、我媳妇，还有我妹、我妹夫，包括我们的孩子，都办到绿卡，你要离就离了。就是这一个条件。现在我说完了。"

王小维先是靠在床上听，孩子们来讨伐郑家山，这是她预料中的，只是不知道具体要谈什么。这时她急急地说：

"我不要什么红卡绿卡，要要你们要！"

女儿王秀问道："妈，那你要什么？"

"我要公平！我又没有什么错，凭什么被人离弃？"

儿媳又问道："妈，那你的意思是什么呢？"

"我不离！没有那么便宜的事！"

郑家山耷拉着脑袋，一言不发。他绝没有想到王雷等人会提出这样一个条件。在美国三个月，他大略知道，每一个办绿卡的人都要有一个担保人，被担保人在经济上和其他方面有任何状况，都由担保人负责。女儿哪里有这个能力？美国移民局又不是他郑家开的。他想想只有抱定一个死不吭气，随你们这几个人爱怎么说就怎么说。

屋里的气氛长久僵持。

女婿看出这个家庭会议不会有结果，他和王秀并不想来，他们对所谓绿卡没有兴趣，只是王雷一再要求只好来了。现在他打圆场说："这样吧，该说的也说了，郑叔呢也需要考虑。咱妈刚从医院出来，还是休息为主，不要让妈劳累了。"几个人也怕母亲再因激动发病，就都站起身来。

王小维突然喊道："等等！趁你们都在这里，我再说一遍：红卡绿卡我都不要，我就是两个字：不离！"

已站起身的几个人相互看看，没有说话。他们跟王小维打招呼说："妈，走了。你好好休息。"

只有女婿走到郑家山面前说："叔，我们走了。"

郑家山就势站起身来，送他们出门。在门口，王雷突然用手拉住了他，轻轻拉到门外，为防他妈听到，又把门带上，然后在他耳边轻声说：

"郑叔，我跟你谈的条件，是真心的。姗姗要真有本事给我和我媳妇办到美国绿卡，我动员我妈跟你离婚。"

郑家山以陌生人一样的眼光看着王雷。头脑中突然闪过，曾经有一年，王雷在学校受了欺负，他带着他到学校，同学一见到人高马大的郑家山，从此不大敢再欺负王雷。这小子是在什么时候长大，什么时候学得了这样一头一脑的算计，对我说出这样的话？他一言不发地把目光从王雷脸上移开，没有做任何回应。

回到屋里，"唉——"长叹一声，只觉得一身瘫软，倒在沙发上，想发泄骂人，找不到对象，想想索性坐起身来，然后甩门而去。

第二天一早，王雷和媳妇提着刚炖好的鱼汤来，看郑家山不在，问："郑叔呢？"

"一夜没回来，谁知死到哪里去了。"

儿子和儿媳一怔："不会出什么事吧？"

"出事？那么大大的好事等着，他欢喜还欢喜不过来呢。你还怕他会出事啊？"

"妈，正好，趁他不在，我还有话对你说。你先吃点儿东西，我有事给你商量。"

"你想商量什么，不就是你昨天讲那意思？"王小维看一眼儿子。

"是的，我又找人咨询过了，把我们一家都办到美国去，并不是没有可能。现实点儿的举例，我的一个客人，他老大两口子在美国，先是把老二办过去，然后把老二媳妇，再把娃娃也办到美国去了。我们呢，可以和郑叔签个协议，限好他半年，最多一年内，哪怕他先办到两个、三个都行，就同意他离婚。妈你也别太死心眼，他如果心不在了，你跟他也没意思。你就答应我们，和他签个协议，好吧？说不定，这还是咱家一个绝好的机会呢。"

王小维现在身体基本恢复，情绪也比较冷静，听王雷一口气说了这么多，她慢慢地说：

"我也翻来覆去想了。退一万步讲，就算把你们办到美国了，然后离了，我问你，你妈这后半生怎么过？你们替我想过没有？再说了，你也没有特别的本事，语言也不通。我问你，你一门心思想着办去美国，你还能在那边靠推销保健品生活不成？"

"你不懂，可以靠社会保障。我就是什么都不做，也有社保，也能生存。"

"那我这下半辈子怎么办？你拿你的社保养活我？我告诉你，一个来逼我离婚就够了，你又来逼我签协议，那我就死给你们看看！"

"这都是商量嘛。你别动不动死不死的。"

"老公逼离婚，儿子逼签协议，这不是逼我死？！我的本意是不离。我再说一遍：我，不，离。"

王雷一听这口气，办绿卡要泡汤，连急带气，也发了火：

"老妈你这种死脑筋！这是要把坏事变成好事，你就只认得个不离不离！"

郑家山漫无目的地走出家门，梦游似的来到一个公园，在小卖部里买了两包烟，到一排长凳上坐下，一根接一根地抽。他往嘴里喂烟的样子，活像公园里的黑猩猩既贪婪又麻木地往嘴里喂食物。喂了一阵后，意识到已很久不这样抽烟了，他不得不想起来，之所以能把多年的烟瘾丢掉，之所以这些年身体越来越好，其实是王小维的功劳。

有一年，因肺癌住院，自知不久于人世的表哥躺在病床上对他说："兄弟，少抽点儿，别走到我这一步……"郑家山由此想要戒烟。在表哥谢世后，让郑家山少抽或不抽烟成了王小维的头等大事。

平口人好取绰号，郑家山固然叫"郑烟山"，王小维因为长年嗑葵花籽，上下门牙各有一个小缺口，除了葵花大王，还有"王小缺"的绰号。"王小缺"想了很久，决定用舍弃自身嗜好的实际行动来带动郑家山戒烟。她和他约定：她尽量不再嗑葵花籽；而他的烟一定要戒。说好两人相互监督，相互管制。对于王小维的葵花籽，郑家山按约定采取了强制措施，在她吃得放不下手时强行收走，只抓出一小把："你只能吃这些了。"王小维虽每次意不得尽，但想到自己是要给郑家山做榜样的，就坚持信守诺言。

在戒去长期嗜好的艰难时日里，只要一看到郑家山心绪烦躁、坐立不安，王小维总能适时拿出五香花生、话梅、戒烟糖之类放在他手里。他若要硬去抽烟，她就当即现身说法："你看我，我也难受得很，但我就是不嗑。

你大男人一个，未必意志还不如我？"说完强行把烟取走。

那过程中曾经有一天，"王小缺"太馋葵花籽了，满心满意因渴望那诱人的脆香而茶饭不思、烦躁不安，而郑家山也是烟瘾发作正在煎熬，就试探着说：

"要不，相互放开，我抽我的，你嗑你的？"

王小维本想放开一回，过把瘾后再继续接着戒。突然之间想起了郑家山的表哥，于是直接摆手："不行不行！那不是前功尽弃啊？走吧，走吧，出去走走！"接着生拉活扯地拽着郑家山出了门。

两人跑到电影院看了场电影，烟瘾和葵花籽瘾都熬过了。

他们终于双双戒掉了各自的嗜好，这是让他俩自豪，也是让旁人羡慕的一件事。

郑家山看看手里的烟，想起了王小维的种种好。当年，刘开梅对他身上的烟味、他被烟熏得黑黄的牙和手指，只有怨恨和嫌弃而已。他想起和刘开梅虽是结发夫妻，但只在一起不到4年，而与王小维，竟有了近24年。漫长的生活中相互早已适应彼此，相互少不了对方。人生一世，组成个家，这样的家庭这样的过法，难道不也是一种存在形式？

但是，"妈妈已经和安伯伯正式办理了离婚手续，已经回到美国，现在就等你了"。如果不离，这可怎么办？如何才是好？

他站起身来，围着那个长椅急急地踱步，一圈一圈地转着，转着。

刘开梅这么快就把婚离了，如果我也能离了，那也好。不过，那就真的好了？我伤了王小维，你伤了安志。当我们一家在美国团圆，想起他们，心里能没有内疚？能心安理得？就算你能，扪心自问，我郑家山却不能。想到这里，他突然意识到，伤了安志的，不仅是刘开梅，还有自己。刘开梅的这个丈夫，他从来没有见过，他现在怎么样了？当年刘开梅随意相信了莫须有的传说，既不考虑姗姗当时只有两岁离不得娘，也不考虑离婚对孩子一辈子都会产生不良影响，绝情绝义提出离婚，然后眼都不眨就离了。现在又为了与自己复婚，把共同生活了十几年的安志，说踹就踹了……

"哎，这样的女人……"他不知不觉从嘴里冒出半句话，晃着他的大脑袋。

眼前王小维有心脏病，一提离婚肯定出事，首先这一层就不允许。另一个，长期共同生活中，两人之间实际已有了一种东西，那就是感情。这不是说断就能断，说抛就能抛的……他越想越觉得奇怪，在美国的时候，为什么会和刘开梅做出了那样的决定？

围着椅子急踱的脚步渐渐慢了下来，最后站住不走了。天在不知不觉中已经亮了，东方露出了微红的朝霞，看来是个好天气。朦胧晨曦中，公园里已经有了早练的人。公园外的街路上，传来城市睡醒后的各种熟悉声响。他觉得，还是这个环境适合于他。密歇根湖、美国，现在离他很远，很模糊。

他长出了一口气，对着西方那片天空看过去，然后翕动了嘴唇：

"开梅，你兑现你的承诺，离了婚，我也兑现我的承诺，提出了离婚。但我离不了，也不能离……我对不起你，请你谅解。人生走错一步步步错。最是错在20多年前为什么要离婚。早知今日，何必当初……"

他说不下去了。眼下，刘开梅离了婚也罢，等着他也罢，只能像一只断了线的风筝，任她飘逐，他已经无能为力……

他对着西方天空说出了声："希望，今后你我，各自珍重吧！"

说完掐灭手中的烟头，用手在脸上抹了一把，然后往回家的路上走去。

房间里，王雷和媳妇还在。

儿媳妇温好鱼汤，说："妈，都说吃鱼对心脏有好处，你还是趁热吃点。"王雷虽被母亲训斥，并不甘心，再次试图说服母亲："妈，你还是吃点儿吧。然后好好再想想。"

正说时门外钥匙声响，郑家山开门进屋。

见他进来，王小维故意提高了声音：

"没什么好想的！红卡绿卡我都不要，我不稀罕！我王小维就是死脑筋了：不离！死都不离！我看她怎么办！"话里的"她"是指刘开梅。

郑家山站着等她吼完了，一屁股往沙发上坐下。他头发蓬乱，面色疲惫，垂下头，用两手抱着，看不见他的脸，只听像是在自言自语：

"那个月亮，圆不了了。"

王雷没听清，问："郑叔，你说什么？"

王小维其实大致听清了的，怕他还要再说什么，赶紧侧过身竖起了耳朵。郑家山的头垂得更低，一手的手指全伸进乱发里，然后突然把手抽开，抬起头来，慢慢从嘴里挤出几个字：

"这婚，不离了。"

稍稍停了一下，粗声哑气地、斩钉截铁地说：

"从今天起，谁都不许跟我提起这件事！什么都不准提！"

他没有转头，也没有用眼睛去看他们，但他能明显感觉到身旁两个人的目光：

一个是王小维一下子生动起来的、发亮的目光。

一个是王雷有点儿诧异，也有点儿泄气的目光。

过了一阵，王雷附在母亲耳边说了几句话，然后和媳妇走了。他说的是：

"这样讲，他就不会离了。也好。他不折腾，咱们也不折腾。"

那时，一夜未眠侧卧沙发的郑家山，已经发出了沉沉的鼾声。他像一匹围着离婚、复婚、中国、美国几座大山头转了近半年的骒马，最终转回了出发地，终于释然后就地卧倒。

第二十一章

新学期开始的九月，一个阳光明媚的早晨，汤楠高高兴兴登上了北去的列车。虽然本科进的不是北京大学，但以后考研要去那里，迈进燕园的大门，那只是早晚的事。而现在去的这个学校确实方方面面都不错。在她的眼里，一切都充满阳光，充满希望。

送走了女儿，杨进照常上班。她开始不为人知地注意招聘广告。

"此时不走，更待何时？"女儿离家上了大学，已不需要她时时照拂，是去实现心愿的时候了。只是，一时半会儿还没有发现特别动心的去向；另一方面，人都有惰性，对她来说主要还是一种惯性，她仍然身不由己跟随供职多年的那辆战车，兢兢业业地一天天前行。

汤达声依然很少在家。他下班以后的任务越来越多，以前主要陪客户，现在还要陪工商、税务、环保，还有上级部门。麻将桌成了他的第二上班地点。当"业务需要"与个人爱好结合在一起，这就成了一种难以改变的生活方式。

时间长了看不到女儿，回到清寂的家里，杨进会在突起的空虚和紧张里茫然四顾："楠楠呢？我的楠楠到哪里去了？"与此同时心里一阵慌乱，仿佛把女儿弄丢了一样。继而释然："哦，她上大学了。"于是心才放下来。

走在路上，看到与女儿年纪相仿的女学生，尤其长得有那么点儿相似的，禁不住要多望几眼。有天去成州大学，一对学生情侣从对面走来，女孩子走在前，嘟着嘴生气，男孩子紧跟后，又是赔笑又是说软话，女孩子终于莞尔一笑，然后两人挽着胳膊嘻嘻地笑着走远了。

"汤楠不会这样吧？"她心里禁不住想。

下班回到总是形单影只的家中，有时候，她会坐在阳台上，往成州大学的校园里注目，在心里回想那个人在培训中心上课时的点点滴滴，还有那场区政府礼堂内的讲座。现在，他在哪栋楼里？在做着什么？有时候，她的心思会转到刘开梅身上，尽管远隔天涯，她和她依然还是朋友，而且是关系特殊的朋友。人与人之间，有时会因相识而相互产生深层影响。她曾诚心为她牵线安志，而在某天的早晨，她无意间为她引来了一个人。

所谓因果，冥冥中，有时候是互为因果。

心思转到刘开梅身上时，不禁会想，她现在过得怎么样了？究竟，她与郑家山是复成婚了没有？

在地球的另一端，这天，杨进牵挂的刘开梅在女儿一家陪同下来到海边。

秋天，波士顿海湾边的景色进入一年中的最美季节。没有风的时候，大西洋平静的海面与天空相互应和，那时的海面像一面镜子忠实地映着天空。当天空蔚蓝，海面就是蔚蓝色；当天空变成灰色，海面也变成了灰色。

可可手拿玩具嬉闹着，然后又往前方跑去，瑞特跟在他身后，郑姗姗则陪着母亲坐在沙滩上。

自从知道郑家山不能离婚，并且表态放弃绿卡，刘开梅彻心彻肺地品尝到了什么叫"骑虎难下"。郑家山在给女儿的邮件里说，为了今后大家安心过日子，不愿意再节外生枝，甚至闹出人命，他决定不再与刘开梅有任何联系。恰当的时候，他会来美国，但那是带着王小维一起来旅游。"……就是那个时候，也一定不要与你妈妈再碰见。这样做，既是为了你妈妈，也是为了王姨，当然也为了我。"

这是郑家山写在邮件里的话。换句话讲，她和他此生连见面也不会有了。

她内心五味杂陈，欲哭无泪。当初，去成都签证，似就产生一个模糊的感觉，以后这感觉渐渐清晰，她便为自己设立了明确的目标，并想好了实现目标的步骤。这目标和步骤融合了与她已是浑然一体的"以我为圆心，以我的利益为半径"。然后，她便向着目标所向披靡。"一路上，像台推土机一样碾压过别人的也包括自己的心灵"。然而，辗转半个地球，闹出这么大动静，到头来，她的月亮还是圆不了。

她终于开始体会，目标再明确，个人气魄再大，做出的牺牲再多，毕竟有些事还是人力不逮……今后怎么办？在中国，婚也离了，工作也辞了，蓦然回首，别说那枚两面合起来才堪称完美的"硬币"没有得到，别说有个家，竟然连一个"窝"也没有了。

女儿这段时间不断安慰她，要她安心住在这里，为她申请的绿卡不久就会下来。她也暗暗自我鼓劲：有失必有得。我不是到了美国吗？有几个人能做到这样？

但同时她心里也很清楚，毕竟这里是另一个国家，语言不通，年纪偏大，找工作困难，而长期住在女儿家里也不是办法，面临的困境显而易见。

"我想一个人待一会儿。"她对一直坐在身边的女儿说。

郑姗姗只好到瑞特和可可的身边去，但他们不敢走远。尤其瑞特，一直注视着岳母的一举一动，他生怕她会想不开，一旦发现她有类似跳海的动作，他会第一时间迈开长腿，飞跑过去一把抓住。

她一个人坐在海边。此时海面发灰，她的心情也灰，而且是死灰，一幅"断肠人在天涯"的图景。打开随身小包，拿出一张纸慢慢展开，那是当年与郑家山的结婚证。在密歇根湖畔时，只有她自己清楚，完全没有什么严重腹泻，而能否与郑家山复合，只看那难得的两天一夜了。她使了点花招，而他果然留了下来陪她……那一夜，这张结婚证对郑家山下决心复婚起了大作用。"我们要拥有另外一张新崭崭的结婚证！"此时，这句热络络的话还恍然在耳。她木然对那张粉红纸看了最后一眼，然后开始慢慢地撕。

不远处，郑姗姗和瑞特一边盯着她，一边小声谈话。

"当初我对你说，我父母想复婚这个事情，完全是自然的发展，我们并没有去推波助澜，大体来讲是这样的。但是有一点，现在想来，是我的一个过失。"

瑞特望着郑姗姗迷惑不解地问：

"你？有什么过失？"

"当初，成州的爸妈去签证，妈妈一个人过了，安爸爸没有过。妈在电话里交代我，这事不要告诉平口的爸妈。我问为什么。她说，没有必要，各人去碰各人的运气，没有必要把我这边的结果告诉那边，影响那边的情绪。当时我想也是，就没有告诉。后来我明白，如果告诉了，王妈妈很可能会想到后果，就不会和郑爸爸去成都办签证。你明白这个意思了吧？"她望着瑞特，见他脸上恍然若有所悟，知道他明白了，又接着说："当初如果我告诉了那边就好了，就不会有现在这种局面了。"

郑姗姗最后说的话带着明显的懊悔：

"在这件事情上，当初真不该听我妈的。"

瑞特听了，长久无言。此时，他唯一能做的是和郑姗姗一起盯着前方的刘开梅，她那时正把撕碎的粉红纸和着沙子捧起抛入海水中。小小的碎片漂入浩渺的海水，眨眼间就踪影全无了。

十一月又到了。寒风把树上由黄变枯的叶子扫下来，在路面上飞舞，飘零。枝头上越来越光秃秃，让人心生几分凄凉，而杨进的心情却越来越欢愉。因为，屈指算算再有一个多月，女儿就可以放假回家，她终于可以见到成长为一个大学生的女儿了。

可是这天通话时，汤楠却说：

"妈妈，我这个假期不回家了。放暑假的时候再回来，好不好？"

"为什么？放寒假学生都回家过年，就你不回家？"杨进一脸惊愕。

"我们宿舍的人都约定不回。一个重庆，一个新疆，一个上海，我们四个都决定留在学校里，给老师也说好了。”

“你们留下来打算做什么？”

“我们都有考研的打算，留下来看书。过年的时候，我们打算去福利院看望小朋友，陪他们过年。”

杨进半天没有说出话来。上了大学，远在东北，做妈的更是鞭长莫及了。而且打算得这样的好，反对还不行，只好默许。她最后只问出一句：

“你说暑假回来，暑假会有社会实践什么的，你不会到时候说要参加，然后连暑假也不回来了吧？”

“不会的妈妈，暑假我一定回来。我也想你们的嘛。”

杨进放下电话，心里好一阵空虚。

再过一天就是 12 月 1 号，她想起了安志。想起一年前的这天在安志家中的聚会，现在他只剩一个人了，一定会特别孤独。而她已经知道，每年的这一天对于安志都有特殊的意义。她决心准备一桌具有特色的菜肴，让安志意外地有一个惊喜。她想好后就通知了汤达声，让他明天早点儿回家，陪安志到家里聚聚。

但安志本人接到她的电话时，却回答：“明天，我已经预订好了一个地方。”杨进想他反正是一个人，进退都自己说了算，就继续诚邀：

“你能不能退了，还是到我家来？我把东西都买齐了，你听听明天我们打算吃什么：烧饵块、汽锅鸡、成州得月楼的过桥米线、腾冲来的松茸、鸡枞……另外，还有出身于西南联大的汪曾祺先生发明的塞馅回锅油条，这个我学会做了，做得跟他文章里写的一样。怎么样，你喜欢吧？”

安志在电话那头早就笑了起来：“你想得真妙啊，把跟联大、跟昆明、跟云南有关联的这么一些食品集中到一起！”他感觉杨进是真用了心，心里很喜欢，“我非常喜欢！只是很可惜……我这边，”安志的语调由欢喜和遗憾转为不容商量，“已经订了就不好退。这样吧，明年一二·一，我一定邀请你们俩和我一块去这个地方。”

那是一个什么地方？他有什么特别的事吗？这么富有浓厚联大意味、

云南意味的菜品请不来他？这个老安，他一个人到底要去哪里？

12月1号早上，安志独自一人出了门。

早在于静文过世后不久，有一天他出去找地方吃饭，意外发现一家餐厅，那附近绿树成荫，鸟语花香。餐厅分成若干小间，每个小间的窗户都对着公园，关键是窗户外有桂花树。坐在屋里桌边，可以看到桂花枝就斜伸在眼前，浓浓的桂花香一直沁到心里。那天他半闭着眼睛，仿佛回到昆明时代与于静文坐在桂花树下。从此他喜欢上了这个地方。

于静文过世的第一年，12月1号这天，儿子和女儿从云南赶来陪他。他们都知道父母就只看重这个12月1日。

安志把儿女们带到这家餐厅，儿女和小孙子围坐跟前。服务员上齐了菜式时，他说："给你们妈妈盛上一碗饭。"孩子们拿出一只碗，盛上饭，并放上一双筷子，眼睛里不禁含着泪水。

那本来是餐厅里普通的碗，一说是给妈妈的，这碗饭便好似代表了母亲，有了灵性。一家人禁不住一边吃饭，一边下意识地用眼睛去注视那没有人动的碗筷，饭桌上弥散着伤感。安志调整一下情绪尽量轻松地对子女们说：

"这就是个仪式，这是包括你们妈妈在内的我们一家人最后在一起吃次饭，以后，也不这样做了。妈妈以前对你们的教育、期望，你们都要谨记在心里。明年不用再跑来陪我。你们都高高兴兴地生活，该干啥干啥。至于我，身板硬着呢，工作也忙着呢，不用为我担心。"

孩子们听话，平日里电话、电子邮件不会断，国庆长假或春节时一家人才会聚在一起。但安志自己，除了平时来，在"一二·一"这一天，是必然要到这里来的。这个习惯在与刘开梅结婚以后有所改变，离婚后，这个餐厅又成除家之外他必然会去的地方。

这是他离婚后的第一个12月1号。已是初冬，这里依然窗含绿树，耳闻鸟鸣，桂花树密密的叶子丛中还有淡淡的花香。

他没有直接走进餐厅，而是到了屋外一株桂花树下，仔细查看那些树叶。坚硬的，沿边都带着小刺儿的叶丛中，小小的花瓣已经发黄，萎缩在叶子里，细瘦如半粒米，却依然在顽强地发散着清香。

他钟情于桂花，当然是因为于静文。她家院子里那棵粗大的桂花树下，浓浓的桂花香中，他们萌萌地开始了初恋，那时候，他还只是一个十几岁的少年。

一年年过去，岁月像把不紧不慢的火，不声不响中，把曾经的黑发烤白，把紧致的皮肤烤皱，把精致的五官烤变了形。如果你见过不幸被火烧伤的人脸，会惊骇，其实那只是被急火烧了。如果有人你隔了50年后才再见面，你会惊骇于岁月这把慢火，竟与那烧伤人脸的急火差不多相当。

安志也同样。尽管他看上去显年轻，仍然精神，而且气度不凡，但曾经的帅小伙毕竟改变了模样。他也像常人一样感受到了自己的衰老。但是，构想了很久的资助希望小学终于着手具体操办，这让他重新感受到了生命的活力。

他一直喜欢狄伦·托马斯的那首《不要温和地走进那个良夜》，这首诗是毕业于西南联大外国语文学系的著名翻译家巫宁坤翻译的，这就更成了他的至爱。诗中说到老年应当如何作为时，写道："不要温和地走进那个良夜／老年应当在日暮时燃烧咆哮……"他感觉，运作资助希望小学，虽然要付出大量的时间和精力，但他70岁后的生命，正是在这过程中开始像日暮的晚霞一样燃烧。

他伫立在桂花树前，初冬的风吹着他孤单的身影，撩着他灰白的头发。他心里在和自己商量：至目前为止，你身体仍然不错，没有大毛病，思路依然清晰，眼光依然敏锐。儿女，都过得不错也都很争气，不用操心。婚变，过了就不用再去烦恼。那么，唯一抵抗不住的就是衰老。既是自然规律，就听凭自然，只管一心一意做自己的事。就算被岁月这把火烤得如同这细瘦如半粒米、萎缩在叶子里的小花，也要像它那样顽强地发出芬芳，哪怕最后被碾作尘、碾作泥，那也要"零落成泥碾作尘，只有香如故"。

他来到预订好的小包房。点好菜，要了两双碗筷、两杯红酒。恭恭敬敬盛上一碗饭，在那上面摆好筷子，放在自己对面，再倒上一杯红酒也放在对面。然后坐下来，静静地望着对面的碗筷和酒杯，过一阵后，轻轻开了口：

"静文，又到一二·一了。"

说完这句后他过了好一阵才又说下去：

"我一个人过没有问题。我现在学会了做一些简单的饭食，你不用担心。要走的，就让她走了好。我可以无所顾忌地甩开膀子干。"

他拿着红酒呷了一口，接着又轻言细语："静文，南渡小学第一批有两所学校。打摆村主要是维修，小规模扩建，工程不算大。比较大的是上坝乡中心学校。现在整个布局已经定下，施工图已出来，已经在八月份时开始施工了。工期一年，明年八月全面竣工。到时候，如果你能看见扩建好的学校，看见孩子们的笑脸，你一定会高兴的。"

他轻声轻气地说着，好像于静文真的就坐在对面聆听："你知道，这两所是第一批。第二批的地点也大致有了方向，明年上半年，我们的儿子要去滇南、滇东南一带工作几个月，我让他顺带注意选择希望小学的事，他非常在意、非常认真，现在就从网上搜寻到了当年西南联大老师做社会调查的路线，基本就是他将要去工作的那一带。他提议，在那一带寻找合适的学校进行资助，这是一个新的思路，我觉得更具有意义。"他说着，又轻轻地呷了一口红酒："你看，静文，第一批已经开工，第二批也有了大致的方向，照这个速度，八到十所希望小学的维修、扩建、新建，在我75岁左右应该能够完成。"

说到这里他心情大好，眼睛发亮，端起酒杯把红酒一饮而尽。

他心里还有很多话，都想在这个时候对于静文讲。这是一种释放，是一种心灵的修复，也是余生继续前行的力量获取。他心里相信，在"一二·一"这样一个特殊的日子，于静文会在冥冥中的某一个地方倾听。眼前窗含桂枝，屋有淡香，他所说的话、所想的事，都会随着桂香传递到她的那里。

第二年四五月份的时候，刘开梅终于取得了绿卡。

她仍然是住在女儿家里，不同的是她已成了单身一人。白天，女儿女婿上班，走时把可可带到幼儿园，晚上回来时带回。她曾想帮着接送孩子，但孩子在幼儿园的情况每天要和幼儿教师有交流，她承担不了。所以一整天就独自待在家里，无所事事。

有一天晚上，瑞特望了望刘开梅一个人站在阳台上看月亮的背影，悄悄拉过郑姗姗：

"妈妈一个人，以后怎么办？她会很孤独。"

"这个你不用为她烦恼。妈妈很能干，适应能力也很强。再说，如果她愿意的话，她还可以试着找找工作。"

"我觉得这个结局，损害了一个家庭，伤害了另外一个人，我说的是安爸爸，其实也伤害到了妈妈。"

"但是我妈妈毕竟过来美国生活了！绿卡也拿到了！现在至少她是和我这个亲生女儿生活在一起，还有她的外孙。"郑姗姗说着说着提高了声音，语速也快。

瑞特用食指放在嘴边，对她嘘——她压低了声音又说：

"凡事都是有得有失。我现在接受这个结局。"说完扭头而去，不想再谈论。

刘开梅虽然没有回过头来，但身后谈话的动静她是感觉到了的，其含义她是有所领悟的。

她害怕自己的存在会影响到女儿和女婿的关系，一段时间后和郑姗姗商量，独自搬到了一个老人公寓。又考虑到今后，哪怕是做义工，哪怕是帮着接送孩子，语言都过不了关，郑姗姗又帮她进了政府免费开办的语言培训班。

她在这里没有任何人可以谈心里话。所以经常给杨进打电话，杨进是她在这世界上唯一可以倾诉心声的人。有一次，甚至把隐瞒了很久、复不了婚的结局也告诉了杨进。憋得太难受了，还是说了吧。要嘲笑就让杨进一个人嘲笑吧，也认了。但那天杨进听后只是长久的沉默，末了，关切地问：以后，你打算怎么办？

这天，她拨杨进家里的座机，电话响了很久但没人接，想要放弃时，杨进来了。她给她解释接电话迟的原因：住在楼下的同事，其妹妹正在办理离婚，家里闹得不可开交，同事不得不替妹妹暂时带着小孩。刚才同事问有无小孩子用的消炎药和创可贴，她找了送下楼去，刚回来就听见电话响。

或许刘开梅在电话那头并没有把前因后果听得很清楚，但有人在"离婚"是听清楚了的。她急火火地问：

"你说谁？谁在办离婚？你叫她不要离！哎呀，现在一听见离婚我就怕，心都是紧的！"

杨进又解释说："是我一个同事的妹妹。听说闹多年了，实在过不下去，要离还不是得离呀？"

刘开梅在电话那头又叫道："哎呀！你叫她不要离，不要离！你去对她讲，离婚不行！离婚不好！你去叫她不要离……"

杨进在这边听着，心想我连同事的这个妹妹都不认识，面都没见过，怎么可能去劝人家？你这么火急火燎地催着我去劝人家不要离，不要离，听这口气，如果此时你在这里，莫不是要去现身说法了？唉，开梅呀，虽然你嘴上不肯说，但是看来，离了两次婚，把你离怕了？有感受了？

杨进开始同情她，但想起她那么绝情地对待安志，心里又恨，她沉默了。电话那头也是沉默。

这些年，在美国如果办了相应的电话卡，往中国打座机是免费的。所以刘开梅总往杨进家里打越洋电话，既不在乎多半时候只是闲聊，也不在乎谈到关键问题时两人常常拿着话筒沉默。

这天，刘开梅的电话又打了过来，感觉她有专门的事想谈，但又不直接说，按老习惯开始漫无边际地聊，杨进打断她谈起了自己的烦恼。

她所在的单位领导班子几个月后换届，却已经传出小道消息，原区委副书记将升任区长。此事影响她的心情有一段时间了。

"还记得多年前对你说过，我因为什么原因调到培训中心来的吗？"

"……不是因为，有人打击报复吗？"刘开梅回忆了一下，她对此是有印象的。

"还记得那个人的'名字'吗？"

"……伊甸园？"

"就是这个人。据说，他可能要升任区长了。"

"哎呀！那样的一个人过来当区长的话，你恐怕就没有好日子过了。"

"那是肯定。"杨进说着，心里飘来一堵阴云。

"伊甸园"是一个什么人呢？

当年，为了全方位强化对外宣传，安吉区开办了一份报纸。杨进独自承担了从采访、组稿、改稿、排版、跑印刷、校对到发行的全套工作，成了名副其实的"一个人的报纸"。

虽然多年来工作上独当一面，扛大梁，她的行政级别一直只是科员。她自己没有太在乎级别、待遇，觉得只要在工作中释放才能，就体现出了自身的价值。同事为她抱不平，却也感觉她处世不灵活，尤其在权势面前总显得冷傲、清高。一位德高望重的老同事点拨说：

"杨进啊，你这个人各方面都很优秀，就是脊梁骨太硬。领导面前，为什么不适当地弯弯腰呢？"

她听了只是笑笑。内心里明白，这脊梁骨的事，是天生的，很难改变，也不想去改变。

大家喜欢看这份《新安吉报》，内容丰富，版式新颖，舆论引导明确，投稿渐渐越来越多。周围同事常常会问："这期报纸出来了没有啊？等着看呢！"基层单位则常会打电话来："要的人多，每次都不够分发，下次多给我们一点儿！"

这些自然成了杨进工作的动力。

一个人办报，白天干不完，晚上拿回家，伏在桌上改稿、画版，自有一种创造性的快乐在其中。经常如此，汤达声火了："你这样天天带着一堆工作回家来做，有谁看得见吗？"但这需要人看见吗？她依然乐此不疲。

每期报纸付印前送分管书记过目，那叫"送审"。实际几任书记都是随便瞟一眼，更多时候直接说，"不用看了，有你在那里，我放心。"

这天杨进拿着当期报样，走到分管书记办公室，这位姓冯，刚调来不久。他有模有样地拿着看了起来。副刊上有一篇游记作品，作者着重写了一个如梦如幻的大型植物园。冯书记指着其中一句说："这是什么意思？"

杨进看那句子："……就好像是来到传说中的伊甸园，也让我想起了亚当和夏娃的故事。"

没等杨进说话，书记又问："伊甸园是什么意思？"

"《圣经》故事中讲的地方，一个有点神秘的园子。"

"那这个亚当和夏娃是什么人呢？"

"是上帝安排去看管园子的人。"

她心里好笑，这个都不知道？本来以为这么一解释也就可以了，谁知书记还是迷惑不解，但是又特别想搞清楚。办公室里只有他们两人，他站起来，走到她身边，很近地靠着她，衣服已经贴着她的衣服，眼睛瞟着她的脸暧昧地说：

"你帮我查一下，这个'伊——甸——园'，究竟是怎么一个意思？查好后，你来告诉我。"

杨进脸上没有任何表情，转身回到自己的办公室，她感到恶心，也感到很可笑。她从资料柜里翻出一本书，打开看了看，然后拿着走回书记办公室，把书放到这个人面前：

"关于伊甸园，这本书的'圣经故事'那一章有比较详细的解释。您自己慢慢看。"说完面无表情地转身走了。

此事后没有多久，区委各部门开大会，讲完了别的工作，坐在上面的冯书记突然口风一转："我们在意识形态方面的工作做得不够好。有的人没有资格做舆论宣传方面的工作。安吉区的报纸，是区委、区政府的喉舌，是安吉区的舆论中心，这个报纸，以后要由合适的人来做。"

大家听了面面相觑，你看看我，我看看你，这不是讲的杨进吗？但杨进的工作做得很好啊，就算上升到意识形态，那报上也没有出现过什么不恰当的地方啊？

过了不久，一个内部调动文件，杨进离开政府机关大楼，到了培训中心。这里是原来的区团校，房屋陈旧，设施简陋，更主要的是，怎样开展培训，并无经验可借鉴，一切得从头开始。杨进只能边学边干。一晃10多年过去，培训中心在她手下已经理顺，各方面已经走上路子。

"如果真是这个人来当区长，我就下决心走。"杨进在电话里对刘开梅说，口气坚定，虽然还不知道自己会走向何方、去到哪里。

刘开梅在电话里轻声笑着："嘿嘿，人家有人是想方设法往领导身上贴，生怕贴不上。你呢，领导贴上来了，被你怼回去了。现在领导又升了，要调来了，你干脆要走人了。"

"人家是人家，我是我。"杨进也冷冷一笑。

"你打算走哪里？调别的部门？"

"部门的话，调哪里都差不了多少。我想彻底离开公职，去闯南方。"

"你还有这样的雄心啊？！我的天……"刘开梅禁不住惊叫。

"本身也想走，如果加上环境逼迫，树欲静而风不止，那就肯定走了。"

电话那头听完，叹了口气后缓缓说道：

"杨进，你那里，是这个情况。我这里呢，……人总得要有个归宿。不瞒你说，最近我在考虑……找个人……把自己再嫁出去。"这才是刘开梅今天打电话专要想讲的事。

这回轮到杨进吃惊了，一只手一下摁住了自己的胸脯。

"你听了一定吃惊了？以你的清心寡欲……"那头淡淡地说。

清心寡欲？居然用了这么一个词，看来这是她心里对杨进的感觉。这让人想起她"满大街找一种稀饭"那种轻飘飘的口气。杨进心里惋惜,虽有这样一个远隔万里却时常在交谈的朋友,可惜很难达到真正的相知。

"你把我说得跟庙里的和尚尼姑似的,跟木头人似的。其实,普通人所有的,我这里都有。"

她的回答有些意味深长,刘开梅却没在意,只顾自己说下去:

"从我的各方面情况来考虑,也只能走这条路了……人,第一是要讲求现实,第二是讲求现实,第三还是讲求现实……有时,我也想起过你妈妈当年讲的故事,不过那太理想主义。那种情操在现今社会是找不到了。"

"你这话又来了。"杨进听上去就不舒服,不客气地回敬,"谁说找不到?当然能找到!而且离你很近,你看不见而已,感觉不到而已!"她脑海中冒出来安志的身影,一心一意只讲求"现实"的刘开梅,至今仍不知道好歹。

而且,天知道,她要怎样地把自己"再嫁出去"。

第二十二章

几天后，杨进被紧急召到区里参会。

与换届的事有关吗？那块阴云飘来那么快吗？好像时间上还没有到呀？忐忑地到会一听，才明白确实是一个紧急情况。

成州市有个对口扶贫县，近日连降几场暴雨造成山体滑坡，其中两个村因巨量泥石流，房屋被淹，所种植的经济林、培养的鱼塘等也全部被埋。为从长远计，适合外出工作的村民共 100 多人由政府安置，安吉区分配到40 个名额。

紧急协调会的重中之重，是按上级要求在规定时间内，不讲条件，不许拖拉，尽快帮助村民们重新找到生活出路，确保平稳过渡。

"市委市政府强调，安置工作要有两个必须，一是必须安排相对稳定的工作，二是上岗前必须进行培训。安置和培训涉及的各个环节，由全区协调，但，安置到哪里？怎样培训？这个要在今天的会上就有个说法。"

副区长四十出头，比杨进还小几岁，刚从扶贫县的山体滑坡现场回来。他神情焦虑地继续说：

"情况突发，区办公室、区应急办，还有组织人事的人大部分都去现场了，只有咱们在家的同志多担当点。在座的同志不分部门，不论平时的分工，群策群力，大家想办法。培训，咱们有现成的机构。但眼下安置到哪里？哪里可以放下这么多人？大家说说想法。"

说着，让秘书拿出一份名单，并大致做了介绍。杨进看了名单，那上面是 40 个村民的姓名、性别、曾在哪些地方工作过、有何特长等，她的眼睛扫在文化程度那一栏，个别最高的读过初中，有几个读过小学，更多人直接注明：文盲。至于在哪里工作过，细看之下，曾经历的工作都没有技术含量。

"只有安排为保洁员、保安吧。"会场里有人说。

副区长摇摇头："那安排不了几个人，再说，这些岗位早就饱和了。"

"再往别的地方想想。全市范围内考虑。"副区长说。

有人提出了一些岗位，但要么是需要文化，要么工作不是上级要求的相对稳定，或者就是顶多只能安插进两三个人。会场气氛一时有点沉闷，有人拍着脑袋认真思考，也有人只在应付，并不着急。

"这事交给我，我来想办法吧。"

一直没有说话的杨进突然发话。

大家霍地把头转向她。在紧急的硬任务面前，这样主动请缨绝对是一般人避免的。盯住她的眼睛里，有惊讶，有担忧，有怀疑。

这可不是小事情！你来想办法？逞能逞强吧？

"反正培训也是在我那里。我一块儿来考虑。"杨进郑重地又补了一句。

副区长把欣喜的目光望住杨进：

"杨老师，你只管考虑怎样安排，具体能到哪些岗位上，区办公室的老徐配合你。"

他指着区办公室的老徐，老徐坐在那里点着头。副区长接着说："你们以区应急工作小组的名义开展工作。需要协调的地方由区里协调，区里不行还有市里。区里和市里都会给予支持的。什么时候这 40 个人坐进培训中心教室了，什么时候这项工作也算基本落实了。"

杨进没有说话，只是点点头。

"杨老师，上级是下的硬指标，你的任务很重，责任很大。只能给你有限的时间。先拿出一个方案，需要几天时间？"

"10 天以内。"杨进的眼珠转了转。

"10天之内。你觉得怎样？有什么困难没有？"副区长后面这个是套话，做领导的习惯用语。

困难当然颇多。她知道老徐也是大忙人，区办公室还挂着一块牌子是扶贫办公室，需要与村里对接的时候可以依靠老徐，别的就基本得靠自己。她抬起头，看着对方那双熬红的眼睛：

"我尽快拿出方案。争取方案一出就能进入实际操作。"她的语速很慢，语音听去散散的，好像注意力不太集中。确实，她的脑海里已在开始呈发散状地快速思考。

她并非贸然出口主动请缨。在有人说安置这里那里时，她的头脑里想到的是别人没有想到的地方，那就是医院和养老机构，还有酒店和宾馆。前者应该会需要护工，后者会需要服务员。只不过具体情况还需要实地进行了解。所以会比别人想得宽，是因为在长期的对学员培训中积累了来自多方面的信息。

接下去的几天，她打了无数的电话，跑了好几个单位，果然，这些地方有的正想招聘人，有的表示能够适当接收人手。各医院、养老院、宾馆、酒店统计后加起来，40个名额基本都可以安置下去了。由于思路上独辟蹊径，这个看来有难度的事，至少目前看来就不那么难了。

除到宾馆工作的服务员有性别和年龄要求外，做护工只要经体检身体健康、有耐心，其余无特殊要求。接下去，杨进与老徐通气，然后由他安排人与乡里联系，与村民沟通，听取对方的务工意愿。最后老徐把杨进联系的单位具体落实到了人头，确定了分批接受培训名单。

十天期限还没到的时候，副区长的办公桌已放上一份完备的方案。

方案很快经区里讨论审批。没几天，第一批接受培训的女村民来到成州。她们都在35岁以内，有10余名，拟安置到酒店和宾馆做服务员。

这些来自本省边远地区的女性，恰是当年的失学女童。在该上学的时候，因为贫困和各种原因失去了受教育的机会。这些年来，她们也见过世面，曾到广东顺德一带打工，这一带是东南亚最大的家具生产基地。因为没有文化，被先后介绍到了这个产业链的起点——林场，在这里伐木、锯木，把生长在地上的大树一棵棵放倒，运走。后来又因为要照顾家庭回到村里。

此时她们来到培训中心，大部分人是有生以来第一次坐进教室。

这时候，杨进才前所未有地体会到了其中的难度。

初步测试，女村民们居然只能从1数到3，再往下即便加上了手指帮助，也只有少数人能勉强数到5。自然，她们更不能用眼睛去认识数字……再一问，基本都不认识自己的名字，更谈不上写。她们都带着身份证，但并不认识上面的字，也没有人能背出自己的身份证号码，只是凭相片来确认这张身份证属于自己。

这个意料不到的局面仿佛给杨进迎头一盆冷水。她看过名册上的文化程度，也看到"文盲"两字，但真没想是盲到这样的地步。

她问："你们在林场的时候，每天砍了几棵树，自己总得有个数呀？"

她们回答："一起去的有老公，再不就有兄弟，我们也就不管了。"

她感叹竟然还有这样落后的地区，感叹她们睁着一双大眼睛，却一字不识，竟能走过来这么多年！她意识到，这种情况，下一批去医院和养老机构做护工的村民中也会一样存在。

怎么办？方案已经确定不可能更改，就是一个没有文化的问题，唯一的办法只好硬补、硬教！

事前联系了宾馆客房部经理，由她给学员讲职业要求和带到酒店进行实际操作，杨进则放下了所有的事，亲自上阵给女学员们突击扫盲。

做客房部服务员，必须得认识数字。从1到10，她们必须达到会数、会认，能明白比如306、715、2016之类房间号的意思，以后才不会走错房间，不会发错钥匙。但仅是这个要求，对于这些学员还是难得不可想象。

时间只有20天。她们需要了解的东西很多，但这个是最基本最需要的。不把这关闯过，以后进入酒店的高楼，在多达几十上百的房间中，她们将会一筹莫展，寸步难行。

每天里，从 1 到 10，一边动手指一边动嘴，杨进对着十来个女学员，反反复复、一遍遍地数，一遍遍地写，一遍遍地解说，有时候，还需要对其中一两个进行更多的重复。她一直讲到自己都感觉头昏、头发烫，如同一套音响不断重复播放同一首乐曲，到后来音箱和设备摸上去都发烫那样。

同事悄悄问她："这么辛苦，为什么要主动招揽来做？你不做，不也是说得过去的吗？"人家是好心，但她没有办法回答。一方面，执着的，甚至忘命的工作是她的立身之本；另一方面，她预感不久后将告别体制，去闯荡江湖，这是结束公职生涯前的最后一次尽心尽力了。

她继续每天一遍遍地教，女学员们昨天可以口头数 1 到 5 了，在黑板上也大致认识了，今天一问却又忘得光光的了。

没有办法。只得从头再来。

那段时间，高频率地重复说话、数数字，加上由不得地心里着急上火，杨进满嘴起了水疱，有时前疱未消后疱又起。

20 天后，这批学员终于掌握了阿拉伯数字的 1 到 10，知道由这几个数字组成的各种房间号的含义，每个人能歪歪扭扭写出自己的名字，或流利或生硬地背出身份证号码。更有两三个机灵的，已开始认识极少量简单的汉字，并且有了继续学习认字的兴趣。

暑假到来的时候，汤楠终于回到了阔别一整年的家。

大学生汤楠比起中学时代有很大变化。她比那时成熟，外表也越耐看，举手投足间，自信、潇洒、朝气勃勃的青春气息迎面扑来。杨进看着女儿不舍得移开视线，却又意识到不能总盯着女儿看。

晚饭时，面对妈妈端上来的一桌子菜，汤楠大快朵颐，杨进却吃得很少。

"妈妈，你为什么只吃这么一点？"

"一吃就痛，不想吃了。"

杨进指了指自己的嘴角。那时她正在进行最后一批村民培训班，已接近尾声。一样是反复教，反复解说，嘴上又起了疱，只是比第一批培训时稍好些。

"我一回来就看出你很疲累。你怎么了妈妈？"

杨进大致讲了讲这些时间在培训村民的情况，汤楠听了对母亲很佩服，很有感触地说：

"看来，我们都在很努力。妈妈是这样，女儿也是这样。"说完，母女相视一笑。

杨进心想，高考时女儿成了龟兔赛跑中那只骄傲的兔子，这个比喻她虽没说出口，但女儿心里明白。这么说，莫非现在女儿是在做一只奔跑的"兔子"？兔本善跑，如果加上努力，那速度可是相当可观的。

果然，放假回到家，汤楠不像有的学生成天睡大觉，或是放开玩耍，也不像中学阶段几乎从不在家看书。她每天早起，看书，或去图书馆。也有时会和同学聚会、郊游，但只要一有时间就自己在房间里用功。

有一天汤楠从图书馆借书回家，杨进看了看那些书名：《红与黑》《呼啸山庄》《手术刀就是武器——白求恩传》《了不起的盖茨比》。

汤楠对母亲解释："这些书的翻译者都是联大人，他们都毕业于西南联大外国语文学系。赵瑞蕻是《红与黑》的首个中文译本的翻译者；《呼啸山庄》，之前有译为《咆哮山庄》的，杨苡，是她首次天才地把这个书名译为《呼啸山庄》，以后的翻译版本都沿用了这个名字。后面这两本是著名翻译家巫宁坤先生翻译的，巫先生还写了一本有名的书叫《一滴泪》，可惜我今天没有借着。"

杨进有些奇怪地说："你都借的是与西南联大有关的书？"

汤楠抿着嘴，神秘地一笑：

"我专门借这样的书，因为我有别的用途。"

上了大学的女孩子，不仅外观上越来越有气质，名堂也越来越多，秘密也越来越多。但杨进感到的是，那是一些充满了阳光的秘密。

"大学一年，我观察了，真正在学习的学生有，但不多，相当多的在玩，有不少在谈恋爱。老师不像在中学时候那样管你，周围的影响也五花八门，在大学，要想学有所成，主要得靠自己。"汤楠对母亲谈起在学校的感触。

"我的一些同学过得稀里糊涂，大学四年，我看他们就是只想混一纸文凭。我不一样，我有拟定的短期目标和长期目标。差不多是一进大学，我就拟定了研究方向。我现在打算开始写论文，看能不能在哪里发表。"

"是吗？你已经在这样做？"杨进分外惊喜，"你的研究方向是什么？"

汤楠扬起妩媚的脸，撒起娇来："哎呀呀，人家说多了！其实还没有到说出来的时候。"想想晃着头一笑，"不过，给妈妈讲讲是无妨的。"接着郑重其事地对母亲亮出了秘密：

"我研究西南联大。往这个方向写。"

杨进明白了，难怪女儿抱回来那么多与西南联大有关的书，原来是心里早已有了方向。

"这一年来，我有空就去图书馆，专找与西南联大有关的书，上网也尽找与联大相关的资料。我现在对西南联大的了解比过去多得多了。说起联大的教授和大师，我对以前你告诉我的一些东西，有了新的发现。比如那个很有名的何妨一下楼的典故。说的是在蒙自的时候，闻一多先生非常用功，平时除了上课，待在宿舍里从不下楼，他在忙着著书立说。但现在我应该弄懂了他真正不想下楼的原因了。"

"那是什么原因？"

"卢沟桥事变后，日本大举侵略中国，全面抗战开始了。抗战艰苦卓绝，抗战的前景也扑朔迷离，这时候，在国人心中，对时局有各种看法。在联大的教授中也是如此，教授们时常议论时局，各执己见，相互争论不下。闻一多先生是热血知识分子，当然是主战的，但当时也有些教师持不同意见，闻一多先生不想与他们做无休止的争执，所以他躲进小楼成一统，潜心去搞他的学术，这才是他真正不想下楼的原因。"

杨进感觉眼前的汤楠是真的不一样了："我得佩服你了，楠楠。你的了解比我深入。"

汤楠在书桌前坐下来："你看到我借的书，都是西南联大人翻译的。我一直在注意西南联大的社团。'南湖诗社'是西南联大第一个学生社团。仅说这个南湖诗社，后来就出了那么多的杰出人才：著名诗人穆旦、语言学家周定一、刘兆吉，翻译家赵瑞蕻、杨苡，等等。他们对后世产生了那么大的影响。我想探究当时的时代、风气、教师、环境等因素对学生社团的影响、引导和其中的内在联系。"汤楠说到兴头上，站起身来走了几步，又转过来说："我们现在大学里也有各种各样的社团，我也参加了我们学校里的一两个。但是我知道所有这些不管是社团还是学校，都难出一个大师。"说完把两手一摊，自嘲地一笑。

杨进望着女儿，头脑里联想起来，2005 年，温家宝总理看望科学家钱学森时，钱老说："这么多年培养的学生，还没有哪一个的学术成就，能够与民国时期培养的大师相比。"然后又感叹："为什么我们的学校总是不能培养出杰出人才？"这就是著名的"钱学森之问"。看来，女儿对此是有所了解的，她刚才的一席话其实已触到自己所联想的了。果然，汤楠又说：

"我经常在想外公和外婆他们当时是怎样学习的，为什么会学得那么好。我想搞清楚那时候的学风、教风，还有教育体制。我将来考北大研究生，大概得考'比较高等教育'，或'高等教育史'这一类。探究一下钱学森之问，究竟要怎样才能培养出杰出人才。"

杨进内心泛起一股温情，很是欣慰。女儿成长了，成熟了，越来越优秀，而且，像小时候那样，母女俩又有了精神上的相通。

"继承家里这根文脉，我一直引为责任。北京大学研究生，我当然还要去考。不过，这其实与上不上北大没有必然联系。关键，是要从精神上去继承。"

杨进对女儿竖起了大拇指："你能认识到这一点，就是真的成熟了。依我看，你有志于研究西南联大，这本身就是一种继承。希望你能坚持。找准了一个方向，就照着这个方向坚持走下去，我相信你一定会做出成绩来的。"

母亲的肯定和赞扬让汤楠脸上现出开心的笑容。她兴致勃勃地又说：

"妈妈，你不知道，我还遇到这样一件事情。我们学校的老师在做一个课题，叫'高校思想政治教育与公共理论课存在问题暨对策'。为这个他们开了各种层次的调研会，其中有一场学生代表调研会。我参加了。"

杨进一边削水果一边回忆，她自己在大学的时候，不少同学对公共理论课是提不起兴趣来的，却又不得不认真对待。

"你们现在也是这样吗？"

"那还用说？大多数同学都听着没劲。老师也讲得枯燥无味。"

"现在公共理论课开的是哪几门？"

汤楠列数了几门课的名字。杨进听完说："这些课，要讲好不容易。本身不容易讲得生动活泼。"

汤楠一边吃着水果一边说："调研会差不多都开成控诉会了，同学们都在讨伐似的发言。有的说，听上去味同嚼蜡；有的说，感觉就是耽误了时间而已；有的干脆说，能不能取消了这些公共理论课，多开点儿专业课啊？等他们都讲得差不多了，我才发言。你猜我说了什么？妈妈，你一定一定得要猜一下！"

汤楠强烈要求，很有着期待。杨进认真地想了想说：

"依你的个性，我估计，你肯定属于发言激进的那类，而且你讲得比别的同学还大胆，你肯定是直接说，取消这些课程吧，多开专业课！是这样吧？"

"不！"汤楠很骄傲地说，"我不是这样讲的。我的发言跟所有人都不一样！"杨进望着女儿，等着听有怎样的不一样。

"我说的第一句话是：'我们应该享受思想政治教育和公共理论课。'

"当我这样讲出来时，同学全都在嘲笑，周围一片讥笑声。主持会议的老师挥手压住，对我说：'你讲得非常好！请站起来，继续讲下去。'我站了起来，我说，既然我们可以享受足球，享受音乐，享受各种各样的文化形式，甚至一些不那么有文化含量的形式，那么，为什么我们不能享受思想政治教育和公共理论课呢？那时会场里安静得很，一点儿声音都没有。我又说，只要老师能够讲得吸引住学生，学生也是会用心投入，像对待其他专业课一样对待这些课程的。等我说完了，主持会议的老师说：'这位同学，我们要感谢你！因为，你给思想政治教育和公共理论课提出了一个目标。我们作为传授课业的老师，就是要想方设法，让思想教育和公共理论课成为一种享受。只有这样，同学们才会喜欢这些课，这些课程也才能产生应该有的效果。"

啪啪啪！啪啪啪！杨进情不自禁地鼓起了掌，太精彩了！

"楠楠，你讲得太好了！你有自己独立的思想和看法，你身上具有独立的精神！而且，你还遇到了一位好老师！"

杨进从内心里感到欣慰。瞬间体会到什么叫后生可畏，什么叫青出于蓝而胜于蓝。想起汤楠从来崇拜外婆，追随外婆，现在，可以对外婆说，这个外孙女，您完全可以相信，也完全可以放心了。

不过，汤楠是个17岁在高中就早恋的女孩子，到了大学可以谈恋爱的时候是什么情况？那个男孩陈铭，是不是还和女儿保持着青涩的恋情？杨进心里牵挂，但培训中心正在忙得让她上火，只想等几天再说。

一天，汤楠接了一个电话，说话的对方先是一个男孩，然后是一个女孩，谈了好一阵。汤楠的语气自始至终很平静。放下电话主动对母亲说：

"是陈铭，和他的女朋友。"

杨进在愣了一下后，问："他们和你说什么事？

"两人都在江西一个医学院。女朋友比他高两级，想在假期的时候找医院实习，问我有没有认识的医院。"

杨进这才明白了孩子们之间的一些事：分手了，但看来，关系还处理得比较好。想起自己正在和一些医院、疗养院打着交道，可以帮一下忙。

"要不要帮他们问一下？"

"妈妈，你甭管。"

汤楠很干脆地阻止了母亲，然后坐在椅子上不说话。

好一阵后她自言似的低语："没有谁会对谁有多么忠诚。"

杨进听了又是一愣。想来，在女儿单纯的心目中，那个男孩会一直忠心耿耿，痴心不改……但结果却是眼前这样了。这么看来，女儿在感情上又经历了一些磨炼？

第二天，汤达声不在家，看汤楠心情也还不错，杨进望着女儿说：

"昨天听你说起陈铭的那事，坦白地讲，我倒认为，不是坏事。"

汤楠没有说话。她和陈铭的关系虽早就冷却，上大学后也不在一处，但得知他另有了女朋友，她还是感觉失落，感情上接受不了对方的"变心"，而且变得是这样快。想起了妈妈说过，最早的选择往往不是最好的选择，现在看来确实是这样。

一阵沉默后，杨进再轻问："在大学，有没有让你产生好感的男同学？"

"没有，至少现在还没有。"汤楠想想又补充一句，"我没有看上谁，或者说，还没有谁，能让我看得上。"

杨进望着女儿，心想她那股语出惊人的劲又上来了，就说："进到大学，应该说优秀的多了，可以选择的多了，是吧？"

"是的妈妈。大学里边，优秀的确实比较多，长得帅的也多，又优秀长得又帅的也多，但是不知为什么，我现在对他们都不感兴趣。"

"哦？"

"或许吧，是因为我在中学时代已经谈过恋爱，有过经历，所以有抵抗力了，不像没有经历过的人那样容易好奇、容易向往。"

杨进若有所思地望着女儿。汤楠转过头与母亲对望，眨着一双明亮的眼睛神往地说：

"我现在一心努力做自己的事情。以后，如果有特别吸引我的人，我才会去考虑。"

"什么人才会特别吸引你？"

"Soulmate，灵魂伴侣。"

"什么伴侣？"

"灵魂伴侣。有那样的人出现的时候，我才会去考虑。"

杨进一时无言。

"妈妈，你还记得我们讲过感情上的'卡瓦格博'吗？那是一种多么令人神往的感情。好希望一生中能找到那样的感觉。"

汤楠说完回身去忙碌自己的事，但这几句话却让杨进陷入沉思。

"灵魂伴侣"，一个多么令人心动、多么理想主义的概念。她自然地想起了自己灵魂深处其实一直隐藏着一个人，这个能叫……灵魂伴侣吗？

究竟什么可以称作灵魂伴侣？

顾名思义，灵魂上相通的人，内心有着方方面面默契的人；再细想想，所谓伴侣，是相伴在一起的，没有相依相伴，当然不成其为伴侣。但很多终日相伴在一起的人，只是生活中的夫妻，并不是灵魂的伴侣。

长久不见面，自然更不成其为"伴侣"。如果说叫"灵魂相伴"，那也必得两个灵魂有过碰撞，产生过火花，之后哪怕天各一方，也能时时感受到对方的存在，这似可称为"灵魂相伴"，或叫"以心相守"。就如曾经的某一天，风从云缝来时，随风飘出来的那个奇怪的声音说到的。

她默想，那么她与他，算这种类型了？也谈不上。因为这得要相互知道心思。但她从来不清楚他的内心，更不清楚他的灵魂深处是否也隐藏着一个人？唔唔，那一直只是个谜……

几乎是在杨进接手村民培训班的时候，大洋彼岸的刘开梅也在语言培训班里，迎来一个中国女孩的生日派对。女孩的新婚夫婿是美国人，她才从中国辞职过来不久。

刘开梅和其他人坐在桌边喝着咖啡时，作为主人的女孩跑到她身边，想请她唱两首歌。她一开始没有这个兴趣，不知怎的突然心血来潮，欣然回道：

"好吧！为了庆祝你的生日，我来唱。"

掌声四起，散坐着喝咖啡的，聊天的，都走过来。

她清清嗓子，施施然走到人圈子中央。用刚学到不久的英文自我报幕，说将用中文演唱一首《山楂树》，再用英文演唱《泰坦尼克号》的主题曲《我心永恒》。第一首是她的拿手好歌，在中国经常唱，也和杨进两人合唱过。

当唱到"啊，茂密的山楂树啊白花满树开放，啊，你可爱的山楂树呀为何要发愁"时，她的眼睛发潮，声音里也有一种忧郁。那说到底并不是一首忧郁的歌，但她的心里却真正在发愁。这里有乡愁，有情愁，还有对未来的迷茫，此时她只觉得可以通过歌唱发泄万般的愁绪。一曲唱完，大家鼓掌。

停了停，她开始用英文唱《我心永恒》。这首歌，她在中国的时候是用中文在英文旁边标读音，比如第一句" Everynight in my dreams"，标的是"耳无热奈疼买锥斯"，按这样方式唱，那味道自然差很多。

现在她对英文比较熟悉了一点儿，至少发音比之前听上去顺耳。唱着唱着，《我心永恒》还没唱完，已是在场人和她的合唱，等到唱完，全都热烈鼓掌，女孩上前与她拥抱，连声称谢。

人群中有一个美国男子，一直注视着她。中等个头，体格健壮，天生的灰白头发，两腮和下巴的胡髭也是灰白色，实际年龄很难从外表上估计。等人们又开始吃吃喝喝时，男子走到刘开梅身边，自我介绍叫亚伦，是女孩夫婿的朋友。

"你的歌声太迷人了。你的第一首，我从来没有听见过这么好听的中文歌。你的第二首，唱得我想流泪。"

他说的话刘开梅只是大致明白。亚伦又说了一遍，并且配以生动的肢体语言。比画着说，你的那首《我心永恒》，让我感动得，想流下眼泪。他用右手捂住胸部，然后把手从胸部移开，再把两手放到眼睛下面，然后慢慢地划下来。

刘开梅这次完全明白了对方的意思，说："谢谢你，亚伦先生。"然后用生硬的英语问："您也喜欢唱歌吗？"

"我不会唱，但是我喜欢听。"

亚伦在这一次见面后就对她大献殷勤，以后就开始狂热地追求她。她一开始很惶惑，害怕对方图谋不轨。一些时间后看出他是一个开朗而豪爽的人，也从不对她乱来。但最大问题是年龄。觉得对方岁数不大，到底是多大不能直接问，看外表又看不出来。面对亚伦的攻势，有一天她对他说：

"可能，我的年纪比你大得多哦。"

"美国人不讲年纪。"

她心里一热，暗想，不讲年纪，那就是讲感情咯？这个亚伦对自己基本是一见钟情，遇到这样的人真是难得！既是入乡，就只有随俗，她决心听凭自然。

随着交往的增多，相处时间的加长，对方的亲热举动也多了起来。她一开始回避，后来半推半就，直至有一天在亚伦一个人居住的家里上了床。对此一方面她觉得惶恐，一方面又暗暗得意，觉得自己肯定还是有魅力。

她等着亚伦正式向她求婚，但日子一天天过去，对方一直没有提这个话头。有一天，她直接问他：

"我们什么时候结婚？"

亚伦很自然地反问："难道，一定要结婚吗？你知道，在欧美，有些人是一辈子都不打算结婚的。"

她一下子语塞了。这不是她想要的方式。

她对自己的魅力和能力存有自信，决定继续处下去，或许他会改变想法愿意结婚，最终能让她在异国的土地上有一个家。

她不敢也不便把与亚伦交往的事告诉女儿，只是万里迢迢地打电话告诉了杨进，当然，说得是含糊其辞。

听了电话里闪闪烁烁的一堆半假半真的话，杨进最终也只有个大致的了解，问道：

"听意思，你准备和他长期处下去？然后结婚组织家庭？"

刘开梅避而不答，转而反问起杨进和女儿汤楠的一些近况。杨进答完对方，对前一个问题不便再转回去问，于是告诉她：

"成州地区西南联大希望工程基金会建立了。现在正向校友和联大后人筹募资金，等到有一定数量的时候，就会选择适合的地区、适当的形式去资助希望小学。"

不久前，仿效北京地区联大校友的做法，由包括安志在内的几位成州地区的联大校友发出倡议，得到校友和联大后代们的热情响应。目前由几位校友在具体经管、操办。安志在资助希望小学一事上积累了一些经验，让成州地区资助希望小学的行动有了借鉴。

杨进在说这件事时尽量注意不提到安志，但是机敏的刘开梅还是想到了此事肯定与安志有关。她也意识到了安志之所以总想着去云南的用意。她还想起了曾经有一天去打开安志的电脑，所有文件中只有一个加了密码打不开，只能从文件名上看出是"希小资料"……

"作为西南联大的后人，我以我们一家人的名义捐了款。你是不是也参加捐款？你的表亲不是也曾在西南联大吗？"

"我就算了。"回答的声音含混而又迅速，沉默了一下后又说，"不过，我问问我女儿和女婿。我的女婿对西南联大一直很有兴趣，他专门询问过我表舅当年做联大老师的事，他说，这么说来，他和姗姗都应该是联三代。"

过了几天，刘开梅的电话打过来，只谈一件事：

"我的女儿和女婿，决定向你说的那个基金会捐款。你把联系方式告诉我，我转告，然后由他们自己联系。"

杨进捐款是直接送到校友会的，她并不清楚那些联系电话，也不认识现在经管基金会的其他人，她得去找安志打听。

自从婚变后，杨进或汤达声与安志交谈时，都从不提起刘开梅，即便谈到某些事有关联也小心地避开这个名字。而此一时却有点儿绕不过。

"校友会基金会这边将有一笔海外捐款，汇款人是……刘开梅的女儿和女婿。"

安志听着，眉毛动了一下，很有点儿意外，但没说话。

"是我告诉她的，我问她要不要参加捐款。她说，她就算了，但她的女儿和女婿参加，女婿瑞特，对西南联大一直很有兴趣、很有热情。他还把自己和郑姗姗都看成了联三代。"

安志回想起了与瑞特在电话中曾有过的，那些用英语进行的畅谈。因为婚变，两人已经很久不方便交流。但这个异国小伙仍能保持了对西南联大的热情和关注，并把自己看成是"联三代"，这让他颇感欣慰。

此时，刘开梅本身成了不得不谈的话题。

"她，并没有和郑家山复成婚。"

安志过了好一阵，才从思绪中清醒过来似的，皱着眉头问：

"为什么？"

"对此，她是瞒了很长时间才告诉我的。她只在电话里说，郑家山那头，没有离成婚。原因是郑家山的妻子不愿意离。"

"……"安志低头无语。

杨进简要介绍了刘开梅的近况，末了，面带忧虑地说："……她目前虽在和这样一个美国人相处，但感觉有点儿悬乎。我也讲不清楚，是不是能够长久处下去，然后能结婚，成为她的一个归宿。"

安志的眼睛望着地面，然后抬起来望着远处，语气平淡地慢慢说道：

"希望她，一切好自为之吧。"

第二十三章

八月到来的时候，"伊甸园"果然升任了安吉区区长。

这天，副区长给杨进电话，声音和口气听上去都有点儿陌生。

"你准备移交培训中心工作吧。区里对你另有安排。"

"移交？另有安排？"

"是的。冯区长亲自点名，因为工作需要，要把你调回区政府。具体安排你来了他给你当面谈。"

放下电话，杨进如同吃进一只死苍蝇，站在办公桌前发怔良久。

这么快！"伊甸园"一来就要调她回政府机关去了！感觉一只黑手伸到了眼前，得意地在招摇。什么"工作需要"，不可告人的心机罢了！抛却这一层不说，也绝不愿回到一个无耻小人手下去工作。

骨子里蛰伏的叛逆从惯性的日常忙碌中一点点苏醒，思维也在快速地运转。

电话又响了，仍是副区长，但声音变得亲和多了：

"杨老师，刚才冯区长就在这里谈你的事，我当他面只好给你那样讲话。说老实话，真不想让你走。我也在他面前据理力争了，想留住你，因为别的人来不一定能有你这么到位。但是，上级既是这样安排，只有个人服从组织。你这几天把工作理一理，准备办移交，然后到区政府报到。"

"报到？"

"笑话。"

这是杨进此时的心理反应，并没有说出口。一直以来想走而没走的那股潜在的激情，那股青年时代的闯劲，陡然之间如同一面墙壁那样直立起来。一切的惰性或惯性、顾虑或束缚、担忧或胆怯，都被挡在墙的那边，只留下了勇气、自信，还有自由的思维。

她从桌上抓起当天的《成州日报》，昨天就有一则招聘启事让她怦然心动。那是一家在珠海附近的集团公司，细看内容，简直就像是专为寻找她这样的人。昨天还仅仅是心动，还只是在做考虑，几乎是一瞬间，这则招聘成了前路所在，成了希望！她惊喜地看见，启事仍赫然在目，这说明还没有找到合适的人！

照着上面的联系电话，直接打了过去……

根据通话的感觉判断，对方是诚意招揽，而她的各种条件正好适合。刚通完电话不久对方马上又给她来了电话，他们对她兴趣极大。一时间，好似突然从苍茫的空间打开了一扇门！

她跨出了一大步。但此举要令她突然离家，突然离职。能真正跨出去吗？亢奋中冷静一下后她不用想都明白，要真正走入那扇门，面前明摆着三个，没错，三个大关口……

晚上，汤达声应杨进有要事相商必须早回的召唤，不情愿地推掉麻将桌上的应酬回到家里。她用最直接的方式、最委婉的态度开始和他交谈。

"我打算走嘞。"

"走哪里？"汤达声以为要出差。

"离开公职，去闯南方。"

他隔着那副由于擦拭得铮亮，好像只有镜框没有镜片的眼镜，目不转睛地盯着她：

"没是发疯吧？！"

"是真想走。老早以前就对你说过，不想在这里干了。"

"你在这里做得好好的，为什么想起要走？"

杨进一时不知从何说起。早年，碰到不愉快的事，回家会自然与丈夫诉说，谁知才开口，他不管三七二十一先把她指责一通。秉性决定了他任何时候都只想超脱与轻松，跟他说高兴的事可以，报喜可以，如果把他当作倾诉烦恼的对象，这本身已烦恼了他。

杨进花了好多年才认清这一点。她再不对他谈起在外面的种种委屈或是烦恼，也不再对他描述心中那股对远方的热情。知道这些他都不会理解。此时，她沉默了一阵后简洁地回答：

"换一个环境。一样可以做得好。"

汤达声皱着眉头，十分费解地看着杨进："离开公职？你是政府工作人员，你知道现在考公务员有多难吗？一个小职员位置会有一两千人报名应考。都这个岁数的人了，还心血来潮折腾什么？"

杨进点头表示这些都了解："你听我细说。珠海那边，招聘企业文化部主管。工作主要是三大块：编辑出版企业报；对企业的大小活动进行策划并组织实施，活动包括广告宣传、产品营销、与客户之间的横向联络交流等；另外一块是职工培训……"

没等杨进把话说完，汤达声情绪复杂地打断："听起来，还都是你的强项，是为你量身定做的？"

"真有点儿是这样。"杨进扬起眉毛，点着头看住汤达声，"有的时候还真就有这种机遇。快得连我都不相信，电话里谈过后，他们要求我用传真把简历传过去。看过简历后，他们又来电话说好下周一到珠海面谈。"

"面谈？下周一？！"

"是的，面谈。也可以叫面试。这肯定是要双向选择的。"

汤达声的脸垮下来，脸相上透出极度的不满。连去面谈都定了！他心里承认，这份工作非常适合她，正所谓是机遇到来，但他如何能接受妻子长期离家？虽然他自己经常不归家，但她，就应该如同种在家里的一棵大树，或如同一套大型家具，稳稳笃笃地固定在家里，那才是为妻的本分，那也才让家成其为家。

"你还真要去呀？都奔五的人了！"他用手顶了顶眼镜，烦躁地甩出一句。

"你还没有听我说完。那边的待遇，每月几乎三倍于现在，年底还有奖金，如果以后入了股，会有分红。住房，对于主管，三室两厅的一套房子，当然只有使用权。年龄不是问题，我符合要求，条件上写明'有工作经验者放宽到 50 岁'，我还差两年呢。关键是像我这样的，基本一去就能上手。"

汤达声越听越不高兴。杨进尽量软下声音，劝慰地说："你也别生气。事前没商量，是怕来不及，这是登在报纸上的招聘启事，不赶紧下手联系，很快就会旁落他人了。"

汤达声放松四肢靠在沙发上，眼睛望着天花板，好一阵才开腔，这回他换成了一种十分轻慢的口气：

"你白天还在区政府培训中心上班，晚上就跟我谈要去珠海面试单位。这也太夸张了，根本不靠谱。"

这些年，他在成真整形医院，上有姐夫姐姐顶着，下有工作人员，他实际上没有真正体验到多少在体制外的拼搏。跳槽、远走、闯荡，在他永远想都不会去想。

"决定得是比较突然。不过因为各方面因素都凑到一起，所以就决定了。"

"你怎么走？直接丢掉工作？"

"我先请几天病假，工作落实后辞职。"关于这点杨进老早前就设想好了。"如果面试不成功，我打算在那边找别的工作，如果找不到，"说到后面这句时语速慢下来，汤达声两只眼睛从眼镜片后面盯着她，就看她说后面怎么办，但她接下去说的是：

"不过，这种可能性很小。"

"完全有这种可能！！"

不等杨进话音落地，汤达声便吼着接了上去："你以为工作是遍地都有的吗？尤其对一把年纪的人？真怀疑你思维不正常！"

"在一个变革的时代，起码也要能接受主动辞职跳槽。听旁人跳槽的事也听得多了，不是吗？这完全是很正常的啊。"杨进以尽量和缓的口气说。汤达声那时站起身来，脸色铁青，在屋里急急地踱步。

第一晚谈话，两人不欢而散。

第二天，杨进再和他谈，希望能得到理解。汤达声一夜没睡好觉，神情倦怠。他压住火气说：

"别凭几个电话，就讲得你踌躇满志。我提醒你：成功与失败，各占百分之五十的概率。你自己不说是双向选择吗？对方是否决定用你，你去当面看对方是否真的像电话里讲的那样好，这都是未知数。如果不成功，你灰溜溜地回来？区政府是菜园门子，随你高兴进进出出？"

杨进无语，只是平静地望着眼前这个人。

"我还是那句话：老实待在安吉区吧，干几年退休了。"

杨进还是平静地望着他。心里在想，如果我落到找不到工作，回来也没有位置待的地步，以你现在的收入，养家供女儿上大学都没有问题。为什么就不能说一句：放心去吧，有我，我一个人就行了。如此我心里会踏实很多。但能指望吗？这一辈子对他的结论，就是任何时候都不要对他存指望。况且，我怎么可能不工作？我杨进怎么可能是一个坐吃闲饭的人？

她冷静地再分析了目前的形势。的确，成功与失败各占百分之五十。失败后在那边另找工作也只是自己的一厢情愿。但不能因为怕失败连这一步也不敢走吧？不至于连这点儿勇气都没有了吧！青年时代的锐气，莫非真的让平庸的现实磨得一点儿没有了？若干年前，成州刚通了火车，她和同伴跑到铁路上去，别人没有特别的感受，她却望着向远方伸延出去的铁轨大大地感慨动情："啊！看见铁路，就有远走高飞的感觉！"是的，那才是我！此时，那股激情仍在，岁月的流逝、烦琐的事务和平庸的生活并没有能将其掩埋。

汤达声看杨进好一阵不说话，心里有了一点儿轻松，还有了一丝得意。哼哼，总算说服了，现在，一定在反悔了！

"我还是决定走。不管成功与失败。你放心，如果失败，我绝不会拖谁的后腿。"

他没有料到，进入耳朵里的，是这句既冷静，又生硬，还多少带刺的话。

他转到里屋换上了出门穿的衣服，拿上他的包，眼睛并不看她："我明天要出差去买医疗器械，这次要跑几个地方的厂家，十天八天才能回来。汤楠后天回学校，你又要走，这个家，还要不要了？！"说完重重地带上房门，走了。

她只能费力地咽下一口气，不去计较他的态度。因为马上她也要出门——现在得去直面工作单位这一关，她要去见副区长。

头天晚上，在托词请假看病和把真实行动告诉他之间，她考虑了很久。最后决定实话实说。这样做很有风险，这位年轻的顶头上司对此会是什么态度？如果他大加阻拦呢？如果他像汤达声一样的态度呢？

她坐在他的办公桌对面，开始陈述。副区长听完十分惊诧。他见过辞职跳槽的，但多是青年人，绝没想到，眼前这个年奔50、平日里循规蹈矩、工作兢兢业业的女性，身上还会储存了爆发力，在一定的时候腾起身要远走高飞。在他眼里，杨进的人品、学识、才干，都值得称道。只是区里干部使用不公，杨进独当一面那么多年，但一直只是个科员。以后，想办法解决一下行政级别，跟她的实际能力就匹配了。政府机关公务员们不都是这样，顺着这条路一直干到退休吗？

他默然拿着一支铅笔在手指上转了好一阵，这才开口说话。那语气，与他平素对下属讲话时相比，更像是对一个朋友：

"老实讲，我很意外，但也很佩服你。在这个年纪丢掉公务员的铁饭碗，独自去闯南方……在你还没移交之前，你的工作关系还在培训中心，还属于我管。我给你留着一条后路。对外，什么都不要谈起，只如你所说的，请了几天病假。这几天去那边看看，一切顺利了，再提出辞职。如果不行，你还尽快回来，去区政府报到。以后，想办法解决你的待遇。"

虽然去区政府报到和以后解决待遇是杨进不考虑的，但没想到在她要走的事情上副区长如此善解人意，如此配合。杨进觉得没有看错副区长的人品，虽都是官场上的人，却与"伊甸园"有很大不同。但想着让对方为自己担风险，心里过意不去。

"这没有什么，我要感谢你对我的信任。如果你不对我实话实说，到时候突然来封辞职信，那，才是我不愿意看到的。"

单位这边，看似不好过的一关，竟然顺利地办好了交涉。

真正不好过的关，仍然还是家庭。

汤达声并不知道杨进已与单位办好了交涉。次日一早，他要出差。他没有从杨进那里看到反悔的征象，断定这局面是无法挽回了。临走出家门前，眼皮都不抬地冷冷甩下一句：

"你，要为你自己的行动负责！"

这话几乎暗含威胁。她望了望他的背影，默默地咬紧了下唇。几分钟后她用手掐了掐发痛的太阳穴，接下去，她得直面第三关——比找单位办交涉、比与汤达声沟通，都更让她感到艰难，那就是和女儿交底。

汤楠在家里过了一个差不多 40 天的暑假。她一直按计划看书，做着开学就是大二学生写论文的准备。直到暑假快要结束，才与同学结伴外出旅游，昨天很晚才回到家里。

家里的气氛是前所未有的动荡。从不露面的衣物、用品、书籍纷纷出笼，到处可见。客厅里，一只粉色拉杆箱和一个杏色包已经收拾好立在屋角，那是女儿的；一只黑色大箱包和另一只拉杆箱敞开着放在地上，正在收纳过程中，那是母亲的。

沙发上也堆放着些来不及收拾的东西，早晨，心怀歉意的杨进拉着女儿的手坐在这些杂乱东西的旁边，已经谈了有一阵了。

"……可是妈妈，你已经是快 50 岁的人了，去闯，我们这些小年轻人还差不多。"

"我不这样看。六七十岁的外国人还跑到中国来工作，我们又为什么不能呢？何况我只是去国内的南方。人，应该去发掘自身的潜能。你看，在这些方面，我比你们'西化'。"杨进笑了笑，望着女儿，想让气氛轻松些。

本来，如果只是单纯谈要离家去南方工作，取得汤楠的理解并不难。关键是汤达声强硬、冷漠、咬死不放口的态度，她意识到执意出走弄不好会由此引发想象不到的家庭变故。这压力使她如同心揣一块铅。她考虑对女儿避开这一层，因为这会使谈话变得复杂，还会引起女儿的误解。但是如果避不开呢？那时是否就干脆让女儿正视？

汤楠望着母亲疲惫而带歉意的微笑，感觉心里烦乱，而且忧心忡忡。

"爸爸怎么想？"

"目前为止，他不同意。"

"他不同意，你也要走吗？"

"也要走。"

"那么，你和爸爸会不会就此闹翻？我说的不是像平时那样吵吵架而已，而是……"汤楠不往下说了。

她当然明白女儿指的是什么，这话正戳中了心里那块沉重的铅。看出这一层是避不开的了，想着只能让女儿正视。但汤楠毕竟年轻，没等母亲说话，便带着哭声说：

"如果真的那样，那我以后回到这个家，就再也看不到你了是吗？"

杨进缓缓地说："楠楠，我从没打算丢开这个家。现在也没有。去外地工作，以前也有过机会，只是你还小，我既不能带着你去，就只能一直守在这里。"

看女儿怔怔的不说话，杨进又说："做父母的任何时候，都要尽量给孩子一个完整、安定的家，所以这之前我哪里都不去。现在你长大了，在北方上着大学，我在成州或是在外地，对于你其实都是一样的。你说是不是？"

汤楠低着头半天不说话，过了好一阵抬起头突然说：

"你去吧。不必再为了我牺牲你自己。你早就应该去寻找你的幸福的。"说完把头深深地埋下去。

杨进把头埋下去望女儿的脸，女儿这话有模糊的含义，不讲清楚就会产生误会，这是她估计到的。而这时候，汤楠的眼泪终于掉了下来：

"其实，我很早就看出你和爸爸之间没有太多感情。"

杨进用手把女儿的脸抬起来，望着她的眼睛说：

"我此一去，原因只是工作，与感情无关。不用讳言，我和你爸爸之间，是没有那种轰轰烈烈、爱得死去活来的感情，但，不等于完全没有。至少，在这之前，我们一直还过得下去。"她为女儿抹去眼泪，缓缓地说，"其实，所谓感情，有时候是这样存在的：比如，可以在一个人面前，不洗脸不梳头，可以穿着随意，举止也比较随意，这个人并不介意，你自己也习惯了，这，其实就是一种感情。"

汤楠的眼睛定定地不动，心里却浮起了很多场景。在家里，父亲、母亲、自己，不就是这样自在、自由地共同生活吗？从来没有想过，这个也叫感情？

杨进望着女儿，在心里再一次掂量，还是把残酷的那一面说了出来：

"但是，感情毕竟是人与人之间的事。你刚才讲，我和你爸会不会就此闹翻……我想，不管我还是你，不妨做两手准备。如果真是以我要去南方这件事为导火索，你爸认为我和他应该就此分手，那么，这里就只是你们的家了。那样，你还是要好好待他，他毕竟是你的亲生父亲。如果他还能理解，能容忍这种两地的分居，那么，我还会回来，这里，还是我们三个人的家。"

汤楠听完，趴在母亲肩头上小声哭开了。杨进心里一阵阵发痛，自责，每一个做父母的把这样的事摆放在孩子面前，对孩子都是残忍的。她现在比任何时候都更能感受到女儿是如此留恋这个家，希望这个家不要发生任何变故。

杨进握着女儿的手说："楠楠，你一定要搞清楚，我只是去寻找另外的工作，不存在去寻求什么属于我的幸福。退一万步说，即便和你爸离婚，我也不会考虑再婚。因为，"她停了一会儿才说下去，"我对婚姻，持悲观态度。"

汤楠停止了哭泣。这个聪明而且善于思考的女孩子很快理清了思绪。第一，母亲确实只是为了另寻工作机会要离家，没有她无端以为的丢下她们父女另寻"幸福"；第二，这个家是否还能像过去一样安稳，眼下存在不确定性，而这要取决于父亲；第三，母亲最后说的这句话，其含义好像很深，她想探究清楚。

"你对婚姻持悲观态度？为什么这么说？"

杨进想，如果要谈这个问题，那就离开了眼前的家事，变为谈人生大问题了。也罢，反正都是有联系的，话都到了这儿，就放开谈谈吧。

"因为这世上，很难有完美的、理想的婚姻。"

"这个听人讲过了，书上也写过不少，不明白为什么会这样？"

"我的体会，这是因为，人本身的缺陷，决定了婚姻这种形式先天就有缺陷。"杨进边想边说，"只要是个人，就会有缺点和不足，所谓金无足赤，人无完人。这是定律，改变不了。婚姻又是终生的，两个并不完美的人在一起捆绑终生，必然会发生各种摩擦、矛盾。所以，婚姻注定是不会理想的。"

"那，离了婚另外结呢？现在离婚率不是很高吗？"

"另外结，也摆脱不了上面的定律。"杨进说时眼神淡淡地望着汤楠的脸，"再婚，说到底，是离开一个有缺陷的人，去与另一个有缺陷的人，再度捆绑在一起。所以，再婚也仍然不会是理想的婚姻。"

"那怎么办呢？"汤楠望着母亲，越发想探究。

"要结婚，就只有接纳婚姻的不完美。"

汤楠的大眼睛转着，在考虑要不要问出下面的问题，然后终于问了：

"你的意思就是说，只要结了婚，就不要离，不管过得怎么样，就比如……过得就像你和爸爸这样，因为反正婚姻这种形式就是不完美的。"

杨进慎重地望着女儿说："也不是。我现在和你讲的，是普通的情况。如果是特殊的情况，比如对方品质恶劣，比如两人在一起压根就过不下去，那该离还是得离。"

汤楠扬着下巴点头。杨进望着女儿说下去：

"我一直认为应该对青年人进行婚前培训，也可以叫作婚前教育。不仅仅是生理上，最主要是思想上。要让他们对婚姻的不完满有充分思想准备。一个人在少年和青年时代不要把爱情幻想得那么理想，更不要把婚姻幻想得那么美妙。我年少的时候，有老辈人告诫，说找对象谈婚姻，实际就像人要吃饭睡觉一样没有什么大不了，不要看得太重、想得太美。那时我不以为然，现在知道这是真正金科玉律。"

说到这里，杨进望着听后一直在沉思的女儿问："你在研究西南联大，那你应该知道陈寅恪先生。"

"知道。他是我最崇拜的大学问家。在清华大学和西南联大，他被称为'教授中的教授，大师中的大师'。"

"这就好。"杨进点点头，"我前不久看了一本书，书中谈到他关于婚姻的一席话。"她站了起来，从拉杆箱里拿出来她的读书笔记，打开，汤楠把头凑了过来。

"陈寅恪先生与吴宓先生都是西南联大教授，两人关系很好。他俩在美国初识时，陈寅恪曾对吴宓说过这样的话：'学德不如人，此实吾之大耻。娶妻不如人，又何耻之有？娶妻仅生涯中之一事，小之又小者耳。轻描淡写，得便了之可也。不志于学志之大，而竞竞惟求得美妻，是谓愚谬。'"

杨进放下本子，稍稍沉思了一下："婚姻，是一个人一生中的大事，找了一个对的人，与找了一个不对的人，其生活质量相差之远，自是不言而喻。所以说为'婚姻大事'。但是，大是相对的。当一个人内心有更高的境界，有更重要的追求，婚姻的分量就显得轻了。所以，相比于'学德''学志'，男人娶妻仅仅是'小之又小者尔'。你可以见出，陈先生把'学德'和'学志'看得有多么重要，多么大。这个可以看成是陈寅恪先生的婚恋家庭观。他是站在男性角度说的，但是我认为对于女性也通用。"

杨进注意地望着汤楠的眼睛："讲了这么多，又搬来陈寅恪的话，只是想向你说明，换言之，内心有更大事体的人，不太纠结于婚姻里的烦恼，他们比较容易接纳婚姻的这种先天不完满。"

汤楠目不转睛地听完，然后小心翼翼望着母亲问：

"你是不是属于内心有更大事体的人？"

杨进静静地望着女儿：

"我努力做一个这样的人。"

汤楠现在情绪上比较轻松了，恢复了平时的活泼，再问道：

"那么，能不能告诉我，你内心更大的事体是什么？"

"我内心，只想不懈努力，以不虚此生。"

"那么，除了换个地方去试试你的潜力，你还打算做出什么努力呢？"

"这个呢，有点儿像你跟我说的，你现在的研究方向，跟人说似乎早了一点儿。我现在说出来也早了一点儿，但跟我的女儿说说，那倒是无妨的。"

汤楠抿嘴微微一笑，这话是她说过的，现在听着母亲说下去：

"你不是看见我一有空就在写吗？成人培训做了十几年，白手起家，这一路走来有许多体会、思考和总结。顺利的话，去南方也是做培训，这能让我有不同的实践。如果再能争取到机会考察国外的成人培训，扩大视野，那就更好。那时候，我想出一本关于这方面的书。"

"哇，妈妈！"汤楠转过身来抓紧母亲的手摇晃，她很惊喜，很兴奋，那双黑黑的大眼睛闪着亮光，"我等着那一天！我到图书馆去借我妈妈写的书！"

她现在体会到，父母在人生观上是不相同的。母亲一生都在努力，她总是尽力把事做到最好。对人生，她想通过不懈的努力发挥出最大价值。父亲则不然，他不理解母亲的志向，也不理解女儿的志向，包括不支持女儿考研，不理解女儿想继承家族文脉。她心里想："明天要回学校了，到校后第一件事，给爸爸写一封长信。"她决定先不给母亲讲，写好后再说。"对于我的家，我有必要也有能力去改变一些事情的走向。难不成我汤楠还能眼睁睁'坐以待毙'了？！"

小姑娘心里想好了主意，情绪上更放松了。眼下，和母亲的谈话打开了她的眼界，她从来就觉得和母亲长谈对自己很有意义。

"妈妈，你虽是讲到对婚姻持悲观态度，我还是疑惑，这世上就没有相对理想的婚姻了？"

"你曾和我提到'灵魂伴侣'，如是这样的两人在一起，就是相对理想的婚姻了。将来，如果你能找到这样的人固然好，找不到，也不强求。我的看法，人存在于其间的生活，实际上是非常平淡琐细的，时间长了，纵然是灵魂伴侣，属于灵魂的那些抽象，也会慢慢让位于极其平凡的具体，也就是说，最终，还是得踏踏实实过日子。"

说完，她望望墙上的钟，拍拍女儿的手，站了起来："该去做饭了。谈了这么多大道理，人总归还是得吃饭，做饭。你看，生活本身是不是就这么琐细具体？"说着向厨房走去。

"妈妈，我来帮着你做！"汤楠说着，一个弹跳从沙发上蹦了起来。

吃过饭，汤楠帮着母亲收拾衣物用品。行李箱包的大小轻重往往与出行的远近、日期的长短相适应。那只黑色箱包很大，里面放进了很多东西，包括母亲四季的衣裳。这让汤楠心生感慨。一直以来，妈妈的存在给予她安全感，她不习惯这种安全感的撤离。但是现在她不仅要支持妈妈，而且希望自己到了这个岁数时，也能如同她一样有志向，有活力。

她一边帮着递衣物让母亲往箱子里装，一边发问：

"妈妈，我们一直在谈的是关于婚姻。如果讲感情，这世上有理想的爱情吗？你认为？"

杨进停下了手中的事，站下来。

"我知道你会这样问我，这似乎是一个永恒的话题。"

她告诉女儿，肯定有理想的爱情，但爱情这东西不可能总是琴棋书画诗酒花，因为那不会长久。如果要接地气、要长久，就要落实成为婚姻，那又变成了刚才讲的不完美。

讲到这里，她突然停住了，为自己的刚才所讲沉思起来。想起感情上的"拱桥"，当一个人对另一个人的情感最初萌发时，是在拱桥的起端，那时最美丽，也最理想。如果要继续升腾，到了拱桥的顶峰后，必然会掉头走下坡路。若想人生总是只若初见，得像她这样，只把这种感情桎梏在心里。想到这里，她眼前出现了田振邦的身影，一丝酸酸的、痛楚的感觉袭来。很长时间了，没有看见过他，连电话也没有过。由于忙于应付太多的事务和变故，她有时想不起他，但他潜留在她的心底。这算一种什么样的感情？是所谓理想爱情吗？谈不上，准确说，这只是一个具有悲剧情怀的人，内心私存的一种精神奢侈品。

她不能向女儿阐述这种感受。像讲到因为内心有"更大事体"，因而比较容易接纳婚姻的不完美，如若换一个角度，那"更大事体"也可以视为是精神的麻醉剂。因为有了这剂麻醉，就不会去太在意婚姻的痛。这或许是另一种悲剧。但，这就是生活，这就是人生。正如朱光潜先生所说："人生本来要有悲剧才能算人生，你偏想把它一笔勾销，不说你勾销不去，就是勾销去了，人生反更索然寡趣。"

以汤楠的年龄，还不能理解这种人生况味，不能过早让自身的观念、性情，去影响青年人。每个人都会按照自然法则和命运的轨迹，一步步深入人生，在苦乐年华中磨合出自己的心得和结论。

沉默了一阵后，她缓缓地说：

"年轻的时候，我曾经是一个爱情的理想主义者。现在年过不惑，对人生已经大彻大悟。奇怪的是，在我这里，"她用手指了指自己的脑袋，自嘲地说，"有些时候，居然还生活在理想的虚无爱情中。而且有时还炽热。"

汤楠不解地望着母亲。

"这是一种十分复杂的情感。有时，一个人在内心的某个角落，可以保留那么一点点，纯粹只属于个人的东西。"

汤楠眨着聪明的眼睛说：

"妈妈，年轻人都总喜欢说和上辈人有代沟。但是我觉得，其实在你的身上，有和外婆相似的地方，又有和我们这代人相似的地方。"

"那不奇怪啊。我是你和外婆的交汇点，比你们这代人传统，比外婆那代人叛逆。关于这些，以后我会告诉你的。"

"现在不能告诉吗？关于这种复杂？"

"等你再成熟些。我会对你敞开。就像当年我的妈妈，告诉我西南联大校园里的故事，也像你高三那年告诉我，你的故事那样。"

"什么时候才算'再成熟些的时候'？"汤楠噘起了嘴巴，她认为自己已经够成熟了。

杨进望着女儿，温柔地拍了拍她的脸，认真地说：

"人到中年。40岁以后。"

第二十四章

次日早上，杨进要送女儿到成州站。

但汤楠堵住了她：

"我自己去上车最好。第一，一去一来要花两三个小时，你时间紧。第二，你最好待在家里。这里有寓意。"

"什么寓意？"杨进望着身背行囊的女儿。

"就是说……现在，你是在家里送我，以后，你也就会在家里等着我。"

说完把母亲轻轻一推，顺手把门关紧。接着，传来笃笃下楼的脚步声。高考的时候也是这样，家长都送孩子去考场，汤楠坚决不要，说声我去了哈，把门一关就笃笃地跑了。杨进返身到阳台上，一会儿，女儿走出了楼道。她直到望不见女儿的身影才回过身来。

她抓紧时间预订了周五飞往珠海的机票，打算用周六和周日两天时间在当地考察熟悉环境。又处理了一些琐碎事务后，坐下来给汤达声写下一张纸条：

"汤楠我已谈过，她能理解。希望你最终也能理解。我是明早的飞机。放一套房门钥匙在安志那里，必要时可用。"

望着那句"希望你最终也能理解"，她叹了口气。汤达声，最终能不能理解，会不会因她的离家，这个家庭该就此结束？在当今世下，因为汤达声身处的那个环境，因为长年交往的那些人对他的影响，她对此并没有百分之百的把握。从这个角度讲，她的这次离家的确带几分悲壮。

但是，去意已定。无论如何这一步都得走出去。

现在，只剩最后一个在心里矛盾了几天，此时也还悬而未决的事：要不要打通田振邦的电话，向他告个别？

告别，一般是和经常在一起的人说的，而她和他根本没有相处在一起，而且已经很久没有见面，仿佛他仅仅是精神世界里的一个影像。但，毕竟是生活在一个城市，而她现在要离开这座城市了。她望着电话机，犹豫不决。不过这只是几分钟的时间，她赶紧从桌边站了起来，拿上钥匙，往安志家走去。

安志已经在电脑前工作好一阵了。他神情专注地看着上面的图片和附在旁边的说明，时不时在本子上做些记录。

那是儿子从云南新平、元江一带拍回来的图片，他初去时拍了一批，因为忙，直到八月下旬才把第二批发来，而安志要等两批图片都到了才能进行比较选择。

图片是多所乡村小学教室、校舍，小学生们的学习、活动、生活照，包括正在吃的午餐、学生们的衣着、上课的教室、去上学必经的小路等。儿子一定是花了很多时间和精力才去拍到这么多的第一手资料。安志先要把它们归类、配套，比如小路、午餐、教室，各是属于哪一地的哪一所小学。这其中，少不了会有多次的电话沟通与情况了解。

儿子在电话里告诉安志，20 世纪 40 年代初期，西南联大的老师陶云逵曾带着人来玉溪、新平一带做过社会调查。他查资料，得知那是当时的省政府为了修一条"石佛铁路"，委托西南联大组成一支考察队，沿线去做相关调查。陶云逵先生最后病逝于云南。安志的儿子认为，如果在这一带资助希望小学，会十分有纪念意义。

顺着这个思路，这些天，安志专注于查找有关陶云逵、石佛铁路、西南联大调查队等的有关资料。

从资料上他看到，陶云逵，中国现代社会学家、人类学家、西南边疆社会研究的拓荒者。早年就学于南开中学和南开大学，德国柏林大学人类学博士。归国后先进入"中央研究院"历史语言研究所，后到云南大学任教。1942年后受聘到西南联大社会学系任教授，同时任边疆人文研究室主任。同年，云南省政府打算修石佛铁路，委托联大边疆人文研究室对沿线的哈尼族、苗族、傣族等少数民族的民俗、社会结构、经济、地理环境等展开调查。陶云逵和著名语言学家、联大教授邢公畹等组成一支考察队，冒着极大的风险，在治安不好、土匪为患、条件十分艰苦的情况下，以科学、严谨的态度完成考察，拿出了翔实可靠的考察报告。此举不仅为云南做出了不可磨灭的贡献，也以严谨的学术态度、高度的社会责任感为学界树起了一面旗帜。

陶云逵先生因为患"回归热"，最后长眠在云南的土地上。他是西南联大长眠于此地的四位教授之一。其余三位，一位是为民主献身的闻一多先生，一位是因病逝世的植物学家吴韫珍教授，一位是因意外去世的经济学家丁佶。

安志看到这些资料后久久沉思。这几位西南联大教授没有等到抗战胜利北返，便永远地留在了云南。他想，哪怕在其中一位曾经的足迹之地，比如陶云逵先生曾经到过的地方，做好一两所希望小学，这就是很有意义的。他心里再次为儿子提出来的这个建议叫好。

在上坝乡，学校的新建、扩建工程八月底时已全面完工。当地有关机构和伍校长老早就和安志联系，希望他一定来参加新校舍竣工暨新学期开学典礼。安志计划邀请几个人同去，坐火车即可。但消息不知从哪个渠道传出，于是去参加典礼的行列中，校内有了成州大学党委宣传部、关心下一代协会负责人、校报记者，校外更有了《成州日报》和成州电视台等媒体。成州大学则将派出专车，一路跟随安志一行直到返回。

想邀请的其他人都已知道明天的行程了，他记挂着一定要邀请杨进夫妇，却因过于专注在寻找资料以及通话了解情况上，还没有及时通知到。此时他想了起来，便赶紧站起身给杨进打电话。

杨进的手机一边响着安志的电话，一边一脚迈进了他的家门。

安志拍打自己的前额，又抱歉又惊喜："哎呀，我正打你的电话，有一件事要通知你和达声，总算还来得及！"

"安老师，什么事让你这么高兴？"杨进望着精神焕发的安志。

"竣工典礼加新学期开学典礼！云南那边，两所学校的扩建和维修都完成了。典礼在后天举行，邀请你和达声一起去！"

杨进原本想到这里来诉说的一大堆话，被噎在喉咙里，看着脸上放着红光的安志，她镇定了一下后问道：

"就是说……要到云南去？什么时候出发？"

"明天一早。典礼是后天早上十点。时间虽然紧了一点儿，但完全来得及。我非常希望你们能去。学校派了专车一路同行，就在家门口上车。"

"要去……蒙自吗？"杨进激动地问。

"当然！去的时候经过蒙自，回来时也经过蒙自。我们需要在蒙自住宿，一共住两个晚上。"

蒙自，南湖，还有一直想去寻找的那座假山，如同沉睡多年的几根心弦，此一时被重重地拨响。那里是母亲故事的发生地，多少年来在心里向往，它好像越来越遥不可及。眼下，有现成的安排，只要抬脚上车跟着就可抵达，又能同时参加安志希望小学的竣工典礼。于是，这趟云南之行与内心夙愿，像两块磁石那样紧紧地相互吸引在了一起。

"他出差了，去不了。我去！"

机票可以改签，只是她的时间就显得很紧张了。说完这句话，脑子里被越来越多事塞得满满的杨进微笑着把手上的钥匙亮开：

"安老师，我们都有重要消息告诉对方。你的重要消息已经告诉我了。我呢，这是我家里的钥匙，"她把钥匙往安志手里放，"汤达声是个常忘记带钥匙的人，放一套在你这里，他需要时来拿。"

"为什么要放钥匙在这里？"

"本来，我明天一早飞珠海。我是去面试，想转到那边去工作，这一去就是长期的，我的感觉，工作就是在那边了。"

安志只感到面前的小杨要有大举动了，接下钥匙说："我还是不清楚你这突然的想法和动向？"

"决定得是比较突然。但想走不是一天两天了。你看，这一决定去云南，我得去改签机票了。明天去蒙自的车上给你细讲，现在我需要赶紧走了。"

第二天一早，杨进带着随身行李，与安志，还有曾经见过面的胡、赵二位老师和其他人员，一行十来人坐上成州大学派出的车，与成州电视台和成州日报社的车一同，往云南省蒙自市出发。

她将随车先到蒙自，再到上坝乡，返回蒙自后去昆明，然后当天从昆明飞往珠海。

离开家的时候，她站在房门口，往这个熟悉的家看着，人已经走空，清静无声的屋子有些让人伤感。而以后的几天充满动荡与未知，也决定着她的命运。

汽车在往云南方向行驶。车上，杨进把之所以要离职的前前后后都告诉了安志。在"伊甸园"的问题上，她没有说得那样详细，只说"不想在一个十分卑劣的小人手下工作"。

安志听完后很严肃地沉思了一阵，然后说：

"咱们西南联大的后代是有骨气的。是不能窝憋在一些小人手下。你还年轻，要想办法让生命发挥出最大价值。我支持你这样做。你知道吗？我有不少学生在珠三角一带早就站稳了脚跟，其中几个很有实权了，他们和我一直保持着联系。如果你在珠海这边不成功，我这些学生一定能够帮到你。"

7 个小时后终于到了蒙自。

总共几百公里的路程，如果不去穿越，蒙自好像渺茫不可达，有关蒙自和西南联大的一切只能靠想象。而一旦穿越了空间，脚踩在这里的土地上了，渺茫的想象便一下变成了鲜活的现实。

蒙自是地处滇东南的一座非常美丽的边城。早在中法战争结束后的1887年，成为中法之间的"约开商埠"，蒙自海关落成并正式开关，这是近代中国二十一大海关之一。蒙自由此成为近代史上的滇东南军事、政治中心，也由此带来了经济的繁荣。先后有数十家外国商埠到蒙自经商发展，其中以法国人为多。满街的法国商铺，随处可见的法国人，蒙自因此有了"东方小巴黎"之称。

半个世纪后，为避战乱的西南联大师生来到这里。当年的繁华虽已衰败，但几乎所有最好的建筑都保留完整，这些建筑成了西南联大的教室和宿舍。

抵市区刚下车，蒙自就给了杨进一个惊喜。这是九月初，正是蒙自特产石榴大上市的季节。当看到一个个硕大、红亮的石榴摆在小车上、摊头上时，她禁不住上前就捧起了一个。

"火红的石榴花开时，我们争相去观赏。离开蒙自时，石榴开始成熟了。在清贫的生活里，石榴成为互赠的最好礼物。"这是母亲的声音。一下车看见这又大又红的石榴，相关记忆就自然地来到了心里。

当年，联大文学院和法商学院的学生在蒙自开办夜校，用以开启民智，宣传先进文化。失学少年和尚不能识文断字的成人来校学习。夜校既学习文化，也讲时事、宣传抗日、教唱爱国歌曲、开展灭蝇运动、组织募捐活动等。1938年夏天，师生依依惜别蒙自迁往昆明。碧色寨火车站，夜校学生给自己的老师送来了石榴。杨进母亲和同学捧着那刚摘下的散发着清香的石榴，向学生、向蒙自挥手作别，不舍的泪水却夺眶而出……

此时杨进捧着石榴，忘情地把额头贴在饱满光洁的果实上。当波光粼粼的南湖展现在眼前时，她更是禁不住大大地惊叹了。

南湖，以41万平方米的宽阔水域平铺在蒙自城南部，自明代时即开辟，湖中有三座分别命名为蓬莱、方丈、瀛洲的小岛。它像一个巨型的、雍容华贵而又慵懒矜持的平面美人，兀自清波荡漾、怡然自得地映着蓝天，从来不在意何朝何代何许人来观赏过自己。而见到它的所有人都会眼前一亮，立即为之倾倒、为之迷醉。想象不到边远小城竟有着如此美妙的一个南湖。

当年的联大师生们，每天往返于上课的海关楼与住宿的哥胪士洋行等处之间，那条路紧贴着南湖，路名被称为"东堤"，朱自清先生曾说："一站到堤上，就禁不住想到北平的什刹海。"

陈寅恪先生也这样认为。他和吴宓曾以南湖为题各赋诗一首。这里且不说两人所写的全诗所表露的深重忧思与家国情怀，只说南湖。陈先生诗的前两句为："风物居然似旧京，荷花海子忆升平。桥边鬓影犹明灭，楼上歌声杂醉醒。"吴宓先生则认为它像杭州的西湖。吴先生诗的前两句为："南湖独对忆西湖，国破身困旧梦芜。绕郭青山云掩映，连堤绿草水平铺。"

从大师们的诗句和赞美中，是不是领略到了南湖的气派和美丽？

此时，心绪激荡的杨进站在南湖边。虽然较之几十年前南湖更整洁、更完美，湖边街头，早已是各种大小汽车和穿梭来往的摩托车流，人们也早已是时尚而现代的装扮，但她放眼望去，只觉得此时正是"绕郭青山云掩映，连堤绿草水平铺"的联大时代。

"不上课的时候，我常常到南湖边找个地方坐下看书。黄昏时分，教授们常结伴到南湖边散步，但从来没有见过我们的大胡子·老师。闻一多先生留着一把大胡子，他说，不到抗战胜利不会剃去。学生背地里叫他大胡子老师，那是对他的一种崇敬。"

"一个晚霞飘红的傍晚，在湖边碰见了他，他穿一件深蓝色长衫，晚风把长衫下摆轻轻掀起，有一个男学生与他并肩而行。男生曾是步行团的，当时就是与闻先生和辅导团的老师们一起，一步步走到云南的。我们的老师，虽然都是名师、大师，但师生间的关系，有如父母子女兄弟姐妹，十分地让人怀念。"

随着耳畔飘来母亲的声音，杨进只感觉似乎到处可见穿着旗袍或裙装的三三两两的联大女学生，似乎只要一回头，湖畔就能碰见穿着长衫的闻一多先生、郑天挺先生、陈寅恪先生……能碰见穿着笔挺西服的陈岱孙先生、陈梦家先生和他那秀丽的夫人赵萝蕤……

站在南湖边的杨进经历过了最初见到蒙自的兴奋和激动。之后，心里有一处地方开始隐隐作痛起来。母亲，母亲的故事，那个准确地点在哪里？岁月似水流年，七十来年过去，人非物也非，但故事中有座假山，她从来就坚信那假山还在。能找到假山，就找到了那个地点。这是她来此地最潜在、最根本的目的，也是此时让她内心隐隐作痛的原因。

那么，假山，多少年来魂牵梦绕的那座假山，你在哪里？

这么想着时，她立即朦胧感觉近旁有座假山在注视着自己。继而感觉山体移到了身后，山体是环形的，因为觉得后背有环形的温暖。回过身看，什么都没有，但还是觉得假山就在这近旁不远。眼睛开始急切地左顾右盼，从所站立的地方看去附近没有，她便开始四处跑动，越来越急切地寻找起来……

安志笑嘻嘻地大声吆喝大家，把在南湖边流连忘返的同行人都召唤过来。来到蒙自，他的精神也十分兴奋，虽然不像杨进那样是第一次来。他吆喝大家一起去哥胪士洋行——几年后，这里改为国立西南联合大学蒙自分校纪念馆，正式免费对公众开放。此时，这里还是一个全国重点文物保护单位。

一行人走到哥胪士洋行，从一楼上到了二楼，杨进向工作人员询问当年闻一多先生是住哪间屋子，人家指着一间在拐弯处的房间说："这就是。"一看，门楣旁挂着一块"何妨一下楼"的牌子。注视着那间屋子和牌子，会意地一笑，再次有了时间穿越的感觉。

从二楼下来，杨进离开大伙，一个人怀着焦急而渴盼的心情在分校旧址跑前跑后，继续寻找心目中那座假山。终于，在哥胪士洋行的斜对面，隔着一条马路，南湖边，一座大大的假山进入了视线。

这时已近黄昏，西斜的阳光映着旁边的几棵大树，把树影投到假山身上。她抑制住强烈的心跳凝视那座假山，好长时间一动不动。

这是一个假山群，最高处近五六米。山头大体都呈圆状，成坨状的怪石好似飞来石粘在一起，山身怪石嶙峋，有些突出的地方薄如刀片。还有些高高低低、大小不一的小墩怪石，前后左右串联成一个规模不小的假山群。它有路南石林的自然风格，看上去已经饱经沧桑。

直觉告诉她，这，就是母亲故事中的那座假山。

还不只是直觉。原来她在心急中东寻西觅，转了一个大圈后，其实假山就在她刚才站立的地方不远。之所以没有见到，是因为假山所在地势低凹，且有各种树木挡住了视线。但它，它刚才确实就是在近旁向她发出过信号。更不可思议的是，她刚才感受到后背有一种环形的温暖，现在看到，这座假山群，大体就是呈马蹄形状排列。

她一个人静静地，又是吃惊不已地长久伫立在这里。

她前面的哥胪士洋行，是一幢由希腊籍商人修建的二层欧式大楼。当时住在二楼里的著名教授有陈寅恪、闻一多、郑天挺、吴宓、卜燕荪、陈岱孙等。楼下则是男生的宿舍。女生住的地方离哥胪士洋行不远，往右手边走一条街就到。那是由蒙自首富周伯斋腾让出来给联大女生住的"颐楼"，也叫"听风楼"。

天黑下来，月亮已出现在树梢。假山下这时宁静、清雅。南湖上吹来的风又温柔又凉爽，风里还带着不知名的花香。她用手轻轻触摸山体，白天经太阳的灼烤，现在还有温热，仿佛人身上带着体温。

当年那个明月夜，他，就是从洋行的一楼里走出来，先到了这座假山下。女学生从后面那条街上走来，也许站的位置就是脚下这里，这是他们第一次单独会面，更是他们最后的诀别。

心跳似乎是停住了，也或许是由于太快的搏动反而感觉不到了，总之她已经进入忘我之境。此时此刻，都不知道究竟是自己站在这里，还是那位志士和一个女学生站在这里。

只要心诚，说不定会出现奇迹。她屏息静立，闭上了眼睛。母亲的声音是听不见的，因为她当时没有说话。那位从军的志士一身戎装，腰间束着皮带，脚上紧紧地打着绑腿。他坚毅、沉着，情绪激昂而又克制。生离死别的时刻，只有头上一轮明月望着他们。杨进睁眼抬头，望了望天上的明月，然后再次闭上眼睛。这是和当年一样的月，面前是当年的假山……周围很静，很静，只有风从湖上轻轻刮来……应该，马上就会听见这个声音了：

"不等天亮，我们就要出发了……也许，今后，我再也没有机会看到你……"

叮叮叮，叮叮叮，她耳朵里传来一个刺耳的声音，是她自己的手机铃声。

她从冥想中醒来，非常不悦。在这样的时候，是谁来惊扰自己？但，手机是开着的，谁都可能在这时来电话。

十分惋惜地一声长叹后，很不情愿地接听。

"杨进老师吗？"电话那边，传来久无联系的田振邦的声音，"我有事找安老师，打几次都是无法接通。事情有点儿急，知道你们在一起，只好打你的。"

"安老师的手机没电了，这一路上没办法充电。"杨进有点懵懵地回答，她还没有从刚才的意境中完全清醒过来。

田振邦告诉杨进，成州大学经管学院有30多名学生正在蒙自实习，其中大部分参加过考察希望小学，他们应安志的邀请参加明天的竣工典礼。学院经研究同意，但需要与安志本人对接。

田振邦自从上次在校园与安志长谈后，对接受行政职务一事重新做了考虑。上级又找他谈话时，他同意接下了成州大学经济管理学院院长一职。

现在，当然地比以前更忙碌了。学生的实习他也得过问，而三十几个学生要从实习地蒙自到上坝乡，这个行动得要经过他的批准。

这时候，安志和其他几个人在离杨进不远的地方，有人在拍着南湖的夜景，有人正对着湖面指指点点。杨进对那边望了望说，"好的，安老师就在旁边，我去把电话给他。"

明天，还有一个盛大的典礼，这么些人，以及电话中讲到的成州大学学生，都是为了这个目的来此地的。杨进急其所急，一边接着电话一边往安志那边走。

"谢谢。很久没有看到你了，还好吗？"电话里说。

"还好。"要换了另一个时候，她会非常珍惜这个声音，但此时此刻她真想重重地埋怨说，"知道吗？你打扰到我了。"但是，即便说了又有什么用？刚才的意境已经生生地被破坏了，让她心里好不惋惜……

"你们现在蒙自的什么地方？南湖边吗？"

"你说对了。我们几个都在南湖边。"

"南湖的范围很大，很宽。你们是不是在哥胪士洋行附近？与洋行一条马路之隔的南湖边上？"

"是呀，正是在这个地方呀。你怎么了？好像是眼睛看到我们的一样？"杨进说时禁不住笑了起来。

电话里却有了一阵突如其来的、莫名的沉默。

第二十五章

在蒙自住了一夜，一早，往上坝乡去的车继续上路。

离镇上还远，就已经听见锣鼓和唢呐的声响。走近之后，只见红旗招展，挂着彩色三角形小旗的绳子从新教学楼屋顶上一根根牵到学生宿舍的屋顶上，再走近看，校门口白底黑字的校牌上大字写着：上坝镇南渡中心学校。进得大门，只见大会主席台上已端坐着不少人，操场上则是穿着清一色校服的、坐得整整齐齐的学生。

昨天全校进行了大扫除，利用今天早上举行开学典礼，下周一就正式在新教室里上课了。周边村里来这里上学的学生已住进了新宿舍，六年级的毕业生第一批在本校升入初中一年级。下周一，仍是上坝的赶集日，但一道两米高的围墙已将集市和校区完全隔开。

围墙内朝教室的一面，每隔一段种着一棵桂花树。树不高，但每一株都发育得枝繁叶茂，一副茁壮成长、蓬勃向上的样子。此时正是桂花盛开的季节，校内校外都飘散着浓浓的花香。

校园内种桂花树并不是安志的要求，而是伍校长的自作主张。

安志的资助款项中考虑了学校绿化，但没有细化到植什么树、种什么花。伍校长自己考虑，这植下的树不仅要有形，有视觉感，最好还要有味，有嗅觉感。他决定种桂花树，每年开学季，正是桂花飘香之时，正好让全体师生在这时开始新的一学年。

当他在电话中顺便告诉墙内所植的树种时，安志心里好一阵感动。如同当初设想出"茅草顶"的方案那样，校方的思维和捐助人内心的情愫，在那片沁人心脾的芬芳中，再次不期然达到了契合。

安志一行的车到达后，锣鼓和唢呐如暴风雨、如震天雷一齐大作，学生和老师则报以长时间的热烈掌声。

打摆村小学的老刘老师，带来了他所有的学生，也坐在台下的队列里。老刘跑出来拉住安志的手，一定要邀请他到打摆村去看看。他给安志带来两样礼物，一样是打摆村南渡小学全体学生写给安爷爷的一封信，另一样是装在一个漂亮镜框里的一幅大照片。照片的背景是现在的打摆村小学全景，近景是新立起的旗台，旗杆上，一面五星红旗正在迎风招展，全体学生昂头举手对着国旗行少先队队礼，升旗手是他们的老师老刘。

"这个好！这个拍得好！"安志看完照片，紧握着老刘的手，两双手紧紧地握在一起。

安志当然地被请上主席台就座。杨进和其余同行者坐在台下最前排，还有乘坐大巴车赶到会场的成州大学 30 多位大学生也在会场里。

会议按议程进行。先是镇领导和教育局领导致祝辞并讲话。

然后是伍校长讲话：

"同学们，今天是新学期开始的第一天，也是我们坐在由安志爷爷资助修建的、这么大气漂亮的新校舍里，开始这一学期新生活的第一天。我们的校名是'上坝镇南渡中心学校'。南渡，是安志爷爷命名的，这是为了纪念北大、清华、南开三所大学抗日战争期间到我们云南来办学的那段历史。这段历史，我平时给同学们讲过多次了。纪念西南联大，发扬联大精神，是安志爷爷的殷切期望。现在，请同学们告诉我，中国最顶尖、最了不起的一所大学叫什么名字？"

台下的孩子们齐声回答："西南联大！西南联大！！"

伍校长又问："这所学校大师云集。同学们知道都有哪些大师吗？"

台下的学生都在回答，会场里荡漾起一片清脆而热烈的声浪，但听不清晰。过一会儿，声浪之上，多个大嗓门和尖嗓门突然脱颖而出，像突然间明亮的焰火冲天而起，在高空绽放，每一朵绽放都亮出一个闪着光彩的名字：

闻一多！朱自清！郑天挺！梅贻琦！吴有训！黄钰生！钱穆！冯友兰！……

伍校长微笑着又问："这所大学培养出了多少国家的栋梁之材？同学们知道的都有哪些啊？"

台下的孩子们又开始七嘴八舌。伍校长这回示意工作人员递给学生话筒。

第一个拿到话筒的学生站起来，用无比敬仰的语气回答：

"172 位院士！"

再一个学生接过话筒："9 位党和国家领导人！"

旁边一个学生凑在话筒边喊道："培养出了诺贝尔奖获得者杨振宁和李政道！"

再一个学生接过话筒："培养出了两弹一星功臣，有邓稼先、王希季、朱光亚、赵九章、陈芳允……"

不等他讲完，另一个学生抢过话筒，大声回答："还有国家最高科技奖获得者，还有 100 多位人文大师和各行各业的领军人物！"

伍校长满意地说："现在，我们学校和西南联大有了缘分。我相信这对同学们是一种极大的动力、极大的激励！我们等待着，将来，在你们中间，出现像你们刚才讲的那样的国家栋梁之材！"

一阵掌声后，主持人说：

"现在，隆重请上安志老师给大家讲话！"

安志走上发言席。

欢快的乐曲响了起来，戴着红领巾的一男一女两个学生走上来献花。之后，一个小女孩摇晃着扎在脑后的马尾巴，沉着而自信地走上台来。她双手捧着一个石榴，那石榴之大，十分罕见，外皮是金黄里透着粉红，光溜圆润，没有一点儿瑕疵，石榴顶上，像花一样开放着坚挺的花瓣。

女孩走到安志面前，清脆的声音通过麦克风传出来：

"安爷爷，我代表我们初一1班，把这个石榴送给您。石榴，就是实实在在地留下。意思就是：您的期望，会实实在在留在我们心里。西南联大，会实实在在留在我们心里，激励我们不断努力！"

安志弯下身，从小姑娘手中接过石榴。在所有的程式和各种场合，他都显得平和、淡然，但是此刻，他的眼睛禁不住湿润了。

他原先准备简明扼要地回顾北大、清华、南开三校南迁办学的大概历史，现场看出这方面伍校长已给学生讲过不少，再讲不免重复，于是临时调整讲话内容，决定就从手上的石榴讲起。对着台下，他把石榴双手举了起来：

"同学们，石榴是我从小就熟悉的我们蒙自的特产。你们看，它是多么的可爱，同学们想没想过，它还是德智体的一种象征呢？

"首先，石榴多籽，我把石榴里的籽比为我面前众多的孩子，比为同学们，你们就是这里面一排排的籽。石榴的籽晶莹透亮，光洁如宝石，这就像一个人的品德，这是德；石榴的籽多汁，饱满，象征一个人的文化学识，饱学，学问精深丰厚，这是智。"

坐在下面的杨进听着，觉得安老师不简单，现场即兴一下子把石榴和学生们的联系发挥得这么好。但是这"体"怎么来联系呢？

只见安志把石榴放低在手上，转了转，从容说道：

"刚才讲的是石榴的内在，就像德与智，是人的内在方面一样。现在整体看石榴的外形，"他再次把红石榴举高，亲切而风趣地说，"在我的眼里，这圆润的、红光满面的石榴，就像同学们的笑脸。这是健康活泼、体格强壮、精气神都很棒的象征。这就是体。我希望同学们，品德上要像石榴籽一样光洁透亮，智能上要像石榴籽一样饱满多学，身体上要像石榴一样满面红光，争取德智体全面发展！"

台下一阵热烈的掌声后，他继续说："伍校长给大家讲过'南渡'的含义，刚才我也听到，同学们对西南联大有一些了解了。但最重要的是继承和发扬西南联大精神。怎么继承和发扬呢？西南联大精神是不是离我们很远呢？一点儿都不远！西南联大精神内涵很丰富厚重，今天我在这里主要讲两点：一是爱国。同学们，当年，西南联大的教师和学生，教师是教书救国，学生是读书报国。他们一心一意就是为了我们的国家，为了中华民族。二是联大精神中，从来都崇尚科学，崇尚知识。现在，同学们都要努力学习文化科学知识，努力让自己德、智、体全面发展，将来成为建设祖国、振兴中华的优秀接班人。这就是一种继承，这就是一种发扬！同学们，你们说，是不是这样呀？"

"是！是！！"

学生们喊得很使劲，不少人随着喊声用力耸动着小肩膀。

"讲得好！"

台上台下都在鼓掌，锣鼓和唢呐也同时奏响，因为声响太热烈，有人不禁用手捂住了耳朵。等静了下来后，胡老师由衷地笑着在杨进耳边说：

"这叫锣鼓喧天、唢呐震天，人是热火朝天！我真替安志高兴！"

典礼结束，来宾们一起参观新教室、新宿舍、新食堂。出来时，喜欢小孩子的胡、赵两位老师和杨进被一群小学生围着。学生们很有礼貌，也很爱笑，随意的交谈也能引来他们一阵阵的开心哄笑。

她包里的手机已经响了一阵，在孩子们的哄笑声中不容易听见。等她意识到走到一边接电话时，看到来电是国外号码，是刘开梅。她从来只打杨进家里的座机，那样的越洋电话是免费的，今天第一次打到手机上，让人感觉奇怪。

"杨进，你在哪里？昨天到今天，我打你家里的电话几次都没有人接。"

"我在外地。"

刘开梅拉开一个聊天的架势，慢吞吞地说：

"唔，时间过得好快。又是一年的九月了。现在我这里正是晚上，深

275

夜。你那里正是白天对吗？"

万里迢迢打需要付费的手机，只为聊时间，这绝对不是刘开梅的所为。果然，还不等杨进回话，电话里传来一句：

"我和那个老外……亚伦，断了。再不来往了！"

"断了？……哎……你怎么又和他断了？"上次来电话谈起亚伦，正是处得火热，似乎要到谈婚论嫁的地步，现在又断了？不好深问原因，只听下面她自己怎么讲。

但刘开梅开始漫无边际地扯得毫不相干了。在她是习惯性地施展所谓说话技巧，在听的人，觉得在相互沟通中，那如同一层层的烟幕弹。

杨进想，你要么就好好讲讲，或许我可以出些主意，要么干脆不要讲。哼哼哈哈真是没有意思，也很累。但她只得耐着性子。

突然，对方抛开闲扯，说话的声音带着哭腔：

"杨进啊，我把什么都给你说了。你看啊，我没有什么地方可去了……不管是……安志那里，郑家山那里，还是老外这里。……以后怎么过？下一步怎么办？我，我真的是不知道了……"

刘开梅实在装不住了，从自己施放的那些烟幕弹中钻了出来，没有任何遮掩地站在了杨进面前，这倒是完全让人想不到的。

她看不见刘开梅此时的脸，但脑海里立即浮起一个年轻的面孔，那个抬木炭的黑漆漆的深夜，昏黄路灯中，这张面孔抬起来又低下去："我好像有三个去处……母亲家，父亲家，郑家山家，但是实际上哪也去不了。"……三十来年后，同样是这个人，辗转到了大洋彼岸，却又转回了当年的处境中。

看来和刘开梅的通话一时半会结束不了了，杨进离开人群更远一点儿，找了个地方坐下来，听着电话。

"而且，我担心万一在这边生病，尤其是大病。那个语言培训班里有个中国人，他患了癌，他在国内有医保在这边没有，家人现在准备送他回国。啊，我想想好怕……我现在很少去女儿家，不想多打扰他们的生活……"

276

"那……你现在究竟是什么打算？"

"我现在什么也无从打算……只想跟你说说，心里会好过一点。你知道，我没有第二个人可以说。"

"你想过回来吗？"杨进慎重地问。

"……想过。其实回来，就算是回到成州，住房是有的，我母亲过世后房子留给了我。但是工作没有了。时间长了靠什么生活？我来的时候是辞职，没有后路，没有生活保障，不像人家每月有退休金。"

谈得这样实在，不到了非常情况下刘开梅不会这样谈话。

杨进想了想说："工作问题，我替你想，如果决心回来的话，你可以继续招学童教钢琴，这不也是一种谋生的方式吗？"

"这个……不过我……哪曾想会走到这一步？"

杨进沉默了。再开口说话的时候，好像下了一点儿决心。

"开梅，原谅我下面说话可能比较直接……你愿意听吗？"

刘开梅不知道杨进要"直接"些什么，只是意识到会抽过来一个猛球，只得低沉地回答：

"你说。"

"到现在，你已经经历了三个男人……想问问你，你究竟和谁在一起的时候感到幸福一些、心安一些？"

电话里一声长叹，轻声回道："这还用说，当然是……安志。"

"但是你最对不起的也是他。受你伤害最深的也是他。"

"你别说了……这些时间，我想了很多，我后悔……很后悔。但是这世上是没有后悔药的……"刘开梅此时说话的语气，正应了那句"肠子都悔青"。

想起刘开梅对安志的绝情，想起安志所受的伤害，杨进心里恨刘开梅。想起她听见别人离婚时的那种过激反应，听见她目前的处境和心情，她又可怜她。沉默中，头脑里突然冒出一个想法，她想为刘开梅做一件事。如果可能，这样对安志和刘开梅都是有好处的。但这句话是否该说出来？这样做究竟是否恰当？

遇事总能自信地拿出主意的杨进，这次却对自己的想法没有了把握——这会不会有悖情理，甚或大逆不道？

思索片刻后，她慢慢地说：

"如果，我是说如果，假设，当然只是假设——"

说到这里她对自己的那个想法又犹豫了，第一次像刘开梅那样说了半截话，咬住嘴唇不说下去了。

那边的刘开梅竖着耳朵，想听如果和假设的下文，但是没有听见，电话里传来的却是这样一番话：

"当初，你离了婚，走了。我去看他，他对我说，'我成全她，是一种真正意义上的成全，对她家庭完整的成全。让她没有障碍地去复婚吧。'你听见了吧？他是这样说的，也是这样做的。你说你记得我母亲的故事，但你总是说一些类似的话，比如'此人只应天上有，人间哪会有此人'，开梅，你是真真正正的有眼无珠！这样的人就在你身边，和你共同生活了十几年，但是你看不见，更不知道珍惜！你什么都是只为自己，什么都是以你为圆心，为此你不惜糟蹋别人的善良！甚至不惜伤害别人！"

操场上打电话，信号比室内好很多。刘开梅在地球的那一端，清清楚楚地听见了杨进的每一个字。过了一阵，杨进这边听到不加掩饰的泣涕声。

她听着这个泣涕声，慢慢地说：

"我有个一厢情愿的想法，也许，我说的是也许，但我也不知道该不该去做……我不知道我该不该去开这个口。"杨进越说到最后，语气越显得缺乏底气。

虽没明说，刘开梅心里朦胧明白了杨进的想法。两个女人打了多年的交道，做了多年的朋友，认识上尽管永远各在一端，但在一些事情上的心思是容易相互了解的。刘开梅哑着嗓子问：

"……杨进，你为什么要帮我？"

在通话过程中，杨进的眼睛下意识地寻找安志。在三角形彩色小旗飘动的操场上，安志正在接受几家媒体的采访。他说话时做着手势，指了指旁边的学生宿舍和办公室平房。虽然听不清说什么，但似乎是在讲"曾打算把这几个屋顶做成茅草顶"……

"为什么帮你……我这个人重感情。我父母不在了，唯一的一个哥哥也早逝了。我很想念我原先家里的亲人，尤其想念我的母亲。20多年前，你和我一起坐在我母亲面前，而且你还听完了她的故事。这样的人没有第二个，我把你是当成姐妹一样……你知道吗，现在我到了蒙自，总算离我母亲近一点儿了。"

"你总算到蒙自了？现在在蒙自？"

"是的，我在蒙自。而且，我还找到了那座假山。不知道你是不是记得，我母亲故事中有一座假山？"

"记得，记得的！"刘开梅急急地说，也不知她是否真的记得。

"我说过，我母亲的故事其实你只知道了一半，就是你听到的那一部分。另一半，是我母亲后来的经历，这个你还不知道。我想到那座假山下去讲出来。"

"去讲……给谁听？"

"给他……就是那位抱定牺牲决心上前线的志士。"

"要是现在我和你在一起就好了！我们可以一起去，我也在那里听！我很想知道这后一半的故事，我真的太想知道了！其实，我很喜欢去寻访，当年我就和表舅一起去寻访过西南联大。你知道的，对吧？"

杨进心里想，话虽如此说，但你是无法了解联大人的，这从你当初陪表舅寻访看得出来，从你虽曾和安志生活了十几年也看得出来。你虽与联大人在一起打交道，但你的所思、所想、所言、所为，却总是与他们擦肩而过……

"小杨！"

"杨老师！"

"过来大家合影了！"

279

几个声音同时喊过来，抬眼望，操场的那边，胡、赵两位和同行的其他人在对她招手，让她快过去。

"开梅，我现在不能再说了。下周我们再联系。那时候，我会把我为什么来到蒙自和其他的一些情况告诉你。"

结束了通话，杨进往人群那边走。这时她十分惊奇地看到，来参加典礼的成州大学学生正在上车。主办方把几大包盒饭搬到了车上，伍校长则在车边与带队老师握别。接受完采访的安志也走到车边，和车里的学生们挥手，握手，只听着一片"安老师再见！""安老师我们先走了！"的道别声。

这是什么动静？镇里明明安排了具有当地特色的桌饭，各路来宾现在等着吃完饭后各自往回返。为什么唯独大学生们不等吃完饭再走，而是在车上边吃盒饭边赶路？

杨进注视着大巴车离去，正大惑不解时，告别完学生的安志走了过来，和她一边往大家准备合影的教学楼前走，边告诉她：

"田振邦在昆明有两天的学术会，我本来让他一道来参加典礼然后再去开会，但他事太多走不开。刚才接他电话，他还是要参加学术会，今早已飞到了昆明，下了飞机就往蒙自赶，眼下正在来蒙自的路上。所以学生们先回去了。"

"他来，和学生先回去有关系吗？"杨进抑制着突起的心跳，竭力让自己的声音与平时没有两样。

"学生是在蒙自实习。看望实习学生，走访实习单位，这是他来做的事。他明天一早返回昆明，就只有今天下午这么一个半天的时间。"

第二十六章

参加完典礼，吃过饭，安志一行人从上坝驱车回到蒙自，住进头天晚上的酒店。明天一早，将赶往昆明送杨进上飞机，然后其余人从昆明回成州。

杨进刚走进房间，安志过来交给她两个信封：

"这是给我那两个学生的信。你把它带在身上。需要时，可以先了解他们各自单位的情况。你如果决定要去，我还会给他们电话。"

安志昨晚伏在酒店的桌上，给杨进写了一个简介，包括特长、适合做的工作，另写了两封信，分别给做集团副总的学生和另一个做 CEO 的学生，他深信这两个人能帮上忙。

杨进接过信，她越发肯定，此去南方是会有着落的了，即便面试的那个单位不成功，也会东方不亮西方亮。在一个越来越开放、越来越深入改革的时代，去一个会真正注重能力和才干的环境，她充满信心。

她心里在想着和刘开梅的通话，自己那个一厢情愿的想法当然与安志有关。安志如果听后会是怎样的态度、怎样的反应？她真的无法预测！而自己究竟应不应该，或说可不可以，对他讲出这样一个想法？此时在安志面前，她一边小心地把两封信放进随身挎包，一边在心里感到了无形的压力。

当然，不管怎样，此事肯定得把这几天过了再说。

晚饭后，大家商量着要去蒙自市中心。杨进没有动，俯身窗口看着同行的一帮人在楼下相互招呼着要出去。安志和胡、赵两位走过来说：

"小杨，我们也往市中心去看看吧？"

"不了。你们去吧。我还要再到南湖边去。"

她很想问安志，田振邦到了蒙自没有，现在在哪里。倒是安志自己谈起来："小田这一下午在蒙自刚刚忙完，现在才住进另一家酒店。他也是明天一早要赶回昆明。我邀他过来，他说时间有限，好不容易到了蒙自，得赶紧去一些地方。"

原来是这样。本以为能在这里见到他，现在看是未必了。还在成州时没有时间考虑向他告别，意外听安志说他也到了蒙自，想着正好见一面。没想到他这么忙碌，竟连他们住的酒店也走不过来。他肯定是忙着看望什么人，忙着办什么事。而自己明天一早赶往昆明，然后上飞机，然后是——面试。既然大家都如此"戎马倥偬"，她内心角落里的一缕情思，蠢蠢地一动之后便收敛回去了。

眼前最关键的是，今晚又回到了蒙自，这是多少年来难以得到的机会，她必须得再到假山下，去完成昨晚因被打扰而没有完成的心愿。

她跑到楼下问服务员："请问这附近有鲜花店吗？"

"有一个，但今天没有开门。"服务员指给她看不远处一个门店，"另外的花店要走很远，你不熟悉本地情况，不好找的。"

算算时间，看看天色，她只能放弃了去买花的打算。虽然捧着一大把鲜花去假山下，是她多少年前就设想好的，现在只好缺憾了。望望天空，今晚的月亮仍会很好，说不定比昨天的更好，这，才是更重要的。

她把手机拿出来果断地关掉了。今晚，任是谁也不能来打扰，她想。然后独自一人出了酒店，往哥胪士洋行的方向走去。

假山群像昨天那样，矗立在落日的余晖里。有人带着孩子在假山附近玩耍，随着孩子的跑动跟着到远处去了。另几个人走到那里逛了片刻，拍了照，然后往湖边走去了。假山下这时空无一人。

她下了马路笔直地走到湖边，再转过身子来，这样可以看见整个山体在傍晚霞光中的全景，这是她昨天没有见过的。凝视了一阵，霞光慢慢变暗了，她才踩着轻轻的脚步朝它慢慢靠近，心里的感觉就像是来探望久别的母亲。

猛然间，她大吃一惊地站住了。在山石转角那里，橙黄的暮色中，居然还站着一个人。定睛看去，那不是别人，是田振邦。

如果不是一路听安志说起田振邦已到了蒙自，她无论如何不会相信眼前是他站在那里。再次定睛确认，不错，是他。他穿着一件浅色的短袖T恤，下摆扎在深蓝色的牛仔裤里，正在扬着脖子沉思地端详那个山群。显然，他已经在那里站了很长时间了。

或许是有了什么感觉，田振邦回过头来，很快就发现了她。

他们隔着一段距离在意外中相互对望。

杨进抑制住心跳，慢慢走近了他，问道：

"你怎么，会在这里？"

"你怎么，一个人来这里？"

两人都没有回答对方的问题，只是无言地相互打量着。

一会儿后田振邦迫不及待地发问：

"你要走？听说你是带着行李，转一圈后直飞南方？"

不用问，当然是安志告诉他的，那么说他大体都知道她的情况了。静默了一下后，她故作轻松地回答：

"是的。我曾告诉过你，有一天，我会离开培训中心，现在是在实践了。"

"真要这样？"

"当然。"

"听安志说，你很有可能就在南方工作，不回成州了？什么原因要做出这样的决定？"他的口气越问越急。

近些日子来的所有经历涌上杨进心头。"伊甸园"的权势，突起的决定

283

出走，即将的面试，与汤达声的无法谈拢，离开家时的凄苍……一直她都表现得很理性、很强大。但此刻，来到这座母亲曾经站立过的假山面前，又当着自己悄悄看成精神支撑的人，她突然间变得好脆弱，如同见到亲人满腹委屈涌上心头，真想痛哭一场……当然，她是有足够理性支撑自己的。低头沉默一阵，平静地回答：

"原因，三言两语讲不清楚，就不去讲它了。总之我已经处理好要走的所有事情，包括把房门钥匙交给安志……明天下午，我就上飞机了。我，确实很有可能不会再回成州工作。"

她停住了，伸手扶住身边的山石。还是像昨天那样，白天经太阳晒过，山石现在余热未消，手触摸上去是温暖的，好像是触摸着母亲温暖的身躯。她的眼睛瞬间湿润。连她自己都没有料到，这时候一句话挡都挡不住地冒了出来：

"也许，今后，我再也没有机会见到你……"

说到这里，她的声音已开始发颤。

这句话，是当年站在这个位置的那位志士对母亲说的。从听故事的那天起，这话就深深刻进心里。从那时就注定了，有一天，她会在历经风雨后的某一天，对某一个人说出这句话。而在什么时候，什么地点，对什么人说，都由不得她做主，一切由命中注定。

田振邦像受到突然的电击，呆呆地看着她。一直以来，他有话想对她讲，却总没有恰当的机会。不过在此一时刻，他心中有一股因为感觉自己被对方漠视而产生的失落与强烈不满。他本来有时说话就不大客气，此时的这股情绪使他重重地先冲出一串话来：

"这么大的事，为什么一点儿不告诉我？！要不是安志无意间说起，我完全不了解你现在的情况！我刚才两次打你的手机，竟然都是已经关机！"

强硬的语气加上炯炯的目光，虽说能够窥见他内心何以如此，但杨进还是不太适应与他用这种方式交谈。她侧过身去，温和而矜持地说：

"没有必要。这是我自己的事。"

"是。在你看来，是你的事。但在我看来，和我是有关系的！"

说完，或许终于觉察到这样讲话有点儿唐突，他努力平息了一下情绪后说：

"你，在这个时候独自去远方，而且，有可能不再回成州。这种差不多是永别似的做法，"他吐出一口闷气稍停了停，以让自己说话能更和软一点，"换个说法吧，现在是我正在这么做，永不再回成州。但我，连招呼都没有给你打一个，你在我临上飞机前才从别人那里偶然得知，你会是什么心情？"

杨进低头无言。田振邦也无言地望着她。风从南湖上吹过来，假山旁边那几棵大树的叶子在他们耳边飒飒作响。杨进抬头望了他一眼，他的眼睛正坦白而专注地，一动不动地望着她，明亮的一双眸子后似有一团火。她只得又低下了头。

过了一会儿，他又开口说话，语气虽然比刚才平静，却有股势不可当的意味：

"有几句话，我一直想对你说，却一直没有机会。"

杨进的心跳加快起来，知道无论他要说什么都不能阻止。

"我感觉，我们之间，一直有一种默契。这或许是，在我第一次看见你的那天就开始萌生的。我认为，一个人和另一个人能形成这种心灵上的默契，一生中也许只有一次。虽然，我们没有多少接触，甚至都没有机会很好地在一起交谈过。但是，我还是感觉这种默契存在于我们之间。"他停住了，望着她，以更缓和的语气说，"也许，我是冒昧的。但是现在我很想知道，在你那方面，在你看来，也是这样的吗？请告诉我。"

后面这四个字，语气和缓却说得很重。

杨进快速把身子转开，为的是不让对方看见她眼睛里已经涌出的泪水。

一直以来没法求证也不想去求证的，此刻都被如此清楚而明白地证实。那个长久以来游离、朦胧的谜，也在突然之间清晰地破译……却原来，他们完全感同身受，他内心像她一样感受着这种心灵的暗合，而且也像她一

285

样在朦胧和游离中不能自己肯定。不同的是她并不想去求证，而他想要明确地得到证实。

抬头望，夕阳早已经完全落下去，天空由蔚蓝变为乌蓝，一轮明月已高挂在那乌蓝里，正闪耀出皎洁的光辉。这晚的月光特别明朗，是那种报纸上的大字都能看得清楚的月光。

杨进开始怀疑：身边这一切是真实的吗？一切来得这样快捷、这样明白无误，不得不让人怀疑起了它的真实性。

是真实的。田振邦就站在面前，眼睛始终热切地注视着她。她心里深藏不露的那盏朦胧的灯，被拨出缤纷的火花，跳跃着想放出异彩……曾经有一次和他通电话时，她体会过类似的感觉，现在却和他面对面地站着。

如果这时她抬起头来，必然和他四目相对，都不用任何语言，眼睛是心灵的窗户，所有心思将相互洞开。说不定，他们的感情会急剧向着那座拱桥的顶端升腾。再然后，在一个或长或短的时期后，顺着那既定的弧形……向下。

不，绝不。

不该升腾的，如若让它升腾了，它一定只会消逝得更快，更彻底。

她已经走过了一座拱桥，知道现在需要的是什么。相对于某种永恒，一切无约束的欲望、肌肤之亲，乃至最终的结合，实在都是短期行为。

尤其是，她像朝圣一样来到这里，站在这座母亲一样的假山旁边，她知道自己此时该怎么做，不该怎么做。

月光下，田振邦的眼睛一动不动地注视着她。

她半垂着头，不抬起来和他四目对望；沉默，不回答对方刚才的问题。虽然两人面对面，她始终半侧着身子，眼睛只盯着身旁的假山。

这个时间持续了多久，杨进不知道，相互似乎能听见对方的心跳，但两人始终这样默默地站着。

田振邦等待着。

杨进继续沉默。

终于，田振邦打破了沉默：

"我知道你在想什么。我来说——你在想，把内心的感情深藏起来，永远保持沉默。这样，不会影响别人，只苦了你自己。或许你还在想，这样，保持了你的人格完善和道德完善。对吗？"

杨进想：是的，你说得不错。但，还不仅于此。以我的认识，当默契不再成其为默契时，离失去也就不远了。

因为珍惜，所以才沉默。

"唉——"田振邦望着雕塑般静默的杨进长长叹息一声，"你，像极了一个人。"

他提议道："站久了，我们坐下好吗？"接着从随身背着的包里取出几张报纸铺在地上，两人就地坐了下来。杨进用两手抱着卷曲的膝盖，田振邦则一腿弯曲，一腿自由地伸长。他指了指身边的假山群和周围的景物，缓慢地说：

"在这个环境里，你让我无比鲜明地想起了，我的父亲。"

两年前的"一二·一"那天，杨进在安志家中听他们谈起过这位老人，现在要听田振邦自己来谈了。

在他开口前，她忍不住问道：

"依安老师的说法，你在蒙自只待这一个晚上。那么这里，你是顺便来看看，还是特意要来？"

她心里在想着，如果他还要去别的地方，那可不好让他在这里耽搁得太久。

"我讲完父亲的故事，就可以回答你的问题。"他眼神温存地望望她，然后往远处望去。

月下的远处，离开闪烁灯火的那一边，已模糊而苍茫……

"算一算，离现在有七十来年了。那是卢沟桥事变后不久，父亲当时是西南联大中文系学生。那时，大半个中国陷入日本侵略者的铁蹄之下，青

287

年学生们纷纷投笔从戎，奔赴前线杀敌报国。还在长沙临大的时候，父亲就想参军，因为一些原因拖延，稍晚了一些时间才出发，他是那批上前线学生的领队。临走前，他给我的爷爷奶奶写了绝笔信，说忠孝不能两全，请父母只当没有他这个儿子。他把书籍和日常用品都送给了室友，当把军装换上的时候，把衣服也送了同学。就只带着自己的身躯，和那一腔热血，准备去赴汤蹈火。

"应该说，他已经没有任何牵挂，只等着上前线了。但是，他内心深处，默默喜欢同系的一位女同学，他钟情于她，已经很久了。

"他原想就这样走了，反正对方什么都不知道。然而，生离死别之际，想最后见她一面，想对她表白的愿望又是那样强烈……于是，临出发前几个小时，他把她约到了校园里。他从没有谈过恋爱。此去战场，义无反顾，也永不可能尝试什么是爱情。但，恰恰也正因为这样，面对自己约会出来的心上人，他用最大的毅力控制住了自己。表白的话几次冲到嘴边，他又几次咽了回去，最终他什么都没有说。事后，他才知道嘴唇都被自己咬出了血。

"然后，他出发了。他不愿影响别人，尤其是自己深爱的人，只想把所有的痛苦都由自己承担。"

田振邦陷入父亲故事的回忆中，没注意杨进是什么时候转过了身子，正大睁着惊异不已的眼睛望着他，待他的视线快接触到她时，她却又低下头去。

"那是他的初恋。是一种完全在沉默中生长，又完全在沉默中燃烧的感情。他一直心存内疚。他认为，应该压根就不让她知道有这份情。而他呢，约人家去了，说了半句话，然后永远地消失了。"

田振邦把两手放到自己的腿上，低垂着头，用缓慢而低沉的语气说：

"父亲说，那是一位很纯朴很重感情的女同学，尽管他当时什么也没明说，但那种方式，那种神情，也等于跟说了差不多，他为此内疚终生。"

月光下，一直沉默着听的杨进很费力地开了口，听上去声音恍恍惚惚，仿佛从很远的地方传过来：

"在以后的日子里，他有没有想过寻找那位女同学？"

"当然想过，但是不能。父亲在西南联大时就秘密加入了共产党的地下组织，40年代初被党组织指派，到东北的城市做地下工作。纪律、环境都绝不允许。再说了，想来人家不会等他，或许人家早已经结婚成家。"

田振邦现在注视着杨进，月光下，他能清楚地看见她的脸，觉得她的情绪和神态都十分异样。

"你怎么了？"他关切地问。

"没什么。"杨进咬着嘴唇。她的心实在跳得有点儿不均匀。然后仍然用那种有点儿恍恍惚惚的声音问：

"令尊有没有告诉过你，那位女同学的姓名？"

"没有。"田振邦摇头，"他没有说，我也没有问。"

杨进心想，我也一样。母亲没有说，我也没有问。不过眼下还是有办法进一步证实的。她还是很费力地才发出声：

"那么，他有没有向你详细地描述过，他约她出来那晚，他们在校园里谈话的情景？"

"他约她出来，是在校园的假山旁。我父亲上过战场，又在国民党统治的城市中做地下工作，什么样的场面都经历过。但当年那一幕，他到老都是记忆犹新。他对我详细描述校园当晚的情景，描述那座假山，在他最后那些年，唯一愿望是回到假山前去看看……"

"是不是在蒙自？"

"在蒙自。就是这里，就是这座假山。我早就清楚地知道这个位置，也从资料查证了，当时这里是联大分校，校园中只有这座假山。它矗立在这个地方，有近百年历史了。"

他从地上站了起来，面对着月光下的假山群，把双手伸出来放到山石上。过一阵后转过身缓缓地对杨进说：

"现在你清楚了吧，这就是我到这里来的原因。"

"那么，让我来说吧——"这是杨进的声音，她也从地上站了起来。

"那晚，联大校园里，月光分外明朗，他先去了，就站在这座假山旁等她。那时候，他已经全副武装，腰间束了皮带，脚上紧紧地打着绑腿……不一会儿，她来了。他对她说：'不等天亮，我们就要出发了。'然后他又说，'也许，今后……'"

她不能再说下去。后面的话她刚才已经冒出来过，最主要，她现在已被打断，因为那时，田振邦满脸无比诧异到微微张着嘴，好一会儿后才发出声音来：

"你，你怎么知道？！"

她抬起头，噙着泪水的眼睛迎住他睁得大大的眼睛：

"我能肯定，那位女同学，正是我的妈妈。"

田振邦定定地望着面前的杨进，过了好一会儿才大梦初醒似的、机械地重复：

"那位女同学，就是，你的妈妈？"

杨进肯定地点头。

他们面对面站着，互相望着。

"你刚才说，想来人家不会等他。事实是，就在这个地方，自约见那一面之后，她从此就开始了等待。或者确切地讲，开始了守护，她是想守护着他的平安……我母亲很晚才结婚。是一直到抗战胜利，三校北返的时候，才和我父亲结了婚。要孩子就更晚，生我的时候，她已经是过了44岁……"

如同有一阵飓风刮过田振邦全身，他甚至感觉从头到脚传来一阵轻微的战栗。

杨进却像打完了一场大仗，又如同释放了一种重负，心里出奇地平静。

而四周也是出奇地安静，时光似乎倒流，月光，南湖，身后不远的哥胪士洋行，都梦幻般回到了西南联大时代……国难当头，一批批的联大学子为了抗日救国，告别师友，走上最前线。就在这座假山下，一个全身戎装的学子，一个穿着素色旗袍的女学生，在这里第一次约见，也是做最后的诀别。一个是他的父亲，一个是她的母亲。此时他们的身影、容貌，生动地浮现在各自子女的脑海里，真切、鲜活到呼之欲出。

"他们两人，一个虽没明白说出，但等于说了一样；一个虽没明白听见，却是已全懂了。只是，那一刻，也就成了他们的永别。以后，他不知道她在默默守候，而她不知道他是死是生。"杨进轻声说着，似乎在自语。

田振邦在经过剧烈的内心震荡后，情绪渐渐平静，接过话去：

"应该这样说，从我们的父母那一代起，就有了默契。只是阻隔着战争，他们之间无法传递这种信息。"

现在他们互相望着对方的眼睛。两人的眼神都辽远、深邃，好像是嵌进了那段历史，又都温暖而带着惊异，好像是第一次看见对方。

70余年前，无声地消逝在岁月沧桑中的假山下两个沉默的情怀，使此时他们的后代，多了一层兄弟姐妹似的关联，他们比此前更加珍惜对方。在他们之间，沉默将继续，默契也将继续。这就是他们在对方眼睛里读到的。

"我可以拥抱你一下吗？"

出其不意地，他提出一个问题，同时伸开了双臂，期盼而又不太自信地等待着。

她迟疑了。又迟疑了一下后，终于走上前一步，用双臂拥住了他。

这像是一个穿越了历史的烟尘，漫天的战火，久久分别后重逢的拥抱，是代替此时或许正在天上注视着他们的父母；这又只是一个礼节性的拥抱，他们都清楚两人之间的那份感情不能也不应升华。

杨进又一次有了想流泪的感觉。她背对假山，面朝湖水，让南湖上的风轻轻吹着自己。沿着身边大树的树身往上望，澄澈无边的星空，几抹被月光照得透亮的云彩，正轻柔地追着月亮飘动。隐隐约约，从云缝间传来神秘、清晰的声音：

"你的一生中，会遇见一个人，你们只能以心相守。"

热泪模糊了杨进的眼睛。是的，以心相守。它会保存在那座拱桥的起端，永远保持不凋谢的美丽。

她回过身来，两人还是面对面站着，对望着，像当年他们的父辈那样。没有更多的语言，只是觉得需要进行一种平静的重新审视。然后，两人的眼睛里都泛起了微笑。

越到夜静，越是月明。杨进想起了明天的行程，还有接踵而来的面试，轻声细语道："不早了，我们回去好吗？"

"我送你回酒店。明天飞机几点起飞？"

"下午三点十分。"

"这么说来，到昆明稍事休息你就得往机场去了。我和安志去送你。"

"在成州时，我想我是独个儿去机场的。现在，有两员大将送我，"杨进抿嘴一笑，"很荣幸了。"

"你以前到过昆明吗？"

"没有。去过不少地方，恰恰昆明没有机会去。"

"昆明有许多值得我们联大后代缅怀的地方。"田振邦停了停说，"我的计划中，趁明天下午，去参观西南联大博物馆。博物馆所在地就是西南联大校舍的旧址，那是国家博物馆，是一个非去不可的地方。很遗憾，你主要是时间不允许。"

"以后找机会。我一定会去的。"

田振邦望着她感情深重地说："祝福你，一路平安，一切顺利。"

杨进点着头："以后你多多关心一下安老师。他一个人，虽说现在身体还硬朗，毕竟年纪大了。况且，他还要做希望小学的大事。"

"我会的。他对于我，本来就一直是位兄长。"

说到这里，杨进想起了和刘开梅在操场上的通话，不觉叹道：

"远在大洋彼岸的那一位，也成一个人了……"

田振邦没有接话，当然心里明白说的是谁。

移步离开回酒店前，两人不约而同面对假山群行注目礼。走出一些距离后，再次不约而同回过身注目。

月光下，假山群的山头清晰可见，山体则有的地方明，有的地方暗，如同一幅神秘、清丽、幽静的名画。在他们的眼睛里，那山群的下面，永远站立着一个一身戎装的学子，一个身穿旗袍的女学生……

杨进凝视着那里说："这座假山，是我们的……"她本来想说，是我们的卡瓦格博，但一想这种说法只有自己和女儿汤楠知道，田振邦应该不会知道这个名词，就改口说：

"这座假山，是我们的圣地。"

田振邦接过她的话说："这座假山，是我们的'卡瓦格博'。"

杨进的眼睛亮了，望着他说："是的，是我们的'卡瓦格博'！"

双方的眼睛都发亮了。两人的手不由得伸出来，然后紧紧一握。

西南联大，当年云集的大师们离去后，世上再难有那样的大师群体。那所存续了不到9年的大学，被后人称为中国教育史上不可逾越的高峰——"中国教育史上的珠穆朗玛峰"。

南湖边，假山旁，曾有一位为赴国难参军上前线的西南联大学子，在这里与心仪的女同学做最后的诀别。这座高仅五六米的假山，也成了两个学子后代心中永远的——"卡瓦格博"。

一、来自各处的主要参考史料、资料

1.《西南联合大学在昆建校暨云南师范大学建校八十周年纪念》

云南师范大学编著

以校史纪念册形式发放，2018年10月

2.《烽火学涯长歌行——国立西南联合大学蒙自分校记忆》

国立西南联合大学蒙自分校纪念馆编著

云南出版集团 云南美术出版社

2015年7月第1版

3.《图说西南联大》

何伟全、张玮主编

云南出版集团公司 云南教育出版社

2013年10月，第1版

4.《直道待人 潘光旦随笔》

潘光旦著

北京大学出版社，2011年1月第1版

5.《穆旦诗文集·1 增订版》

穆旦著

人民文学出版社 2018年4月北京第3版

6.《南渡北归 第一部 南渡 增订本》

岳南著

湖南文艺出版社 2015 年 8 月第 1 版

7.《西南联大行思录》

张曼菱著

生活 读书 新知三联书店

2013 年 6 月北京第 1 版

8．五集专题纪录片《西南联大》

央视历史人文纪录片 导演 徐蓓

2019 年 1 月起在央视网及央视多个频道播出

二、来自西南联大校友亲属群的史料、资料

1．联大校友关英先生和希望小学工程有关资料（联大 44 级化学系关英先生女儿郑奕提供）

2．联大校友罗振诜先生有关回忆（联大 45 级经济系罗振诜先生之子罗宁）

3．联大校友关品枢先生有关回忆（联大 39 级政治关品枢先生之子“老管”）

4．联大校友刘缘子先生资料（联大 43 级外国语文学系刘缘子先生之女刘嫄＋百度网络）

5．黄钰生先生资料（黄钰生先生之子黄允：《追寻父亲的足迹》）

6．郑天挺先生有关资料（除有关史料外，还来自郑天挺先生外孙女，黄熊先生次女黄培）

7．黄钰生、查良钊、杨石先三位教授对联大精神的一句式概括（西南联大博物馆副馆长龙美光提供）

8．联大学子参加空军殉职葬美国（参考联大物理系李嘉禾先生侄女李安文章）

9．潘光旦先生的“四体投地”，来自以下后代亲属在群中的交流：

闻黎明（闻一多先生之孙，闻立雕先生之子）

李应平（李继侗先生之孙，李德平先生之子）

逯若亮（弘捷）（逯钦立先生之三子）

刘　嫄（43级外国语文学系刘缘子先生之女）

10. 有关卞之琳先生的资料（来自沈从文先生长子沈龙朱老师在群中的回忆）

三、下列朋友、群友、校友亲属提供了支持、帮助

西南联大博物馆馆长李红英

西南联大博物馆王浩禹

糜志强（著名学者，贵阳也闲书局创始人）

李钢音（一级作家，贵州财经大学教授）

西南联大北京校友会秘书长胡康健（陶葆楷先生儿媳）

蒙自分校纪念馆馆长马世武

蒙自分校纪念馆袁梓郁

王仕学（作家，地方文化学者）

黄鹤生（地方文化学者）

西南联大博物馆副馆长龙美光

西南联大博物馆张沁

西南联大博物馆祝牧

赵　蘅（赵瑞蕻先生与杨苡先生之二女儿）

刘重来（刘兆吉先生之子）

周广业（周先庚先生之子，联大附小校友）

黄　满（黄钰生先生之女）

罗　龙（罗庸先生之孙，罗式刚先生之子）

王柏庐（清华地学36步行团王钟山先生之子）

陈泽行（地质42陈梦熊先生子，陈梦家先生侄子）